KB059118

옆집에 사는 제자와
결혼하고 싶은데,

i want to marry
my student
who lives next door,
and how can i get
OK?

Presented by RYO ENDO

엔도 료

어떻게 해야
OK를 받을 수 있을까요?

Illust.
사사모리 토모에

2

CONTENTS

옆집에 사는 제자와
결혼하고 싶은데,

어떻게 해야
OK를 받을 수 있을까요?

2

I want to marry
my student
who lives next door,
and how can I get
OK?

본문, 컬러일러스트 사사모리 토모에

프롤로그 🧪

"아버님, 어머님, 치사토 군을 제게 주세요!"

새집 냄새가 나는 응접실에서, 나 후지모토 치사토와 교제(임시)하고 있는 미쿠리야 미츠키 씨가 고개를 깊이 숙이고 있다. 뭐지, 이 엄청난 데자뷰…….

갑자기 '아드님을 남편으로 주세요' 발언에, 우리 부모님도 곤혹스러워했다.

"아…… 그건 우리 치사토랑 결혼하고 싶다는, 그런 말씀이신가요."

그리고 우리 아버지가 확인했다.

"예"라고, 미츠키 씨가 빛의 속도로 대답했다.

아버지와 새어머니(우리 아버지는 재혼하셨다)가 얼굴을 마주봤다. 곤혹스러운 기색이 엿보인다. 당연하지. 아무래도 난 고등학교 1학년. 아직 결혼할 수 있는 나이가 아니다.

교제(임시)를 시작한 지 한 달. 골든 위크도 끝나고, 나와 미츠키 씨는 슬슬 우리 부모님께 미츠키 씨를 소개해드려야겠다는 이야기를 했다. 그래서 고등학교에 입학하면서 집을 나와 혼자 살기 시작했던 내가 미츠키 씨를 데리고, 오랜만에 아버지가 계신 집에 오게 됐는데…….

뭐, 미츠키 씨를 알고 있는 나로서는, 어쩌면 오늘 우리 부모님을 만난 미츠키 씨가 흥분해서 다소 문제의 소지가 있는 발언을

3

할지도 모른다는 생각 정도는 했거든? 그래도 이렇게까지 초월적인 발언으로 부모님께 첫인사를 시작할 줄이야…….

역시나 미츠키 씨라니까. 입학 첫날에 "저와 결혼해 주세요!"라고 소리쳤던 사람 답다니까. 그치? 데자뷔 맞지?

오늘은 그냥 미츠키 씨를 내 여자 친구로 소개하는 데서 끝낼 생각이었는데. 부모님이 곤혹스러워했지만, 나도 곤혹스럽다. 어쩌다 이렇게 된 거지?

"치사토는 아직 고등학생입니다만?" 아버지가 다시 확인했다.

"제가, 제대로 된 직업이 있습니다. 저축해둔 돈도 있습니다. 그러니까 치사토 군을 먹여 살릴 자신이 있습니다."

뭐야, 미츠키 씨 너무 멋지다, 새삼 반하겠어── 같은 소리를 하고 있을 상황이 아니다. 봐, 우리 부모님이 더더욱 곤란한 표정을 짓고 있잖아…….

하지만 지금 미츠키 씨가 한 말에 거짓은 없다.

우리는 고등학생 커플이 아니다. 미츠키 씨는 어엿한 사회인. 나보다 열 살이 많고── 게다가 고등학교 담임선생님이다.

한마디로.

고등학교에 다니기 위해서 자취를 시작한 아들이, 한 달이 지났더니 담임 여선생님을 데리고 집에 왔고, 그 선생님이 '아드님을 제게 주세요'라고 말한 것이다. 이 상황에서 혼란에 빠지지 않는 부모가 있다면, 어떤 사람인지 얼굴이나 한번 보고 싶다.

부모님이 곤혹스러워하는 이유는 또 있다. 미츠키 씨가 너무 예뻐서 놀란 것 같은 분위기였다.

매끄럽고 긴 검은 머리카락, 상냥해 보이는 각도의 눈썹, 긴 속 눈썹 밑에 있는 반짝이는 눈동자. 분홍색 피부는 아주 곱고, 볼은 몽실몽실 부드러워 보인다. 똑바로 뻗은 귀여운 코 밑에는 살구꽃처럼 사랑스러운 입술. 게다가 달콤한 향기까지 감돌아서, 옆에 앉아 있기만 해도 어질어질해질 정도로 매력을 뿌려대고 있다.

평소에 수업할 때는 수수한 교사 모드고, 집에서 편하게 쉴 때는 건어물녀 모드지만, 오늘의 미츠키씨는 진심이었다.

게다가 미츠키 씨, 어젯밤에는 팩까지 해서 피부가 탱글탱글. 화장도 확실하게 신경 써서 했다. 베이지색 블라우스에 네이비색 플레어스커트로 코디한 청순해 보이는 복장이 미츠키 씨의 매력을 더더욱 이끌어내 주고 있다. 여신 같은 미모의 초절미인 모드의 미츠키 씨였다.

평소에 초절미인 모드가 됐을 때의 미츠키 씨는 그 생김새에 맞춰서 언동도 요염해지지만, 우리 집에 들어오면서 한계를 돌파해 버린 것 같다.

처음에 했던 발언을 보면 알 수 있듯이, 미츠키 씨에게는 여유가 없다. 얼굴이 새빨개져서 당장이라도 울음을 터트릴 것만 같고, 눈동자가 이리저리 돌아가고 있는 게 보인다. 미츠키 씨는 혼란에 빠져 있다.

"저, 저기, 미츠키 씨……."

내가 미츠키 씨를 진정시키려고 말을 걸었지만, 미츠키 씨는 내 쪽으로 고개를 빙글 돌리고는 단호하게 말했다.

"괜찮아. 치사토 군, 내가 행복하게 해줄게."

너무 뜨겁잖아.

생각해보면 고등학교 입학식 날 방과 후, 갑작스런 고백이라고 할까 프러포즈를 받은 게 우리 둘의 시작. ……부모님한테 설명하기 힘들다.

그 뒤에도 담임 여성 교사와 남자 고등학생이라는 관계상 이래저래 주위에 들키지 않도록 조심해야 할 일들이 잔뜩 있었지만, 그래도 어떻게든 순조롭게 교제(임시)를 이어온 결과, 지금 우리는 가끔씩 둘이서 같은 방에서 살고 있다. 무슨 말을 하는 건지 잘 모를 수도 있겠지만, 나도 뭐가 뭔지 모르겠다. ……음, 어떻게 설명해야 아버지네를 이해하게 할 수 있으려나.

그때였다. 2층에서 계단을 내려오는 발소리가 들렸다. 복도를 걸어오는 가벼운 발소리가 들리고, 응접실 미닫이문이 벌컥 열렸다.

거기에는 교복을 입은 여자가 서 있었다. 밝은 갈색 머리카락이 살랑이면서, 아직 어린 기색이 남아 있는 얼굴의 윤곽을 귀엽게 장식해주고 있다. 아직 화장기는 거의 없지만, 이목구비가 단정하다보니 헌팅이나 스카우트 제의를 받는 일은 일상다반사라는 것 같다. 그나저나 그런 동네 가지 말라고.

치마 길이는 짧고, 양말을 벗어서 군살 하나 없이 날씬한 발을 보란 듯이 드러내고 있다. 교복 셔츠 소매를 살짝 걷었고, 앞단추는 두 개나 풀어서 커다랗게 부푼 가슴이 흘러나올 것만 같았다. 미츠키 씨만큼 큰 건 아니지만. 입에 물고 있는 막대 사탕이 유난히 잘 어울린다.

어른스럽게 보이지만 아직 중학교 3학년인 여자애에 불과하다. 고등학교에 가면 어떤 여고생으로 진화할지 무섭다.

내 의붓여동생, 즉 새어머니가 데려온 아이인 아이리였다.

"치사토 왔다면서?!"라고 밝게 말한 아이리는, 나와 미츠키 씨를 번갈아 보고는 뭔가를 눈치챈 것처럼 악마의 미소를 지었다.

"헤에~. 여자 친구를 다 데리고 왔구나, 치사토 주제에."

그렇게 말하고, 아이리가 맨발로 내 팔을 문질러댔다.

"하지 마."

내가 손으로 뿌리치자 아이리가 투덜댔다.

"으앙~ 치사토가 나 때렸어."

"안 때렸거든."

"때렸어요~. 귀여운 여동생 발을 때렸어요~."

"네가 먼저 오빠 팔을 발로 찼잖아."

"뭐? 누가 오빠데? 치사토 주제에 오빠 행세라니, 안 어울리거든?"

실실 웃으면서 날 내려다보고 있다. 짜증나…….

예전에, 라고 해도 아버지와 어머니가 재혼했을 때니까, 지금으로부터 2년 전이다. 그 시절의 아이리는 이런 녀석이 아니었다. 그때부터 눈길을 끄는 외모이기는 했지만 조금 더 낯을 가렸다고 할까, 말수도 적고 매사에 조심스러웠다.

그건…… 그래. 아버지가 새어머니를 나한테 소개했을 때, 새어머니를 따라와서 처음 만났을 거야. 그때 아이리는 아주 순수하고 천진난만하게 웃었었다. 어쨌거나 그때는 막대 사탕을 입에 문 채로 방에 난입하는 여자애가 아니었다.

아버지 재혼에는 딱히 반대하지 않았고, 그렇게 되면 아이리와 남매가 되는 건 필연이니까. 기왕에 가족이 된다면 즐거운 쪽이 좋을 것 같아서 내 나름대로 아이리와 커뮤니케이션을 해보려고 했지만, 그게 역효과였던 건지도 모르겠다. 언제부터인가 매일같이 "재수 없어" "짜증나"라면서 매도하는 소리를 듣게 됐다. 하지만 나 자신의 명예를 위해서 변명하자면, 마지막에는 꼭 "재수 없어"라고 말하는 주제에, 먼저 시비를 거는 건 반드시 아이리 쪽이었다.

그건 그렇다 치고, 지금은 아이리랑 어울려줄 때가 아니다.

"너 말이야, 지금 중요한 이야기를 하고 있으니까 저쪽에 가 있어."

옆에 있는 미츠키 씨가 눈이 휘둥그레져 있다. 성실하고 청순한 미츠키 씨가 보기에, 놀리는 계열인 짜증 나는 여동생 아이리는 존재 자체가 이문화 커뮤니케이션이 되겠지.

"중요한 얘기라니, 여자 친구 소개하러 온 거잖아? 그 정도는 나도 보면 알거든."

그렇게 말하고, 어째선지 아이리가 내 옆에 털썩 앉았다. 그렇게 해서 왼쪽부터 「미츠키 씨」 「나」 「아이리」 순서로 앉는 모양이 됐다. 그러더니 아이리는 무슨 생각을 한 건지, 내 오른팔에 매달려서 끌어안으려고 했다.

날씬하면서도 부드럽고 따뜻한 팔과, 한참 성장기의 젊음이 넘쳐나는 가슴의 감촉이 내 오른팔을 감쌌다. 나는 당황했다.

"야, 달라붙지 마."

뿌리치려고 했지만, 꽉 붙잡고 있어서 팔을 뺄 수가 없다. 귀가 부인 오빠와 여자 테니스부 주전의 체력 차이인가.

"앙♡ 그렇게 세게 움직이면 느낀단 말이야♡"

"이상한 소리 내지 말고!"

부모님 앞인데, 그리고 미츠키 씨 앞인데!

"꺄하하하하. 새빨개졌다, 치사토, 귀여워~♡"

아이리가 신이 나서 발을 버둥거렸다. 그러다 팬티 보인다.

"너 말이야……."

이럴 때, 아버지는 아무 말도 안 한다. 나한테는 엄하면서 의붓이라도 딸한테는 약한 것 같다. 새어머니도 기본적으로 생글생글 웃기만 할 뿐. 그래서 나는 내 힘으로 나 자신을 구해야만 한다…….

"여자 친구 씨, 처음 뵙겠어요. 치사토의 귀여운 여동생 아이리예요~."

"아, 예." 미츠키 씨, 갑자기 나타나서 친한 척 구는 여중생 앞에서 허리를 곧게 폈다. "처음 뵙겠습니다. 저는 치사토 군의 아내 미쿠리야 미츠키라고 합니다."

미츠키 씨가 더더욱 혼란에 빠졌다.

"아내라니…… 성이 다르잖아."

아이리가 차갑게 딴죽을 걸었다. 여기에 대해서는 아쉽게도 아이리 말이 맞다.

"나랑 교제(임시)하고 있는 미쿠리야 미츠키 씨! 그리고 장래에 대해서도 진지하게 생각하고 있어! 이제 됐냐, 아이리?!"

"그 '교제(임시)'라는 건 뭔데."

"그건, 그러니까…… 왜, 이래저래 있잖아. 세간의 이목이라든지."

"흐응~."

아이리가 눈을 가늘게 떴다

아, 이거 아이리가 심하게 놀릴 때 표정이다.

"뭔데."

먼저 견제했지만, 소용없었다.

"치사토, 아~ 해봐."

아이라가 물고 있던 막대 달린 사탕을 입에서 꺼내더니 내 입에 들이밀었다.

"푸앗! 뭐 하는 거야."

내가 뿌리치자 아이리는 고개를 숙이고 눈을 치켜뜬 채로 수줍게 말했다.

"간접 키스♡"

내 옆에서 미츠키 씨가 "가가가가, 가가가간" 하고 녹슨 양철 인형이 삐걱거리는 것 같은 소리를 내고 있다. 틀렸다. 이대로 가면 미츠키 씨가 망가지겠어.

"하지 말라고."

"뭐야, 집에 있을 때는 사탕 하나가지고 둘이서 빨아먹었으면서."

"안 했어!"

문득 고개를 돌려보니 아무래도 아버지의 얼굴이 굳어졌다. 아이리의 딴죽을 전제로 날 단죄하는 건 그만뒀으면 싶다. 새어머니도 생글생글 웃고 있는데, 당신 딸을 좀 말려줬으면 싶거든요.

틈을 봐서 아이리가 또 내 팔을 꽉 끌어안고 매달렸다. 진짜 그만하라고.

"옛날부터 같이 목욕도 했고~."

"안 했다고! 그리고 '옛날'이라니, 난 중학교 1학년 때부터 밖에 모르거든."

"주, 중학교 1학년 의붓여동생과 같이 목욕……."

미츠키 씨가 충격을 받아서 기절하려 하고 있다.

"거짓말이에요, 거짓말! 미츠키 씨, 이 녀석이 하는 말은 믿으면 안 된다고요."

한 순간 눈이 마주친 아이리가 악마의 미소를 지었다.

"치사토~ 또 같이 목욕하면서 서로 씻어주기 하자~."

"안 해! 안 했다고!"

"나, 중학교 1학년 때도 이미 가슴이 컸잖아. 그래서 치사토가 맨날 쳐다봤고~."

"안 봤어!"

"내 브래지어 손에 들고 빤히 쳐다봤었고."

"안 봤다고! 그, 그건, 갑자기 비가 왔을 때 빨래 바구니에 옷을 넣다가, 그때―― 잠깐, 무슨 소리를 하게 만드는 거야."

"파렴치해! 파렴치해요, 치사토 군!"

간신히 재기동한 미츠키 씨가 날 손가락으로 가리키면서 비난했다.

"미츠키 씨, 그런 게 아니라고요!"

만악의 근원인 아이리는 여전히 내 팔에 몸을 문질러대고 있다.

"치사토는 가슴 큰 여자 좋아하니까~"

교복 셔츠 너머로 아이리의 탄력 있는 큰 가슴이 팔을 꾸물꾸물 자극하고 있다. 사, 상대는 여동생인데, 사타구니가……. 나는 양반다리 자세에서 무릎을 일으켜서 가리려고 했다.

내가 아이리의 완력과 가슴에서 도망치지 못하고 있다는 걸 알아차린 미츠키 씨가 무릎을 세우고 일어났다.

"아이리 양! 여자아이가 그런 짓을 하면 안 돼요!"

"미츠키 씨……!"

오오, 교육자의 얼굴이다. 어느샌가 안경도 꺼내서 쓰고 있고.

하지만, 이어진 말은 미츠키 씨가 아직 제 상태가 아니라는 것을 증명해줬다.

"제가 보기에 아이리 양 가슴은 아직 D컵! 제 G컵이 더 커요! 그래서 치사토 군은 저한테 완전히 반해 있어요."

끔찍한 논법이었다. 그나저나 왜 자기 가슴 사이즈를 내 부모님 앞에서 폭로하는 건데?!

게다가 키츠키 씨의 혼신의 주장에, 아이리가 콧방귀를 뀌었다.

"미츠키 씨, 옛나? 나, 얼마 전에 E컵이 됐거든."

아이리가 여유 있는 표정으로 막대 달린 사탕을 다시 입에 물었다.

"그 나이에, 벌써 E컵? 앞으로 대체 어떻게 되려는 거야……?"

어째선지 미츠키 씨가 털썩 주저앉았다.

"치사토가 기뻐하는 엄청난 가슴이 되겠지. 이게 젊음의 힘이야."

"아이리, 자꾸 이상한 소리 하지 말라, 고!"

그러고 있는 힘껏 힘을 줘서 팔을 뺐다. 균형을 잃은 아이리가 내 바지 위로 엎어졌다. 아이리의 숨결이 내 사타구니에 닿았다.

"아야. 뭐 하는 거야. ……뭐야, 어라라~?" 생김새는 어린애고 두뇌는 어른인 명탐정처럼 말하면서, 아이리는 일어나더니 다시 악마의 미소를 지었다. "여동생의 가슴 때문에 치사토 주니어가 아주 큰일이 난 것 같은데~?"

"불결해! 짐승! 야수!"

미츠키 씨가 또 나를 손가락으로 가리키면서 몰아붙였다. 너무 혼란스런 탓에 어휘력이 상당히 저하되고 말았다.

"뭐야~ 치사토도 의욕이 넘치잖아."

"시끄러, 아이리."

아이리를 떠밀려고 하다가, 미츠키 씨가 갑자기 조용해진 게 신경이 쓰였다.

"어, 어라? 미츠키 씨, 어떻게 된 거예요?"

미츠키 씨가 비스듬하게 기울어져 있었다.

"치사토 군은 여동생분과 사이가 좋군요……."

"미츠키 씨?"

"괜찮아요. 치사토 군은 가족을 아끼니까, 여동생분도 소중하겠죠?"

나도 모르게 말문이 막혔다. 멋대로 집에서 나가고 부모님 돈으로 자취하고 있는 내 어디가 가족을 아끼는 걸까.

"아니, 나는──."

"아이리 양은 외로운 거예요. 그러니까 잘 대해줘야죠."

이 말을 들은 아이리가 갑자기 얼굴이 새빨개졌다.

"무, 무슨 소리를 하는 거야 당신?! 그런 거 아니거든?! 그, 리고 치사토는 여동생인 내가 있는데도 여동생 장르의 야한 동영상을 가지고 있는 변태거든."

되레 화를 낸 아이리 때문에 응접실 분위기가 얼어붙었다. 아버지도 새어머니도 굳어져 버렸다.

"아니라고!" 큰소리로 부정하는 나. 이건 진짜로 억울한 누명이다. 살려줘요, 미츠키 씨.

내 기도가 전해졌는지, 미츠키 씨가 반론에 나섰다.

"그래요. 치사토 군은 그런 사람이 아닙니다."

"미츠키 씨──."

역시 날 믿어주는 사람은 미츠키 씨뿐이야──.

"치사토 군은 연상에 가슴이 큰 누나를 아주 좋아해요. 최근에 가장 좋아하는 건 『여교사, 배덕의 과외수업』."

──라는 생각을 했던 시절이 제게도 있었지요.

"잠깐만, 어째서 미츠키 씨가 그걸 알고 있는데요?!"

어째선지 미츠키 씨가 볼이 빨개져서 꼬물거렸다.

"사랑하는 사람에 대해서는 전부 알고 싶어……."

"젠장, 미츠키 씨 너무 귀엽잖아!"

"하지만, 안경 쓰고 흰 가운을 입은 여성 교사라니, 그거 완전히 나——."

"으아~ 으아~ 으아~!"

그래, 나한테는 미츠키씨가 최고의 여성이야!

하지만 나는 아직 고등학생. 어른인 미츠키 씨한테 어울리는 남자가 되기 위해서 열심히 노력하는 중이라고. 그만큼 건강한 남자의 말로 표현할 수 없는 속내는 그런 보물 쪽으로 향하는 수밖에 없잖아.

"으아~ 치사토, 저질~."

"시끄러. 누구 때문에 이런 치명상을 입었는 줄은 알아."

"그런데 미츠키 씨, 이런 건 모르죠?"

그렇게 말하고, 아이리가 어디선가 일러스트가 그려진 케이스를 꺼내서 우리한테 보여줬다.

"야겜, 『여동생은 내 색시. 금단의 친여동생, 의붓여동생, 소꿉친구 컴플리트 세트』!"

"뭐야 그거어어어어언!"

눈앞에 있는 좌탁을 뒤집어버릴 기세로 소리쳤다.

"치, 치사토 군……?"

미츠키 씨가 완전히 질려버렸다. 나도 질렸어. 뭐야 이 야겜은. 소꿉친구면 여동생도 아니잖아.

"미츠키 씨, 정신 차리세요! 이건 뭔가 함정이라고요!"

"치사토, 이런 그림체 좋아하잖아."

"······함정이라고!"

"치사토 군?! 지금 잠깐 말이 없었는데?!"

일러스트에 대해서는 아주 선호하는 편이라고 생각합니다. 그게 아니라.

"그게 아니라, 난 이런 거 갖고 있던 적 없어! 아버지도 새어머니도 믿어달라고요."

부모님이 아쉽다는 얼굴로 날 보고 있었다. 아니라니까!

"응, 괜찮아, 치사토 군."

미츠키 씨가 내 머리를 상냥하게 쓰다듬었다.

"미츠키 씨······."

"──치사토 군은 아이리 양을 정말 좋아하는구나."

"미츠키 씨."

자세히 봤더니 미츠키 씨의 눈동자가 빙글빙글 돌아가고 있었다.

"아, 역시 알고 말았어요~? 우리 치사토 말이죠, 제가 없으면 안 되거든요."

라이트노벨 주인공 같은 어쩔 수 없다는 느낌을 발산하며, 아이리가 쓸데없는 소리를 했다.

"헛소리하지 마! 미츠키 씨, 진정하세요?"

"여동생분과 행복하게 살아."

"어째서어어어?!"

미츠키 씨가 나가려고 했다. 너무 갑작스런 전개에 나는 당황했다.

"미츠키 씨, 기다려요!"

나는 미츠키 씨를 말리려고 했지만, 아이리가 매달려 있어서 마음대로 움직일 수가 없다.

"치사토, 둘이서 행복해지면 되잖아."

"아니야! 난 미츠키 씨랑——."

매달려 있는 아이리가 돌덩이처럼 무겁다.

"치사토 군! 여동생분께는 상냥하게 대해야죠."

"맞아~ 맞아~" 맞장구치는 아이리.

"시끄러 아이리. 젠장, 움직일 수가——."

복도까지 간신히 기어나갔더니, 미츠키 씨가 신발을 신고 있었다.

"저, 치사토 군이 여동생분께『시끄러』같은 심한 말을 하는 사람인 줄 몰랐어요. 환멸했어."

"어, 내가, 나쁜 사람—?"

"안녕히."

미츠키 씨가 우리 아버지 집에서 나갔다.

말도 안 돼, 이런 건.

꿈이라면 제발 깨줘.

하지만—— 깨질 않는다……!!

"잠깐만요, 미츠키 씨!"

슬프고 괴롭고 한심해서, 눈물이 나왔다. 그런데도 몸이 마음대로 움직이지 않는다.

"가지 말아요! 제발 부탁이니까, 미츠키 씨——."

그때, 스마트폰 알람이 울렸다.

스마트폰 알람?

"으아아악!" 나는 벌떡 일어났다. 몸이 갑자기 마음대로 움직인다. 창문에서 아침 햇살이 들어오고 있다. 아이리도 부모님도 없다. 무엇보다 여기는 내가 자취하고 있는 아파트―.

"뭐야…… 역시 꿈이었잖아."

눈시울을 훔쳤더니 눈물 감촉이 느껴졌다. 최악의 꿈이었다.

그런데 내 눈에, 보풀이 잔뜩 붙은 낡은 스웨트를 위아래 세트로 입은, 두 갈래 땋은 머리의 건어물녀 모드인 미츠키 씨가 살금살금 내 방에서 나가는 모습이 보였다.

옛날 스타일 안경을 쓴 미츠키 씨가 날 돌아보면서 작은 목소리로 물었다.

"어…… 가지 말라니…………. 버리려고…… 했을 뿐…………. 그렇게………… 울 정도로…… 이거, 소중해?"

그렇게 말하는 미츠키 씨의 손에는 내가 방에 숨겨뒀던 보물, 『여교사, 배덕의 과외수업』이 쥐어져 있었다.

――이것은 나 후지모토 치사토와, 너무나 예쁘고 귀엽고 살짝 덜렁대지만, 항상 날 생각해주는 미쿠리야 미츠키 씨의, 아주 흔한 교제 이야기다. 하지만 우리가 살짝 나이 차이가 있어서, 지금은 아직 '교제(임시)'인 점만 빼면……

제1장 선생님의 바니 차림, 보고 싶나요?

골든 위크가 끝난 학교에는 의외로 열기가 가득 차 있었다.

슬슬 초여름 햇살이 뜨거워지기 시작했을 무렵에, 그것보다 훨씬 후텁지근한 녀석이 우리 반 교실에 있었다.

"좋았어! 내가 활약할 때가 왔다!"

조회 시간 전부터 신이 나서 웃고 있는 녀석은 야구부에 소속된 호시노 신. 미츠키 씨가 발견한 건데, 조용히 있으면 미국 영화배우 찰리 신과 닮았다. 하지만 남자 고등학생이 입을 다물고 있는 건 불가능한 일이고, 한마디로 바보라는 점이 들켜버리는 것까지가 기본적인 세트 구성이다.

"힘이 넘치네……."

내가 피곤한 얼굴로 그렇게 말했더니 호시노가 내 등을 두드렸다.

"후지모토, 왜 그렇게 힘이 없는데. 무슨 일 있어? 오월병이냐?"

"그런 건 아닌데 말이야……."

애매하게 대답하면서, 시선만 옮겨서 교실 앞 창가에 서 있는 담임선생님을 확인했다. 안경에다 수수하게 하나로 묶은 머리카락, 체형을 가리는 흰 가운이라는 수수한 차림새로 서 있는 미츠키 씨다. 종이 울리기 전에 이미 교실 앞에서 대기하고 있는 점이 정말 미츠키 씨 「답다」.

우리가 교제(임시) 상태인 건 비밀이라서, 미츠키 씨는 교실에 있을 때도 최대한 나와 눈을 마주치지 않으려 하고 있다. 눈이 마주치면 자기도 모르게 얼굴이 새빨개져서 혼란에 빠져버리기 때문이라는 것 같다. 정말 귀여운 여자 친구라니까.

내가 피곤한 건 오늘 아침에 있었던 일들 때문이다. 사실 미츠키 씨한테 보물을 들켜서 버려질 뻔했던 일 때문은 아니다. 그 보물에 대해서는 일단 처분을 보류하고 내 손에 돌아왔다. 그건 그렇다 치고. 내가 지금 이렇게 힘이 없는 건, 새벽에 꿨던 꿈 때문이다.

『안녕히』라고 차갑게 말한 미츠키 씨의 표정이 너무나 리얼해서 가슴이 조여들었다. 대놓고 말해서 엄청나게 슬프다. 겨우 꿈이 아니냐는 생각은 안 해줬으면 싶다. 제일 사랑하는 사람한테 『안녕히』라는 말을 듣는 게 이렇게 괴로울 거라고는 생각도 못 했으니까. 너무 괴롭다……. 그리고 오늘 아침에는 시간이 없어서 미츠키 씨한테 꿈 얘기를 못 했다. 가능하다면 오늘 밤에라도 얘기하고 싶다는 생각도 하고 있다.

하지만 이렇게 마음이 괴로운 건, 반대로 생각하자면 내가 그만큼 미츠키 씨를 좋아하는 뜻도 된다.

으어어어어! 미츠키 씨, 정말 좋아해애애애애!

라고 외치고 싶지만, 교실에서 그랬다간 대참사가 벌어질 게 뻔하니까.

솔직히 말이야, 신문부 소속이라고 주장하는 조그만 같은 반 여자애한테 파파라치도 당하고 여러모로 힘들었으니까. 그 같은 반 여자애, 일명 '규'라고 부르는 우시쿠 하루코와는, 미술 담당인 호리우치 마미 선생님의 도움도 받은 덕분에 지금에 와서는 우호적인 관계를 유지하고 있다. 솔직히 말해서 호리우치 선생님과 규 둘만은 나와 미츠키 선생님의 관계를 알고 있는 상태에서 응원해주고 있다. 정말 고맙게 생각한다.

그 규는 트레이드마크인 DSLR 카메라를 목에 걸고, 사이드 테일 머리카락을 뿅뿅 흔들면서 미츠키 씨와 뭔가 이야기를 나누고 있다. 수수한 교사 모드인 미츠키 씨는 말수가 적다 보니, 굳이 따지자면 규가 웃는 얼굴로 열심히 뭔가 말을 걸고 있는 것 같은 분위기다.

조례 시작 종소리가 울렸다. 규가 종종종, 하고 내 대각선 뒷자리에 있는 자기 자리로 돌아갔다.

"자, 조례 시작합니다. 오늘은 운동회에 대해 의논을 하겠습니다. 운동회 실행위원 호시노 군, 무라모토 양, 부탁해요."

미츠키 씨가 작은 소리로 말했다. 이 반이 된 지 겨우 한 달 밖에 안 지났지만, 모두들 미츠키 씨의 목소리를 잘 알아듣고 있다. 정말 대단한 반이라고 생각한다. 무엇보다 미츠키 씨가 다른 애들한테 사랑받고 있는 것 같아서 정말 기쁘다.

호시노가 힘차게 일어났고, 교탁 앞으로 갔다. 무라모토 양은 중학교 때 여자 농구로 전국 4강까지 갔던 사람이고, 1학년인데도 벌써 농구부 주전이 됐다. 숏커트 머리가 잘 어울리는 활발한 여자애. 항상 웃는 얼굴인데다 힘찬 모습이라서 눈에 띄고, 실제로 우리 반에서도 꽤 중심에 속하는 사람이지만 나한테는 미츠키 양(연인), 규(이런저런 일이 있어서 우정이 싹튼 재미있는 녀석)이 있다 보니, 솔직히 말해서 인상이 약하다. 조금 미안한 기분이

들기도 한다…….

미안하다는 얘기를 하니까, 오늘 아침에 꿨던 꿈의 무대가 하필이면 아버지 집이라는 것도 내 기분이 가라앉게 만들었다. 당분간은 그 집에 갈 생각도 없는데. 그야말로 미츠키 씨를 부모님께 확실히 소개해드릴 때나 돼야겠지. 언제가 될지는 모르겠지만.

그나저나…… 아이리는 잘 지내고 있으려나. 아마 잘 있겠지. 그 녀석은 좋은 의미로 바보니까.

"왜 그러심까, 무슨 일이심까, 후지모토 군. 고민에 빠진 소녀처럼 권태로운 표정이심다?"

소곤소곤하는 목소리로, 내 대각선 뒤쪽에서 규가 말을 걸어왔다.

"왜 그런 표현을 쓰는 건데?"

"만약 고민이 있으시다면 들어드릴 수도 있슴다만? 저희 신문에 고민 상담 코너도 만들까 하는 참임다."

"일단 노 땡큐야."

"으헤헤. 저는 언제든 웰컴이거든요? 무엇보다 저는 후지모토 군의 숨겨진 사랑에 대해 알크어흐걱?!"

"어이쿠, 미안해. 규 얼굴에 모기가 앉아 있었거든."

"그렇다고 체육복으로 얼굴 전체를 덮어버리는 건 너무함다! 이건 성희롱? 괴롭힘? 대체 뭘까?"

"모기한테 이마를 물리면 불쌍할 것 같아서 도와줬는데 말이야. 그리고 규 너희 신문은, 다른 사람의 선의를 곡해해서 악의가 담긴 기사를 쓰는 편파보도를 하는 신문이야?"

"그, 그, 그런 거 아님다!"

그래, 의붓여동생 아이리도 이렇게 바보였지……. 하지만 규랑 달라서 귀여운 구석이 없다고 할까, 열 받게 한다고 할까, 그런 짜증 나는 애다. 그나저나 꿈에 나온 아이리는 너무나 리얼했다. 진짜로 아이리 귀신이라도 나온 건 아니었을까.

"야, 후지모토. 규랑 염장질 하지 마라!"

앞쪽에서 호시노가 한마디 했다. 다른 애들이 웃음을 터트렸다.

"그런 거 아니거든."

웃으면서 바로 부정. 아무도 모르게 미츠키 씨 쪽을 슬쩍 봤더니, 미츠키 씨는 무표정한 얼굴이었다. 하지만 창틀에 얹어놓은 손에 힘이 들어가 있는 걸 보면 살짝 화가 났다. 규는 친구고 그런 감정이 전혀 발생할 리가 없다는 정도는 미츠키 씨도 최근 한 달 동안 겪은 일을 통해서 잘 알고는 있다. 아무래도 약간 삐걱거리던 규랑 내 관계를 원래대로 되돌리기 위해서 노력해준 사람이 다름 아닌 미츠키 씨였으니까.

하지만 자기도 모르게 살짝 질투해버린다. 미츠키 씨, 귀엽다니까.

"그런 거 아님다! 그런 누명을 씌우면 저, 또 호시노 군을 기사로 낼 검다!"

"내 뭘로 기사를 쓸 건데."

"『야구부 1학년 H 군, 골든 위크에 또 선배한테 차이다』!"

"그러니까 어째서 네가 내 실연을 죄다 파악하고 있는 거냐고?!"

또다시 웃음이 터져 나왔다. 규가 작은 가슴을 활짝 폈다.

"제 취재력을 우습게 보지 마시지 말임다!"

정말이지, 이 녀석의 취재력은 장난이 아니라니까. 덕분에 내가 사는 집도 들켰고, 매일 아침마다 매복까지 했다. 게다가 미츠키 씨와 내가 사는 아파트는 규네 아버지 회사가 다루는 부동산이라는 것 같아서, 미츠키 씨가 내 방에 들어오면서 빈집이 됐던 옆집에 규 본인이 이사 오려고 했었다.

엄청난 행동력이라니까.

그러고 보니 규네 아버지는 부동산 관련을 중심으로 사업을 하고 계시다는 것 같고, 규는 꽤나 부잣집 딸이라는 것 같다. 그런 집 딸의 대범함이라고나 할까, 어쩌고저쩌고 해도 근본은 좋은 녀석이고, 동시에 단순했다.

"분명히 날 '팔아먹은' 놈이 있는 거지?"

그때, 호시노가 이상한 소리를 했다.

"그, 그, 그런 거 없슴다만?"

규의 눈동자가 마구 흔들리고 있다. 그러다가 조금 떨어진 자리에 있는 마츠시로 코이치 쪽으로 시선이 향했다. 그렇구나, 저 녀석이구나. 정보 제공자를 간단히 들키게 만드는 단순한 점이 규답다니가. 규, 저 녀석, 사실은 신문부에 안 어울리는 게 아닐까.

"마츠시로 너 이 자식, 배신했구나"라고 말하며, 호시노가 피눈물을 흘리는 표정이 됐다.

"나, 난 아무것도 안 했거든! 야 후지모토, 너랑 나는 중등부 때부터 같이 고등부로 올라온 사이잖아?"

25

"그렇긴 한데, 이 건에 대해 난 아무것도 모르니까 어쩔 방법이 없거든."

미츠키 씨가 짝짝 손뼉을 쳤다.

"자, 정해야 할 일들이 많으니까. 호시노 군, 빨리 진행해주세요."

"예……."

한 소리 들은 호시노가 풀이 죽었다. 하지만 바로 마음을 다잡았다.

"이제 곧 운동회인데, 오늘은 희망하는 종목을 들어볼까 합니다."

일부 운동부 남학생들이 "예이~" 하는 낮은 목소리로 대답했다. 일부에서는 "5월인데 운동회?"라는 말도 나왔다. 그렇게 말한 것은 다른 중학교에서 들어온 학생들일 것 같다.

고등학교 생활에는 큰 학교 행사가 몇 가지 있다. 중간고사와 기말고사는 제외하더라도, 문화제와 운동회는 매년 학교 전체가 하나가 돼서 치르는 큰 행사다. 우리 학교의 경우에는 중등부고 고등부고 5월에 운동회를 했다. 이유는 몇 가지가 있다. 가을에는 문화제 준비와 겹쳐져서 큰일이고, 가을장마나 태풍 때문에 중지나 연기될 가능성이 있다. 새 학기 이른 시기에 큰 행사를 해서 각 반의 결속력을 높인다는 이유도 있고.

호시노도 같은 내용으로 설명했다. 호시노도 다른 중학교에서 들어온 입장이지만.

"……그렇게 해서, 저희 학교에서는 5월에 운동회를 합니다.

그리고 원래는 홍팀과 백팀으로 나뉘어서 싸우는 거라고 생각하겠지만, 우리 고등학교는 F반까지 있기 때문에 1학년까지 3학년까지 같은 반이 한 팀이 돼서, A반부터 F반까지 각각 여섯 팀으로 반 대항전을 합니다. 저희는 E반이니까 E반 황팀."

그렇게 호시노가 운동회의 주의사항을 읽는 사이에, 무라모토 양이 칠판에 커다란 글씨로 「운동회」라고 적고, 그리고 1학년의 출장 종목을 적어나갔다. 달리기, 줄지어 달리기, 1학년 전원 이어달리기, 선발 이어달리기, 장애물 경주, 줄다리기, 꾸미기 체조……. 의외로 많네.

주의사항이 적힌 종이를 보던 고개를 든 호시노가 칠판을 보고, 자기도 분필을 들었다.

"아, 무라모토 양, 몇 가지인가 전원 참가 종목도 있었지."

그렇게 말하고 무라모토 양이 적은 종목 밑에 「전원」이나 「열명」이라고 추가했다. 무라모토 양은 꼼꼼하고 깔끔하게 적었지만, 호시노의 글자는 작고 지저분했다.

"글씨가 더러워서 못 읽겠다!"

반 남학생들이 호시노에게 한마디 했다.

"시끄러~"

호시노는 받아치고, 분필을 내려놓고는 보란 듯이 손을 털었다.

"전원 참가 경기 외에 최소한 한 종목은 나가는 게 규정이니까, 각자 나가고 싶은 종목을 고르세요. 그럼, 잠시 생각하시고."

호시노가 그렇게 말하자 교실 안이 술렁거렸다.

"1학년부터 3학년까지 남자 200미터 계주라니, 절대로 무리야."

"기마전 정도로 좀 봐줘."

"돌아가신 할아버지가 이어달리기만은 하지 말라는 유언을 남기셨어. ——아직 살아계시지만."

"나도 이어달리기는 싫어~"

"그런데 말이야, 남녀 혼합 이어달리기니까——. 축구부 선배랑——."

각자 제멋대로 이래저래 떠들고 있는데, 규가 나한테 말을 걸었다.

"후지모토 군은 어쩔 겁까?"

"100미터 달리기랑 1학년 전원 이어달리기는 무조건 나가야 하잖아? 그리고 남자 줄다리기라든지."

"여자는 줄다리기 대신에 막대 당기기가 있슴다."

"그리고 꾸미기 체조도 있으니까, 그거면 충분할 것 같은데."

귀가부 남자는 이 정도만 해도 죽어버릴지도 모른다.

"규 너는 어떨 건데?"

"음~"

규가 팔짱을 끼고 생각에 잠겼다.

"규 너야말로 나보다 운동을 못할 것 같은데?"

"솔직히 말해서, 자신은 업슴다."

그렇겠지, 라고 생각하고 있는데, 여자애들 그룹이 규한테 말을 걸었다. 수업 중에는 거의 얌전하지만 운동 관련이 되면 힘이 넘치는 타입인 것 같다.

"저기저기, 규, 이어달리기 나갈래?"

"네?"

평소에 거의 말해본 적 없는 여자애들이 권하자 규가 곤혹스러워했다.

"규 너, 작고 귀여우니까 이어달리기 잘할 것 같은데."

"그래, 맞아. 작으니까 이렇게 슝~ 하고 달릴 것 같다."

"아니, 제가 달리기는 전혀——."

규가 알기 쉽게 당황했다. 나, 이런 건 싫은데 말이야."

"규, 50미터 몇 초야?" 내가 묻자 규가 대답했다.

"그러니까, 13초임다."

내가 칠판 앞에 서 있는 호시노를 불렀다.

"호시노! 뭣 좀 물어보자."

"뭔데?" 체격이 좋은 호시노가 가볍게 고개를 돌렸다.

"여자들 평균을 잘 몰라서 그러는데, 50미터 13초면 느린 거 아냐?"

"느린 편이지, 많이."

"이어달리기는 안 하는 게 좋겠지?"

내가 묻자 호시노가 웃음을 터트렸다.

"하하하. 당연하지. 이길 생각으로 가자고."

"그렇다네, 규. 이어달리기는 무리."

내가 그렇게 물었더니 호시노가 깜짝 놀랐다.

"뭐야? 지금 그 시간, 규 얘기였어?"

"그렇습다."

"그거, 너무 느리다. 카와니시가 더 빠르겠네."

카와니시는 지금 규한테 이어달리기 참가를 권하던 여자애들 중에 하나다.

"나? 진짜로 못 해."

"거짓말하지 말라고. 내가 우리 반 애들 기록 다 가지고 있단 말이야."

그렇게 말하고, 호시노가 교복 바지 주머니에서 작게 접은 종이를 꺼냈다.

"카와니시 너, 육상부도 아닌데 여자애들 중에 세 번째로 빠르네."

"그렇긴 한데, 이어달리기는 싫어. 책임이 너무 크잖아."

그래서 너는 한눈에 봐도 발이 느릴 것 같은 규한테 떠넘기려고 한 거냐. 또 규한테 집적대면 소리라도 질러줄까 보다.

하지만 호시노가 의외로 이야기를 잘 이끌어가 줬다.

"열심히 하면 칭찬해줄게. 참 잘했어요~ 하고."

"필요없거든~"

카와니시네가 깔깔 웃었다.

"그럼 어떻게 하면 좋은데."

"호시노, 호시노. 이어달리기 열심히 하면, 한판 승부 사줘."

한판 승부란 매점에서 인기 있는 빵이다. 아메리칸 핫도그처럼 생겼지만 케첩 대신에 마요네즈가 들어가 있다고 생각하면 된다. 매점에서 제일 인기 있는 빵이라서, 매일 금세 다 팔려버렸다.

"한판 승부는 내가 먹고 싶다."

"쪼잔해."

"그럼 러스크 사줄게."

"에~. 그럼 음료수도 같이."

"으아, 지독하네."

시간이 조금 걸리기는 했지만, 결국 반 대항 여자 이어달리기
에는 카와니시가 나가기로 했다. 나 같았으면 규한테 이상하게
집적댄 단계에서 화를 냈을 텐데, 호시노는 처음부터 끝까지 웃
으면서, 처음에는 다른 사람한테 떠넘기려고 했던 카와니시를 잘
구슬려서 시합에 나가게 했다. 다소 매수 같은 행위를 하기는 했
지만, 호시노 저 녀석 대단하네…….

"저런 녀석이 왜 여자 친구가 안 생기는 건지…….''

나도 모르게 혼잣말을 하고 말았다.

"저도 그렇게 생각한다" 규도 말했다.

"역시 그렇지?"

"그렇습다."

역시 그렇구나……. 내가 세상의 부조리 때문에 한숨을 쉬고
있는데, 규가 내 어깨를 콕콕 찔렀다.

"왜?"

"좀 전에, 도와주신 것 같은데 정말 고맙습다."

"뭘 그런 걸 가지고."

참고로 내 50미터 달리기 기록은 6초 9. 100미터 달리기까지
는 어떻게든 되겠지만, 그 이상은 심장이 비명을 지른다. 그래서

200미터 이어달리기부터는 나도 열심히 도망 다녔다

결국 나도 규도, 남녀 혼합 줄지어 달리기에 출전하게 됐고, 최소 할당량은 달성했다.

그날 저녁, 나는 집에서 미츠키 씨와 같이 저녁을 먹고 있었다.

미츠키 씨가 프러포즈라는 이름의 고백을 해온 뒤로 계속, 기본적으로 밤에는 같이 밥을 먹고 있다. 사는 집이 같은 아파트의 옆집이니까.

그러다가 이런저런 일이 있어서 내 집에서 같이 살기도 했고, 미츠키 씨가 원래 살던 집으로 돌아가기도 했다. 따라서 아침 식사를 같이하는 건 당연하다는 표현으로도 부족한 일이다. 참고로 우리 집은 방이 두 개라서 내 공부방을 거실 겸 내 방으로 사용하고, 침실로 쓰던 방을 미츠키 씨가 쓰고 있다. 그래서 나는 실질적으로 방 하나만 쓰고 있고, 미츠키 씨가 자고 갈 때도, 잘 때까지 같은 방에 있는 일은 없다. 혹시나 해서 하는 말이다.

같은 집에서 생활할 때는 샤워도 교대로 하고 있는데, 금방 씻고 나와서 따끈따끈한 미츠키 씨의 요염한 모습에서는 조금도 익숙해지지 못했다. 틈을 내서 거실 형광등 끈을 상대로 섀도복싱을 하고 있다. 번뇌야 물러가라.

참고로 지금 미츠키 씨는 조금 전에 샤워하고 나와서 볼이 살짝 상기돼 있다. 잠옷에 안경을 쓴 꾸밈없는 모습은 수수한 교사 모드에 가깝지만, 학교에 있을 때와 또 다른 꾸밈없는 웃는 얼굴.

미츠키 씨는 정말 잘 웃는 여성이다.

이런 웃는 얼굴을 볼 수 있는 사람은, 우리 학교 전체에서도 나 하나뿐이겠지.

크아아아아, 못 참겠다.

열심히 밥을 먹은 미츠키 씨가 갑자기 생각났다는 것처럼 말했다.

"그러고 보니까, 호시노 군은 우시쿠 양을 잘 도와주던데. ──아아, 치사토 군이 만들어준 밥이 너무 맛있어."

"정말 대단했었죠. 저 같았으면 그렇게는 못 했을 텐데. 그대로였다면 카와니시한테 한마디 했을지도 몰라요. ──좋아해 주시니 다행이네요."

"후후후. 치사토 군은 정의감이 강하니까."

"성질이 급한 점은 고치고 싶어요."

오늘 저녁밥은 내가 준비했다. 미츠키 씨가 일찍 퇴근할 때는 같이 준비할 때도 있지만, 오늘은 직원회의도 있고 해서 바빴기 때문에 내가 혼자서 준비했다. 그래봤자 오늘은 대단한 요리를 만든 것도 아니다. 주 반찬인 고등어 소금구이는 집에 오는 길에 슈퍼에 들었더니 노르웨이산 고등어가 쌌기에 사 와서 구웠을 뿐이다. 노르웨이산 고등어는 살도 많고 기름기가 많아서 맛있으니까. 하는 김에 특가품인 무도 반 토막짜리로 하나 사 왔고, 갈아서 고등어에 곁들였다. 생선 기름기와 간 무는 잘 어울리니까.

된장국은 두부와 버섯을 넣어서. 그리고 데친 브로콜리를 곁들였다. 거기에 슈퍼에서 파는 톳무침도 사 왔다. 톳은 그냥 내가 먹고 싶어서.

점심은 매점에서 파는 빵을 먹는 경우가 많다 보니, 몸이 이런 걸 원한다.

미츠키 씨도 마음에 들었는지 밥을 한 공기 더 먹었다. 많이 먹어주는 그대가 너무 좋아.

미츠키 씨가 된장국을 한 모금 먹고는 고개를 갸웃거렸다.

"호시노 군, 그렇게 착한데 여자 친구가 없는 이유가 뭘까."

"콜록, 콜록."

사레가 들었다. 미츠키 씨가 당황했다.

"괘, 괜찮아?!"

미츠키 씨가 오른손으로 보리차 잔을 들어서 나한테 권했고, 나머지 왼손으로는 내 등을 문질러줬다. 상냥하고 따뜻한 미츠키 씨의 감촉에서 사랑이 느껴졌다. 아, 그런데 미츠키 씨, 거기까지만. 미츠키 씨의 손 감촉을 더 느껴버리면, 사랑을 넘어서 열정이 느껴지니까…….

"헉, 헉. 이제 괜찮아요."

"다행이다. 식도 안 올렸는데 과부가 되는 건 싫거든?"

본인으로서는 가벼운 농담이겠지만, 말하면서 자기도 얼굴이 빨개진 미츠키 씨가 너무나 귀여웠다.

"그, 그렇게까지 심한 건……."

부끄러움을 감추려는 건지, 미츠키 씨가 계속해서 말했다.

"약혼이라는 행복의 절정에 도달한 상황에서 치사토 군이 먼저 떠나버리면, 난 장례식에서 하얀 상복을 입을 거야."

아무래도 미츠키 씨의 망상 스위치가 켜져 버린 것 같다.

"하얀 상복, 말인가요."

미츠키 씨가 눈물을 글썽이면서 몇 번이나 고개를 끄덕거렸다.

"하얀 상복은 '열녀는 두 남편과 살지 않는다'는 뜻이야. 나는 영원히 당신만의 것이니까. 재혼 같은 건 하지도 않고, 평생 정조를 지키겠다는 맹세."

이야기하는 내용은 내가 죽는다는 테마인데, '영원히 당신의 것'이라느니, '평생 정조를 지키겠습니다'라는 말을 들으니까 어쩐지 엄청나게 쑥스러운 기분이 든다.

"저기, 미츠키 씨, 그 얘기 '출처'는 어디인가요?"

내가 그렇게 물었더니 미츠키 씨가 굳어져 버렸다. 머리 위에 「쿵~」이라는 글자가 보였다.

"나…… 또 세대 차이 나는 얘기 한 거야?"

"아, 아뇨, 지금 미츠키 씨가 말한 '하얀 상복'이 고사에서 나온 건지 옛날 드라마에서 나온 건지도 모르니까……. 그냥 제가 모르는 일일 뿐인 가능성도 있으니까요."

"아, 아마도 세대 차이 나는 얘기는 아닌 것 같거든?"

그렇게 말하는 미츠키 씨의 눈동자가 흔들리고 있다. 미츠키 씨가 다급하게 스마트폰을 꺼내서 검색하기 시작했다.

원래는 중국 고전인 『사기(史記)』에 나오는 「충신은 두 임금을 섬기지 않고, 열녀는 두 남편과 살지 않는다」에서 나왔다는 것 같다. 역시나 미츠키 씨라니까, 학교 선생님답게 아는 게 많다.

출처가 『사기』라면, 이건 세대 차이 나는 얘기가 아니다.

"미츠키 씨, 죄송해요. 그냥 제가 몰랐던 것뿐이네요."

그러니까, 굳이 말하자면 나츠메 소세키가 「I love you」를 「달이 아름답다」고 번역한 일화를 아는지 모르는지에 가까운 일이다.

"그랬구나. 또 내가 옛날얘기를 꺼내서 치사토 군을 공포의 도가니탕에 몰아넣은 건 아닌지 걱정이 됐다니까."

안심한 표정의 미츠키 씨의 말에, 그냥 넘어갈 수 없는 부분이 있었다.

"『공포의 도가니탕』……?"

내가 고개를 갸웃거렸더니 미츠키 씨가 또 얼어붙었다.

"어?"

"어?"

미츠키 씨가 굳은 표정으로 미소를 지으며 나한테 물었다.

"공포의, 도가니탕이라는 말…… 몰라?"

"그러니까──."

"치사토 군, 눈이 흔들리고 있어. 괜찮아, 무리하지 마."

미차키 씨가 눈물을 글썽이면서 고개를 도리도리했다. 미츠키 씨가 도리도리하면, 헐렁한 잠옷의 커다란 흉부 언저리가 같이 흔들흔들한다. 그야말로 슬라임…….

"미, 미츠키 씨, 저기──."

미츠키 씨가 고개를 크게 저었다. 덕분에 미츠키 씨의 슬라임도 크게 흔들흔들──.

"분명히 오래된 얘기이긴 해. 지금부터 30년도 더 된 일이니까,

나도 실시간으로 본 건 아니거든. 예능 프로그램 여성 MC가 『공포의 도가니』라는 말을 『공포의 도가니탕』이라고 잘못 말했었어. 그게 시작이야."

"──죄송해요. 처음 들었네요."

내가 솔직하게 사과했더니, 미츠키 씨가 먼 곳을 보는 것 같은 표정을 지었다.

"괜찮아. 치사토 군이 만들어준 저녁밥이 너무 맛있다고 들떴던 내가 잘못한 거야."

"미츠키 씨~" 그런 소리를 들었더니 갑자기 서글픈 저녁밥이 돼버렸다. "그나저나 무슨 얘기 하던 거였죠? 아, 호시노가 왜 인기 없는지에 대해 얘기하던 중이었죠. 그죠?"

나는 화제를 다시 끄집어내서, 열심히 시간을 되돌렸다.

"……그랬었지. 나쁜 아이가 아니라는 건 알겠는데 말이야."

"호시노 같은 녀석, 남자친구로 괜찮은가요?"

그랬더니 미츠키 씨의 눈이 휘둥그레졌다.

"내 '남자친구'는 치사토 군뿐이거든."

볼이 살짝 발그레해져서 말하는 미츠키 씨. 그 말이 너무 달콤해서 가슴 언저리가 답답해졌다.

"고, 고맙습니다……."

"그러니까, 만약에 치사토 군한테 무슨 일이 생기면, 난 하얀 상복을……."

"스톱! 미츠키 씨, 그렇게 가면 또 되풀이하게 되거든요."

우리는 보리차를 마셔서 마음을 진정시켰다. 하마터면 무한 루

프에 빠져버릴 뻔했다.

"호시노 군은…… 우리 반 학생한테 이런 말을 하면 안 된다는 건 알지만…… 솔직히, 너무 뜨거운 것 같거든."

그리고는 미츠키 씨가 정말로 미안하다는 것처럼 그렇게 말했다. 상냥하구나, 미츠키 씨는.

"그게 장점이기도 한데 말이죠."

"그치."

"그래도 다행이네요. 미츠키 씨가 그런 '뜨거운 남자'가 취향이었다면, 절 선택하지 않았을지도 모르니까."

그때, 뜬금없이 오늘 아침에 꿨던 꿈이 생각났다. 「안녕히」라고 차갑게 말하는 미츠키 씨의 모습이 너무나도 리얼하게 마음속에 되살아났다. 꿈이라는 걸 알고 있는데도 슬픈 기분이 깊은 상처 자국을 남겼다.

그 마음의 변화가 얼굴에도 드러났겠지. 마지막 한 입을 다 먹은 미츠키 씨가 내 얼굴을 빤히 쳐다봤다.

"왜 그래, 치사토 군."

"그게…… 그냥 조금, 오늘 아침에 꿨던 꿈이 생각나서요."

"오늘 아침 꿈…… 내가 치사토 군 보물을 처분하려고 했더니 울면서 말렸던 그거?"

"결과적으로는 그렇게 되기는 했는데요!"

미츠키 씨는 절대로 놀리는 게 아니다. 가라앉은 내 마음을 다시 떠오르게 해주고 있는 것이다. 그 증거로, 내가 미츠키 씨한테 딴죽을 걸고도 얼굴이 풀리지 않은 걸 보고는 상냥한 표정을 지어줬다.

"어떤 꿈이었는데?"

나는 기억하는 한, 꿈의 내용을 자세하게 말했다.

미츠키 씨를 우리 부모님께 소개하기 위해서 부모님 댁으로 데려간 것.

미츠키 씨가 갑자기 「결혼하게 해주세요」라고 선언한 것.

의붓여동생 아이리에 대해. 아이리가 나한테 매달리는 사이에―― 미츠키 씨가 나한테 「안녕히」라고 말하고 나가버린 것――.

마지막 부분에서는 조금 눈물이 나올 뻔했다.

미츠키 씨는 가만히 들어줬다.

"······저, 미츠키 씨가 『안녕히』라고 말한 게, 정말 믿을 수 없을 만큼 충격이었거든요. 엄청나게 슬퍼서. 헤헤. 정말 한심하죠, 남자 주제에. 꿈 얘기를 생각하면서 풀이 죽다니."

나는 내 눈가를 힘줘서 벅벅 문질렀다. 울먹이는 목소리가 됐다는 걸 자각하면서, 숨기는 것보다 확실하게 눈물을 닦아내고 싶었다.

마주 앉아 있던 미츠키 씨가 내 옆으로 다가왔다. 미츠키 씨는 그대로 손을 뻗어서 내 머리를 자기 쪽으로 끌어당기고, 관자놀이 언저리를 쿡쿡 찔렀다.

그 자세 그대로, 미츠키 씨가 내 머리를 살며시 쓰다듬었다.

"괜찮아. 치사토 군, 난 괜찮으니까."

"미츠키 씨······."

이상하네. 금방 닦았던 눈물이 또 나오려고 하네. 내가 이렇게 눈물이 많았던가. 한심하네. 하지만, 머리를 쓰다듬어주는 미츠키 씨의 손바닥이 너무 따뜻해서, 조금 더 이러고 있고 싶었다.

미츠키 씨는 내 머리를 쓰다듬으면서 말했다.

"아까 호시노 군 얘기 말인데, 취향이란 참 복잡한 거야. 하지만 난 확실하게 말할 수 있어. '내 취향은 치사토 군이다'라고 말이야. 치사토 군이 어떤 성격이라도 '치사토 군이니까'난 고백할 수 있었어."

"예⋯⋯."

행복하다. 내가 좋아하는 사람에게 이런 말을 듣다니, 남자로서 더 이상 뭘 바라겠어.

동시에 마음속에서는 너무나 한심하다는 기분도 부정할 수가 없었다.

원래는 남자인 내가 미츠키 씨를 이렇게 위로해주는 입장이여하는데. 겨우 열 살 연하일 뿐인데, 난 아직 한참 멀었다. 나도 빨리 어른이 돼서, 미츠키 씨한테 믿음직한 남자가 돼야지──.

하지만 이런 생각도 했다. 이렇게 약한 모습도 드러내고, 그래도 서로를 좋아할 수 있다면. 상대의 얼핏 보면 한심한 부분이나 다른 사람에게는 보여줄 수 없는 부분도 받아들이고 사랑할 수 있다면.

아마도 그게, 진정으로 '타인을 사랑하는' 것일지도 모른다고.

각자 출장할 종목을 정한 다음 날 점심시간부터, 호시노가 뜨겁게 불타올랐다.

운동장 한쪽에서 각 종목의 기본적인 연습이 시작됐다.

"야~ 뛸 때는 허벅지를 더 높이 들라고~."

"야~ 다 같이 목소리 맞춰서 소리 지르면서 힘내자고."

"야~ 하면 되잖아. 최고였어."

뜨겁다. 모든 지도가 「야~」로 시작되니까 더 뜨거웠다.

우리 반 애들은 입학한 지 한 달 정도 지나면서 '어쩌면 호시노는 「근육 바보」가 아닐까'라고 어렴풋이 생각하고 있었던 것 같은데, 그것이 확신으로 변했다.

"헉, 헉……. 야, 후지모토" 마츠시로가 나한테 말을 걸었다. 숨을 헐떡이면서.

마츠시로는 이어달리기 선수. 호시노도 열심히 지도하고 있다. 취주악부인 마츠시로는 동아리 활동에서도 달리기를 하는 만큼 뛰는 자체에는 익숙한 것 같지만, 호시노의 열혈 지도 때문에 땀범벅이 돼 있었다.

"수고했어. 뭔데?"

"호시노 쟤, 저렇게 뜨겁게 지도만 하다가는, 당분간, 여자 친구는 꿈도 못 꾸겠지."

반쯤 저주였다.

"뭐, 세상에는 근육 바보를 좋아하는 사람이 있을지도 모르니까."

"호시노 저 자식, 자기는 엄청나게 땀 냄새 나는 주제에, 꽃향기 나는 여자가 좋다잖아. 그건 절대로 무리일 거야."

원망이 담긴 말을 늘어놓은 마츠시로가 턱에서 떨어지는 땀을 닦고 있는데, 규가 소리도 없이 다가왔다.

"그 마음, 이해함다. 마츠시로 군의 원한, 반드시 풀어드리겠슴다. 그러니까……."

"알았어. 또 호시노 자식 연애 얘기를 들으면 바로 알려줄게."

규와 마츠시로는 서로 마주 보고 빙긋 웃으면서 엄지손가락을 척, 하고 세워 보였다. 악마의 계약이다.

자, 그 문제는 규다.

남녀 혼합 줄지어 달리기 경주는 각 학년에서 남녀 세 명씩이거나 교대로 6명, 일렬종대로 서서 달린다. 줄지어 달리기니까 서로 오른발, 왼발을 긴 끈으로 묶는다. 이 상태에서 정해진 구간을 왕복. 1학년인 우리는 다음 순서인 2학년들한테 어깨띠를 넘긴다. 2학년 다음에는 3학년이 달리고, 최종적인 순위가 정해진다.

"그럼, 시작함다."

선두에 있는 규가 큰소리를 질렀다. 와~ 하고, 뒤쪽에 있는 우리가 대답했다.

"왼발부터 감다."

하나~ 둘.

""하나, 둘. 하나, 둘. 하나, 둘. 하나──.""

겨우 몇 미터 갔을 때였다.

"으악." "꺄악!" "으아아악."

그렇게, 제각기 비명을 지르면서 앞으로 고꾸라졌다.

"아야……. 규, 괜찮아?"

앞에서 두 번째인 내가 선두인 규를 걱정해줬다.

"괘, 괜찮습다……. 카메라를 두고 오길 잘 했습다."

키가 작아서 선두에 세우기는 했는데, 솔직히 말해서 규는 조그맣다. 나랑 머리 하나 차이가 날 만큼 압도적으로 작다. 그래서 넘어질 때의 대미지가 걱정됐다.

최대한 넘어지지 않게 해주고 싶지만, 그게 말처럼 쉬우면 고생할 이유가 없다. 처음에는 일단 넘어지는 걸 전제로, 규 바로 뒤에 있는 내가 뒤에 있는 사람이 넘어지더라도 최대한 규를 깔아뭉개지 않도록 중량을 분산시키려고 했지만, 그건 그거대로 큰일이었다.

"어떻게든 규가 깔리지 않게, 나도 신경 쓸 테니까."

내가 그렇게 말했더니, 뒤에 있는 애들도 이구동성으로 말했다.

"미안해, 규."

"넘어질 때는 최대한 옆으로 넘어질 테니까."

"다치진 않았어?"

규가 일어나서 흙이 묻은 체육복을 탁탁 털었다.

"괜찮습다. 저도 열심히 하겠습니다."

솔직하고 착한 아이다.

호시노의 지도는, "야~ 규는 작고 보폭이 짧으니까 거기에 맞추라고~"라는 지극히 당연한 얘기였다. 하지만 그걸 실행하는 게 정말 어렵다.

체육 시간에도 운동회 연습이 반영됐다.

달리기나 학년별 이어달리기 연습도 한다는 것 같은데, 먼저 꾸미기 체조 연습이었다.

중학교 때도 한 적이 있는 물구나무서기나 무릎 위에 올라가기 같은 건 문제 없을 거라고 생각했다. 하지만 중학교 3학년 봄부터 겨우 1년 지났을 뿐인데, 서로 몸이 많이 성장했다. 작년에는 됐는데 몸이 성장하면서 균형을 잡는 방법이 달라진 것이다. 물구나무서기를 하는 데만도 상당한 시간이 필요했다.

방과 후에는 동아리 활동이 있으니까 물리적으로 연습할 정도가 없다. 뜨겁게 지도하는 호시노도 야구부 연습에 가야 하니까 필연적으로 운동회 연습은 못 하게 된다.

우리 반 대부분이 동아리 활동을 하러 가버리자, 규의 한소리가 들려왔다.

"흐아아~~~~~."

책상 위에 엎어져 있다. 사이드 테일 머리카락도 어딘가 힘이 없다.

"왜 그래. 피곤해?"

내가 비축해둔 캐러멜 한 알을 머리 위에 올려놨더니, 규는 그걸 손으로 집은 뒤에 몸을 일으키고는 꾸물꾸물 입에 넣었다.

"캐러멜이 맛있습다. 감사합다."

"뭘 이런 걸 가지고."

"답례는 지면에서 하겠습니다. 『우리 반의 영웅 후지모토 치사토. 빈사 상태의 본지 기자에게 캐러멜을 쾌히 선사』."

"이상한 헤드라인이 당연하다는 것처럼 튀어나올 정도면 괜찮은가 보네. 그리고 그 기사는 거절할래."

어깨를 축 늘어트리고 캐러멜을 빨면서, 규가 다시 한번 한숨을 쉬었다.

"흐아아~~~~~."

존재 자체가 허공에 녹아들 것만 같은 한숨이었다.

"호시노가 첫날부터 너무 열심히 했으니까……. 오늘은 신문부는 쉬는 거야?"

"쉽니다. ──제가, 키가 작지 않슴까. 그래서, 솔직히 말하자면 체력에 자신이 없슴다."

"나도 지쳤어. 규가 다치지 않게 신경 쓰느라."

"후지모토 군은 좀 더 몸을 단련하는 게 좋겠슴다. 안 그러면 나중에 똥배 뽈룩 나옴다."

"남이 기껏 위로해주는데 그런 소리 하는 게 어디 있어."

규와 내가 이야기하고 있는데, 수수한 교사 모드인 미츠키 씨가 손에 짐을 들고서 불쑥 교실에 들어왔다. 무슨 일이라도 있나.

그런 생각을 하는데 미츠키 씨가 곧장 우리 쪽으로 왔다. 나도 모르게 소름이 돋았다. 교실 안에서 이렇게 곧장 내가 있는 데로 오다니─ 라고 생각했는데, 안경 너머에 있는 눈은 날 보고 있지 않았다. 아무래도 규를 향해서 걸어온 것 같다. 안심하는 동시에 왠지 쓸쓸한 기분이 드는 이유는 대체 뭘까…….

"우시쿠 양."

그리고는 나와 둘이 있을 때보다 낮은 목소리로, 미츠키 씨가 규에게 말을 굴렀다.

"예. 무슨 일이시지 말임까."

그러자 규가 복잡한 말투로 대답했다.

우리는 자리에 앉은 상태라서 흰 사운을 입은 미츠키 씨를 올려다보는 모양이 됐다. 가까이서 보니 미츠키 씨의 예쁜 볼이 긴장 때문에 살짝 발그레해진 걸 알 수 있었다. 일부러 내 존재를 무시하려고 하다가 되레 긴장해버린 미츠키 씨의 모습을 보고 은근슬쩍 기뻐하는 내가 왠지 얄밉다는 생각이 들었다.

미츠키 씨가 규한테 손에 들고 있던 태블릿을 보여줬다.

"이거, 동영상 사이트에서 줄지어 달리기의 요령 같은 걸 찾아봤거든요."

그렇게 말하고, 미츠키 씨가 동영상을 재생했다. 처음에는 농담인 줄 알았는데, 정말로 줄지어 달리기 해설 영상이었다.

"뭐든지 다 있네요" 내가 그렇게 감상을 말했더니 미츠키 씨가 살짝 놀랐다. 그렇게까지 경계할 필요는 없는데 말이야…….

"이것도, 요령이 있었네요……" 규가 말했다.

영상 속에서 "하나, 둘. 하나, 둘" 하고 구령을 맞추면서, 어느 학교인지 고등학생들이 달리고 있다. 그런데 그 구령 속도가 엄청나게 빠르다. 우리 연습하고 비교하면 거의 두 배 수준으로.

교실에 남아 있던 다른 애들도 영상을 보러 왔다.

"뭐 해?"

"줄지어 달리기 잘하는 요령? 나도 가르쳐줘."

다른 애들이 우글우글 몰려들었다.

미츠키 씨가 그런 애들한테 작은 종이팩에 든 음료수를 나눠줬다.

"어? 선생님, 이건 뭐예요?"

"제가 드리는 거예요. 점심시간에도 다들 열심히 연습한 것 같아서요. 동아리 활동하러 간 사람들은 내일 줄 테니까, 걱정하지 마세요."

우리 반 애들이 환호성을 질렀다.

"선생님, 고마워요!"

"선생님 최고!"

학생들이 칭찬하면 할수록 미츠키 씨는 경직됐고, 고개를 숙였다. 저건 얼굴이 빨개진 걸 감추려고 하는 행동이겠지…….

"이 태블릿은 누구 거야?"

그때, 동아리 활동하러 가기 직전이었던 운동회 실행위원 무라모토 양이, 음료수를 받고는 고개를 들이밀고서 물었다.

"미— 미쿠리야 선생님 거야." 내가 대답했다.

위험했다. 나도 모르게 '미츠키 씨'라고 말할 뻔했어. 미츠키 씨 이름도 '미'로 시작해서 다행이다.

"어? 이거 키가 큰 사람이 앞에 서는 게 더 좋은 거야?" 무라모토 양이 깜짝 놀랐다.

"그렇구나. 키가 큰 사람일수록 보폭이 크고 힘이 있으니까 전체를 끌고 갈 수 있다는 건가. 그런데 우리 학교는 키가 작은 사람이 제일 앞에 서야 한다는 규칙이 있으니까, 두 번째에 있는 내가 어떻게든 할 수 있을지도 모르겠네."

그렇게 말하고, 나는 태블릿 화면을 스크롤시켰다. 키 크기와 줄 서는 방법의 관계 다음으로 놀란 것은 손을 두는 위치였다.

"손도 어깨가 아니라 허리에 두는 게 안정되는 겁까?!"

규가 얼빠진 소리로 외쳤다. 이어서 엄청난 기세로 내 얼굴을 봤다.

"뭔데, 규."

"후지모토 군, 잠깐 일어나 주십쇼."

"응."

내가 일어서자 규도 일어났고, 나한테 등을 돌렸다.

"후지모토 군, 줄지어 달리기 때처럼 제 어깨에 손을 얹어 주세요."

"아, 그 얘기구나. ──자."

내가 규의 어깨에 손을 얹었더니 규가 제자리에서 달려가는 것처럼 움직였다.

"어떻슴까."

"응. 평소랑 똑같아."

그러자 규가 일단 움직임을 멈췄다.

"후지모토 군, 이번에는 제 허리에 손을 얹어 주십쇼."

"응."

나는 규의 어깨에서 손을 떼고 허리 쪽으로 손을 뻗었다. 하지만 미츠키 씨가 보는 앞에서 다른 여자애 허리에 손을 얹었다니, 이건 완전히 고문이다. 조심해서 하자.

"으히약?!"

그때, 규가 펄쩍 뛰었다.

"왜 그래?"

"조, 좀, 간지럽슴다. 하지만, 열심히 할 검다."

규는 정말 성실한 녀석이다.

"그럼, 다시 아까처럼 제자리에서 뛰는 것처럼 해봐."

"알겠슴다."

규가 "하나, 둘. 하나, 둘" 하면서 제자리에서 뛰기 시작했다. 나도 규의 구령에 맞춰서 발을 움직였다. 그렇구나, 분명히 어깨에 손을 얹었을 때보다 덜 흔들리니까 균형을 유지하기도 쉬울 것 같네.

그런데 갑자기, 규가 큰 소리로 웃음을 터트렸다.

"하나, 둘. 하나, 두── 으햐햐햐햐햐."

"왜 그래~?!"

"후지모토 군, 흐햐햐, 손이, 흐히히, 조심해서 그런지 되레 간지러워서, 으히히, 이건 안 되겠슴다. 으햐햐햐햐햐햐──."

규가 도망쳤다.

"후지모토, 손놀림이 좀 야하더라."

무라모토가 차가운 눈으로 날 보고 있다. 도망친 규는 히히~ 하고 웃으면서 무라모토한테 매달렸다.

"억울하거든?! 허리를 세게 잡으면 미안할 것 같아서 살짝 얹기만 했는데. 내 여동생 같은 소리 하지 말아줄래?!"

이상한 분위기를 느끼고 고개를 홱 돌렸다. 그랬더니 거기에는, 미츠키 씨가 사람을 잡아먹을 것 같은 눈을 하고서 서 있었다……

그날 밤, 미츠키 씨는 당연하게도 뚱해 있었다.

저녁밥인 마파 가지를 먹은 뒤에, 천천히 무릎을 꿇고 앉으라고 했다.

"치사토 군, 선생님은 화가 났어요."

항상 그랬듯이 머리 위에 '흥, 칫, 뿡'이라는 글자가 떠 있는 것 같은 화난 모습. 정말 귀엽지만, 화가 난 건 사실이다.

"예."

내가 얌전히 고개를 끄덕였더니, 미츠키 씨가 입술을 살짝 내밀고서 불만이라는 표정을 지었다. 팔짱을 껴서 화가 났다는 걸 더 강조하고 있는데, 팔짱을 끼니까 흉부가 더 강조되고 말았다. 참으로 곤란하지 말입니다.

"선생님이 왜 화가 났는지 알고 있나요."

"그러니까, 방과 후에, 규 허리에 손을 댔기 때, 때문이죠."

"그래요."

끄떡끄떡, 미츠키 씨가 몇 번이나 고개를 끄덕였다. 가슴 쪽도 띠용띠용 하면서 동의를 표하고 있었다.

"그런데, 그건 그때 말했던 것처럼, 딱히 딴생각이 있어서 그런 게 아니고요."

"따, 딴생각?! 이 무슨 파렴치한?!"

"딴생각이 '없었다'고 말했잖아요. 그리고 그렇게 하면 줄지어 달리기를 더 잘 할 수 있다는 동영상을 보여준 건 미츠키 씨잖아요?!"

"내, 내가 파렴치한 거야……?!"

미츠키 씨가 한눈에 봐도 알 수 있게 충격을 받았다.

"아뇨, 아뇨, 그건 아니고요."

"고소한 쪽이 고소당하는 쪽으로 바뀌다니, 그야말로『역전 재판』이네요."

"아~ 오랜만에 듣네요. 전『역전 재판 4』를 좋아했는데."

"치사토 군도 했구나." 미츠키 씨가 즐거워하는 얼굴로 부활했다.

"주인공이 바뀌었죠."

"맞아요, 맞아요. 그리고 영어판도 같이 들어 있어서, 영어 공부에도 도움이 된다는 핑계로 부모님을 설득해서 사달라고 했었는데, 전혀 소용 없었죠."

그랬더니 미츠키 씨가 경직됐다. 안경 너머에 있는 눈이 보이지 않게 돼버렸다.

"여, 영어판……?"

"예?"

"──치사토 군, 참고삼아 누나한테 가르쳐줬으면 싶은데, 치사토 군이 했던『역전 재판』은 어떤 게임기였어? 일단 난 위아래로 딱, 하고 열리는 휴대용 게임기." (닌텐도 DS.)

"다, 당연히 같은 거죠."

"어라, 그런데" 미츠키 씨가 뭔가를 알아차리고는 힘없이 미소를 지었다. "치사토 군이 말하는 휴대용 게임기는, 3D로도 볼 수 있는 것 아니었어?" (닌텐도 3DS.)

"아, 그러니까, 아마, 그, 그랬었죠."

미츠키 씨가 현기증을 일으켰다. 천천히 몸을 일으키면서 슬픈 목소리로 중얼거렸다.

"후, 후후후. 그렇겠지. 내가 중학생 때 했던 게임기니까. 치사토 군이 할 때는 후속 기종으로 이식이 됐어도 이상한 일이 아니겠지."

"저기, 그렇지만요. 왜, 내용은 똑같은 테니까요."

"내가 하던 시절에는 영어판이 없었거든……?"

"겨, 결국, 영어판은 좌절했으니까요!"

"치사토 군이 할 때는 그래픽도 좋아졌겠지……."

"그, 그건……!" 부정할 수가 없다.

게다가 그 게임에서도 3D 그래픽을 즐길 수 있었다고 말하면 미츠키 씨가 기절할지도 모른다.

"같은 화제인 것 같으면서도 세대 차이가 숨어 있었어. 아우. 치사토 군이 나 괴롭혀……."

도끼눈을 뜨고 입을 삐죽 대민 미츠키 씨도 귀엽다. 아니, 이건 안 돼.

"그게 아니라! 다들 미츠키 씨한테 고마워했잖아요. 개인 물건인 태블릿까지 가지고 와서 이런저런 경기 요령도 가르쳐줬고, 다들 피곤할 거라고 주스까지 사다 줬고."

그랬더니 어째선지 미츠키 씨가 더더욱 고개를 숙였다.

"그건── 때문에……."

"예? 뭐라고요?"

미츠키 씨 목소리가 너무 작은 탓에 알아듣지 못해서 다시 물었더니, 어쩐선지 미츠키 씨는 얼굴이 새빨개져서 울먹이는 목소리로 말했다.

"그건——."

"『그건』?"

내가 재촉하자, 미츠키 씨가 나를 똑바로 쳐다봤다. 눈물을 참는 표정으로 이렇게 말했다.

"그건—— 치사토 군이 좋은 선생님이라고 칭찬해줬으면 싶었기 때문에!!"

"예?!"

"나야말로 내 욕망을 있는 대로 드러내서 파렴치했어요. 창피해. 너무 창피해……."

큰 소리로 그렇게 고백하고, 미츠키 씨가 두 손으로 얼굴을 가리고 말았다.

"미츠키 씨?"

"으앙~ 이런 나는 바보 같은 선생님으로 재판을 받아서 유죄 선고를 받고 말 거야~"

"음~ 배심원들이 어떤 판결을 내릴지는 모르겠지만, 제가 배심원이라면 틀림없이 무죄인데요."

내가 그렇게 말했더니 미츠키 씨가 얼굴을 가렸던 손을 치우기는 했지만, 어쩐선지 삐딱한 태도로 말했다.

"치사토 군, 그거 알아?" 미츠키 씨, 먼 곳을 보는 눈.

"예?"

"우리나라에서 배심원 제도는, 지금부터 10년 전에 시작됐어."

"…………."

그리고, 미츠키 씨가 쓸쓸하다는 듯이 말했다.

"나, 배심원 제도에 대해서, 학교에서는 배우지 않았어"라고.

이런. 또 미츠키 씨가 세대 차이 때문에 충격을 받았다.

"하, 하지만, 10년 전이라면 미츠키 씨가 고등학교 1학년 때니까, 현대사회 과목에서 배우지 않았나요?"

"그냥 대충. 당시에 현대사회 과목 선생님은, 몇 년이나 똑같은 내용으로 필기하기로 유명했거든. 새로운 일이었던 배심원 제도에 대해서는 아직 제대로 된 교재도 없어서, 프린트만 한 장 나눠주고 끝났어……."

"그것참……."

"배심원 제도가 시작된 지 10년이나 지났지만, 난 아직까지 배심원이 돼본 적도 없고."

"하, 하긴 쉽게 될 수 있는 일은 아니죠……. 그, 그래도 말이죠, 미츠키 씨!"

나는 진지한 표정으로 미츠키 씨를 봤다.

"저는, 미츠키 씨가 정말 좋은 선생님이라고 생각했어요. 만약에 미츠키 씨가 저한테 칭찬을 받고 싶어서 그랬다면, 전 엄청나게 칭찬할 거예요."

미츠키 씨가 또 살짝 눈물을 글썽였다.

"피고인을 용서해주실 건가요."

"미츠키씨는 피고인이 아니잖아요. 용서하고 자시고, 미츠키 씨는 정말 좋은 선생님이거든요?"

미츠키 씨가 입을 꾹 다물었다. 그리고는 한참 동안 고개를 도리도리 저었지만, 숨을 크게 들이쉰 순간이 한계였다.

"으앙~ 치사토 군이 너무 착해~. 나, 엄청나게 글러 먹었는데, 이렇게 상냥하게 말해주면 너무 행복해서 죽을 거야~."

"죽지 마세요."

원래는 미츠키 씨가 날 탄핵하는 걸로 시작했는데, 그 건은 얼렁뚱땅 넘어가 버렸다. 이제 와서 이야기를 되돌릴 수도 없으니까, 나는 재빨리 식후 차를 끓였다.

오늘은 현미차. 구수한 향기가 마음을 차분하게 만든다. 지금의 우리에게 필요한 한 잔이다.

"맛있다. 고마워."

미츠키 씨가 싱글싱글 웃으면서 현미차를 맛보고 있다.

"현미차, 마음이 편해지네요~."

"후후후. 치사토 군, 할아버지 같아."

미츠키 씨가 편안해지면서 힘이 났다. 그러다가 무방비해진 탓이겠지. 미츠키 씨가 넘쳐날 것 같은 커다란 가슴을 좌탁 위에 올려놓고 편한 자세를 하는 건 너무나 부담되거든요. 지금 당장 새도복싱을 해야……

"여, 영감한테 운동회 연습은 너무 힘들어서 말이야."

일단 어설프게 할아버지 흉내를 내면서 대충 넘겼다. 자꾸만 시선이 미츠키 씨의 커다란 슬라임 쪽으로 가려고 하는 걸 어떻게든 해야겠다.

"후후후. 체력은 그렇다 치고, 치사토 군은 줄지어 달리기 말고 다른 건 괜찮아?"

"반 전체 이어달리기는 100미터니까, 그렇게까지 도움이 안 되지는 않을 것 같아요."

"다치지 않게 조심하고."

"예" 하고 고개를 끄덕이기는 했지만, 나는 살짝 머리를 긁었다.

"하지만, 꾸미기 체조가 걱정돼서……."

내가 그렇게 말했더니, 미츠키 씨가 "아~" 하고 알겠다는 것처럼 말했다.

"꾸미기 체조, 힘들지. 옛날에는 3학년들이 했었는데, 다치기라도 해서 대학 입시에 영향을 주기라도 하면 안 된다는 이유로 1학년 종목이 됐다나 봐."

그래도 실제로 다친 사람은 없지만, 이라고. 미츠키 씨가 추가했다.

"그렇군요. 그런데 중등부에서도 수험생인 3학년이 꾸미기 체조를 했었는데요?"

"응. 우리 학교는 중등부에서 고등부로 올라오는 사람들이 거의 대부분이니까, 아직 고등학생만큼 몸이 만들어지지 않아서 기껏해야 피라미드 정도까지만 했으니까. 그렇다면 작년에 했던 감각이 남아 있는 1학년 종목으로 해버리자~ 같은 느낌?"

"고등학교에서는 인간 탑까지 한다고 했죠……."

내가 한숨을 쉬면서 말했더니 미츠키 씨가 걱정하는 표정을 지었다.

"인간 탑, 힘들어?"

미츠키 씨가 걱정하면서 이쪽으로 살짝 다가왔더니, 슬라임 씨도 같이 흔들흔들, 걱정해줬다. 내 멘탈이 걱정되니까 적당히 해줬으면 좋겠다…….

"저희 그룹은 그렇게까지 높은 탑을 쌓는 것도 아니고, 저는 밑에서 두 번째 받침대니까 무게만 견디면 어떻게든 될 것 같은데요."

"뭔가 잘 안 되는 거라도 있어?"

나는 현미차를 한 모금 마시고서 계속 말했다.

"사실은…… 중등부에서 했을 때도 균형 잡기가 꽤 힘들었거든요."

오늘 체육 수업 때는 물구나무서기를 한 번밖에 못 했다.

하지만 그것보다 더 불안한 게 있었다. 미츠키 씨가 어떤 꾸미기 체조인지 물어봐서, 무릎 위에 올라가기라고 말씀드렸다. 둘이서 하는 동작이고, 받침대가 되는 사람이 먼저 위에 올라가는 사람을 목말을 태우고, 그 사람이 몸을 낮추면서 위에 있는 사람이 받침대가 되는 사람이 허벅지 위에 올라가서 선다. 이때 받침대가 되는 사람이 위에 올라가는 사람의 가랑이 사이로 머리를 빼고 기마자세 같은 자세가 되면서, 위에 있는 사람의 무릎을 잡고서 버틴다. 위에 있는 사람을 몸을 살짝 앞으로 기울이면서 두 팔을 벌리고, 받침대가 되는 사람과 같이 균형을 잡는 것이다. 참고로 나는 받침대 쪽이다.

미츠키 씨가 동작 이름만 가지고는 모른다는 것 같아서, 손짓, 발짓 섞어가며 설명했다. 하지만, 슬프게도 미츠키 씨는 지구과학 선생님이다 보니 잘 전해지지 않았다. 내가 스마트폰으로 검색해서 그 동작의 영상을 찾아서 보여드렸더니, 그제야 미츠키씨 얼굴이 확 밝아졌다.

"이거 알아. 나도 학생 때 한 적 있어. 이걸 '무릎 위에 올라가기'라고 하는구나~ 난 '타이타닉'인줄 알았는데."

"저는 받침대 쪽이거든요. 중학교 때는 쉽게 했었는데, 이번에는 같이 하는 상대가 작년에 했던 마츠시로보다 체격이 좋아서 균형을 잡기가 힘들어요."

"그렇구나~." 미츠키 씨가 잠시 내 핸드폰을 보고 있더니, 갑자기 고개를 들었다. "연습 할까?"

"예?"

미츠키 씨의 말이 너무 의외라서, 나도 모르게 이상한 소리를 내고 말았다. 미츠키 씨가 힘차게 일어났다. 미츠키 씨 가슴도 출렁, 하고 흔들렸다.

"기왕에 이렇게 둘이 있으니까, 할까?"

살짝 수줍어하면서 "할까?"라고 말한 탓에, 나도 모르게 머리가 어질, 했다.

"꾸미기 체조, 말인가요?"

"응. 나, 치사토 군이랑 하고 싶었거든."

"꾸미기 체조 얘기죠?"

하긴, 미츠키 씨라면 이번 꾸미기 체조 상대와 신장이 비슷한 것도 같다. 하지만 남녀의 벽이라는 게 있어서 말이죠…….

미츠키 씨는 잠옷 바지를 끌어올려서 움직이기 편하게 했다.

의욕이 넘치네.

"솔직히 말하자면 말이야, 나, 치사토 군이랑 같은 반 친구가 아니라서 운동회도 같이 참가하지 못하는 게 조금 아쉬웠거든."

"미츠키 씨……."

"그러니까, 오늘 밤엔 실컷 하자. 밤새도록 해도 좋아!"

뭔가 말이 야한데…….

"그렇게 하면 내일 못 일어날 텐데요?!"

"뭐, 뭐라고, 다리가 후들거려서 일어나지도 못할 때까지 하겠다니, 파렴치해요!"

"미츠키 씨가 지금까지 한 말이 더 이상하거든요?!"

갑자기 침묵이 찾아왔다. 미츠키 씨 얼굴이 빨갛다. 어라? 혹시 미츠키 씨, 창피해하는 건가…….

미츠키 씨가 나한테 등을 돌렸다. 고개를 살짝 뒤로 돌리고, 살짝 곤란해하는 표정으로.

"빠, 빨리해……."

미츠키 씨는 벽에 살짝 손을 짚고서 다리를 벌리고, 엉덩이를 살짝 내밀었다. 둥글고 예쁜 엉덩이 라인. 미츠키 씨, 가슴만 큰 게 아니라 엉덩이도 고혹적이었다. 잠옷 바지를 위로 끌어올린 탓에 팬티 라인이 선명하게 두드러졌다. 미츠키 씨가 뒤로 돌아 있어서 다행이다. 지금 내 사타구니에 있는 놈이 벌떡 일어나 있거든…….

어라, 잠깐만. 미츠키 씨 이 자세, 엄청 야한 거 아닌가—?

"저기요, 미츠키 씨——."

"어떻게 하면 되는지, 알지?"

그거 어디까지나 꾸미기 체조 얘기죠?!

마른 침을 삼켰다. 이미 익숙해졌다고 생각했던 미츠키 씨의 샴푸 향기가 살짝 콧구멍을 간질였다.

"미, 미츠키 씨——."

손을 뻗으면 미츠키 씨의 몸에 닿는다.

천천히, 나는 손을 뻗었고——.

내 오른쪽 뺨에 펀치를 날렸다.

퍽, 하는 묵직한 소리가 나고, 미츠키 씨가 깜짝 놀라서 뒤를 돌아봤다.

"치사토 군?!"

"괘, 괜찮아요."

아야야……. 내가 생각해도, 역시나, 매일매일 섀도복싱으로 단련한 라이트 펀치라니까. 그나저나 여기서 하반신을 당해내지 못하면, 내 마음은 더 아플 테니까.

"그, 그럼, 치사토 군. 와줘……."

"와줘……."

마음을 비우고 두 손을 뻗었다. 미츠키 씨의 허리에 닿았다.

"힉?!"

미츠키 씨의 몸이 움찔하고 떨렸다. 미츠키 씨 허리, 가늘구나. 역시 여자니까.

나는 미츠키 씨의 허리에서 아래쪽으로 손을 옮기고, 허벅지까지 내려갔다.

"큭!" 미츠키 씨가 소리를 냈다.

"시작할게요?"

마는 미츠키 씨의 마음을 확인했다. 미츠키 씨는 엉덩이를 뒤로 내밀고 다리를 벌린 채, 반대쪽을 보면서 몇 번이나 고개를 끄덕였다. 나는 큰마음을 먹고 미츠키 씨의 사타구니에 머리를 집어넣었다. 그대로 천천히 미츠키 씨의 몸을 들어 올리고, 일어섰다.

"히아아아아악?!"

미츠키 씨가 큰 소리를 냈다.

"천장 높이, 괜찮은가요, 미츠키 씨."

"이거, 무서워." 미츠키 씨가 울먹이는 목소리로 말했다. "어른 무등은, 높아서 무서워!"

그렇겠지~. 내 키가 170센티미터 정도는 되고, 미츠키 씨도 160센티미터는 되니까. 그런 둘이서 무등을 태웠으니, 위에 있는 사람은 꽤 높이 올라가겠지.

미츠키 씨가 내 어깨 위에서 휘청휘청 흔들렸다.

"미, 미츠키 씨, 그렇게 세게 움직이면……."

"그치만── 참을 수가 없어."

미츠키 씨의 손이 내 머리를 세게 움켜쥐었다.

머리와 어깨에 미츠키 씨의 체온이 직접 전해져 온다. 미츠키 씨의 머리카락 냄새뿐만이 아니라 다른 달콤한 냄새가 났다. 이렇게 가까운 데서 미츠키 씨 몸에서 나는 냄새를 맡은 건 처음이다.

"미츠키 씨, 진짜 위험하거든요."

내가 자세를 바로잡으려고 머리를 들었다.

"아아아앙!"

갑자기 미츠키 씨가 교성을 질렀다.

"미, 미츠키 씨?!"

너무 야한 목소리라서 심장이 멎는 줄 알았다.

"안 돼. 치사토 군, 머리 움직이면 안 돼……."

"예?" 나도 모르게, 그렇게 묻기 위해서 고개를 들려고 했다.

"안돼엥!"

미츠키 씨가 신음을 흘렸고, 통통한 허벅지로 내 머리를 꽉 조였다.

"왜 그러세요?"

미츠키 씨가 숨을 헐떡이고 있다.

"치사토 군 머리가, 내 몸을 문지르고 있어……."

미츠키 씨가 정신없이 내 머리를 움켜쥐었다. 그렇게 하면 할수록 내 뒤통수가 미츠키 씨의 사타구니를 짓누르게 되고. 무등이라는 게 이렇게 야한 동작이었던가.

내 머릿속은 폭발 직전.

"미츠키 씨, 지금 내려드릴 테니까 조금만 참아요."

"빨리해줘……."

미츠키 씨를 내려줬다. 미츠키 씨는 그 자리에 털썩 주저앉은 채로 숨을 거칠게 내쉬었다. 멍한 표정이고 볼은 상기돼 있다.

조금 지나서 정신을 차린 미츠키 씨는 창피한 표정으로 고개를 숙이고 "오늘은 내 집으로 갈게. 잘 자"라는 말을 남기고 도망치듯이 옆집으로 가버렸다. 혼자 남은 나는, 열심히 설거지하고 섀도복싱을 하고 영어 단어를 50개 암기했다. 그래도 사타구니에 있는 녀석은 진정되질 않았다…….

둘이서 목말 태우기를 해서는 안 된다. ——미츠키 씨와 나 사이에 새로운 규칙이 생겼다.

다음날, 둘 다 목말 얘기는 절대로 하지 않고, 상쾌하게 인사를 나누고 웃는 얼굴로 아침 식사를 마쳤다.

"난 신경 안 쓰니까, 치사토 군."

"저도 신경 안 써요, 미츠키 씨."

둘 다 웃는 얼굴로 그렇게 말하기는 했지만, 갑자기 찾아오는 침묵이 어색하다. 그리고 정말로 신경 쓰지 않는다면 그건 그것대로 살짝 충격이라는 기분이기도 했다. 솔직히 말해서 그런 일이 있었는데도 신경을 안 쓰다니, 마치 이성이라고 생각도 안 한다는 것 같잖아.

학교에 가는 중에도 미츠키 씨의 허벅지 감촉과 체온과 체취가 떠오르고 말았다. 뒤통수 어느 부분이 미츠키 씨의 어디에 닿았는지를 상상하고 말았다.

아으, 꾸미기 체조할 때마다 틀림없이 생각날 거야, 그거. 혹시라도 남자들끼리 무릎 위에 올라가기 연습하다가 사타구니에 있는 그놈한테 힘이 들어가면 어떤 오해를 사게 되는지…….

조회에서는 미츠키 씨가 평소보다 더 나한테서 눈을 돌렸다. 항상 있는 일이고 어제 일의 영향도 있기는 하겠지만, 그래도 조금 쓸쓸했다. 쓸쓸하기는 하지만, 이렇게까지 열심히 눈을 마주치지 않으려고 한다는 건 역시 목말 사건을 신경 쓰고 있다, 나를 남자로 보고 있다는 증거일 것이다. 그렇게 생각하니까 조금 기쁘다.

조회가 시작되자, 여기서 또 호시노가 운동회 설문 조사를 했다.

"그러니까, 응원 시합용 의상 말인데, 어떤 게 좋을지 앙케트를 해보겠습니다."

응원 시합은 오후에 제일 먼저 하는 종목이다. 1학년부터 3학년까지 각 학년 남녀 5명씩이 응원단이 돼서 각자 응원을 선보인다. 참고로 운동회 실행위원인 호시노와 무라모토는 응원단도 겸하고 있다. 그리고 나도 잘 알고 있는 사람 중에는 규가 있다.

응원 시합용 안무도 의상도 기본적으로는 자유. 단, 응원단은 자신들이 참가하는 종목 외에는 기본적으로 응원 시합용 의상을 입고서 운동회 분위기를 띄워줘야 한다.

나는 응원단 멤버가 아니니까 어떤 의상이 되건 직접 관계는 없지만, 어떤 복장으로 경기를 응원해줬으면 싶은지는 중요한 문제였다. 그래서 응원단 의성을 어떤 걸로 할지에 대해서 앙케트를 하는 거겠지. 예전에는 응원단 남자가 팬티 하나만 입고 응원했다는 전설적인 이야기도 남아 있지만, 호시노가 그런 차림으로 응원해주는 건 사양하고 싶다. 그리고 응원 시합에는 다른 학생들도 같이 참가하는 파트도 있으니까, 잘 생각해야지.

　호시노가 지난번처럼 생긴 것과 안 어울리는 작은 글씨로 칠판에 의상 종류를 적어나갔다.

　남자 : 세일러복(고양이 귀 포함)

　그 옆에 무라모토가 당당한 필체로 「여자」라고 적기 시작했다.
　"어라? 호시노, 남자는 세일러복뿐이야?" 다른 남학생이 질문했다.
　"그렇다니까!" 호시노가 큰 소리로 말하면서 고개를 돌렸다. "3학년 여자 선배가 『반드시 세일러복을 입어』라고 했다나."
　반 전체가 웃음을 터트렸다. 역시나 운동부다. 운동회 때만 하는 응원단에서도 선배의 의견은 절대적인 것 같다. 호시노 이하 남자 응원단 멤버들은 다 같이 골격 레벨에서부터 세일러복이 안 어울릴 것 같은데. 이상한 꼴이 되는 건 확정이겠지만, 그래도 보고 싶은 기분이 들었다.
　문제는 여자였다.
　무라모토가 조용히, 칠판에 멋진 글자로 의상 아이디어를 적어나갔다.

　여자 :
　·남자 교복(고양이귀 포함)
　·바니 걸

· 메이드(아키바계)

· 메이드(전통 복장)

· 메이드(클래시컬)

· 메이드(빅토리안)

· 고스로리

· 블루머

······우리 응원단은 바보들뿐인가. 아니면 멍청이들인가. 일단 메이드복을 둘러싸고 양보할 수 없는 싸움이 벌어졌다는 건 예상할 수 있었다. 지금까지 정말 아름다운 글자로 칠판에 적은 무라모토가, 손에 묻은 분필 가루를 탁탁 털었다.

"호시노, 조회 시간 얼마 안 남았으니까 빨리 정하자."

무라모토 양, 기분 탓인지 화가 나 있다.

당연히 그렇겠지. 대체 뭘 입히려는 건지, 창피함을 견디고 있을 게 틀림없으니까.

"응. 그래서 말이야, 난 메이드복이라면 역시 클래시컬 쪽이 품위가 있고 좋을 것 같은데."

"네 취향 따위는 안 물어봤어!"

호시노의 헛소리를 무라모토가 딱 잘라버렸다. 무라모토 양, 엄청나게 화가 났네.

"너무해~" 호시노가 살짝 충격을 받았다.

"네 열변 때문에 어제 동아리 활동 끝난 다음에 저녁 8시까지 회의했던 건 알아?!"

저녁 8시라면, 미츠키 씨가 목말을 타고 이상한 소리를 냈던 때였지…….

미츠키 씨도 같은 생각을 해버린 건지, 고개를 숙인 채 얼굴이 빨개졌다. 수수한 교사 모드인데도 넘쳐나는 이 귀여움은 대체……!

호시노가 무라모토에게 반론했다.

"나만 그런 거 아니거든! 2학년 마스다 선배나 3학년 타가미 선배라든지, 메이드복 문제로 주먹질까지 할 뻔했잖아?"

무라모토가 가까이에 있던 여학생과 얼굴을 마주보며 고개를 갸웃거렸다.

"바보 맞지?"

"바보가 아니야! 메이드복에 대한 사랑이라고!"

그만해라 호시노. 더 이상 상처를 벌리지 마.

"호시노 자식, 이제 절대로 여자 친구는 안 생길 거야."

마츠시로가 날 쿡쿡 찌르면서 말했다. 동감이다. 이렇게까지 메이드에 대한 사랑을 과시했으니까.

"시간이 없어요. 빨리 정해주세요. 아니면 수업 끝나고 종례 때 할까요?"

그때 미츠키 씨가 냉정하게 한마디 했다.

"저요, 저요!" 규가 손을 들었다.

"규, 뭔데?"

"어제 회의에는 집안 사정 때문에 참가를 못 했었는데, 저도 입는 검까?"

"규는 응원단이니까 당연하겠지."

규의 얼굴에서 핏기가 가셨다.

"차, 창피한데요……."

평소의 「~임다」라는 말투가 붕괴할 정도로 창피한 것 같다.

그런 규의 어깨를, 무라모토가 톡톡 두드렸다.

"규."

"무라모토……."

"저 의상 중에서, 바니 걸 말고는 남자들 의견이야."

"정말임까?!"

무라모토가 무겁게 고개를 끄덕였다.

"3학년 선배가 '블루머나 고스로리를 입히느니'라면서 혼자 화를 냈다니까."

"그 선배, 위험한 거 아님까?"

"어제 그 자리에 있었으면, 그 선배 기분도 이해했을 거야. 아아, 지금 생각해도 짜증나!"

쇼트커트에 보이시한 무라모토에게 살기가 감돌았다.

"메이드복은 각각 다른 거라느니 고스로리의 역사라느니 블루머의 매력이라느니 끝도 없이 떠들어댔다니까!"

무라모토의 분노는 일단 호시노 쪽으로 향했다.

"왜 날 노려보는데."

"왜 노려보는지 모르는 것부터가 죄야."

여학생 대부분이 고개를 끄덕였다. 남자들도 다소나마 사람의 마음을 지닌 사람들은 무라모토의 분노와 슬픔에 이해하는 기색을 보였다.

그렇게 해서, 우리 반에서는 압도적 다수결로 응원단 여자의 의상으로 바니 걸을 채용했다. 타당한 결과라고 생각한다. 나도 바니 걸에 손을 들었으니까. 이 결과를 1학년부터 3학년까지 E반 황팀 응원단에 가지고 가서 최종적으로 결정한다.

조례가 끝나고, 규가 갑자기 무슨 생각이라도 난 것처럼 벌떡 일어섰다.

"선생님, 미츠키 선생님."

그리고는 규가 종종걸음으로 뛰어가며, 교실에서 나가려던 미츠키 씨를 불러 세웠다.

"왜 그러세요, 우시쿠 양."

미츠키 씨가 수수한 교사 모드를 전개하고 낮은 목소리로 물었다.

"선생님도 운동회 당일에 바니 걸 의상, 입어보실래요?"

그랬더니 미츠키 씨가 규를 내려다보면서, 낯빛 하나 변하지 않고 딱 잘라 말했다.

"누가 좋으라고요?"

미츠키 씨의 반박을 못 하게 만드는 박력. 웃는 표정이던 규의 얼굴이 굳어지고, "아, 아으…… 아으……" 하면서 입만 뻐끔거렸다. 미츠키 씨는 금붕어처럼 입만 뻐끔거리고 있는 규를 방치하고는 빠른 걸음으로 교실에서 나가버렸다.

그나저나 미츠키 씨의 바니 걸 차림이라…… 내가 무슨 상상을 하는 거야. 정말 훌륭하잖아. 미츠키 씨 성격을 보면 100% 부정할 게 뻔한 데도 굳이 도전한 규는 용사다. 나중에 음료수라도 하나 사줘야지.

이제 와서 메이드복의 우위성을 설명하려는 호시노도 다른 의미로 용사였다.

그리고 점심시간이 끝나고 호시노한테서 "바니 걸로 결정됐다. 젠장, 왜 다들 메이드복이 얼마나 좋은지 이해해주지 않는 거냐고"라는, 피눈물을 동반한 보고를 듣게 됐다. 다들 메이드복을 이해하지 못한 게 아니야. 네 취향을 이해하지 못했을 뿐이지…….

수업이 끝나고, 마츠시로와 수다를 떨었더니 하교가 늦어졌다. 미츠키 씨한테서 LINE으로 「오늘은 일찍 집에 갈 거예요」라는 메시지가 들어온 지도 벌써 한 시간. 벌써 집에 도착했을지도 모른다.

"다녀왔습니다~"

저녁 장은 딱히 볼 필요가 없어서 서둘러 집에 돌아가 문을 열었더니 우당탕탕하는 큰 소리가 들려왔다. 도둑인가?!

소리는 우리 집이 아니라 옆집에서 났다. 그렇다면──.

"꺄악!"

미츠키 씨의 비명이 들려왔고, 나는 당황했다.

"미츠키 씨?! 무슨 일이죠?! 괜찮으세요?!"

여전히 우당탕탕하는 소리가 나고 있다. 보통 일이 아니다. 황급히 밖으로 나와서 미츠키 씨네 집 현관 손잡이를 잡았는데, 안

쪽에서 누군가가 문을 열지 못하게 붙잡고 있었다. 미츠키 씨려나. 아니면 정말로 누군지도 모를 다른 사람일까——.

"부탁이야, 치사토 군. 열지 마. ——꺄악!"

또 뭔가가 넘어지는 소리가 났다.

"미츠키 씨?!"

내가 힘껏 문을 당겼더니 미츠키 씨네 집 문이 열렸다.

"꺄아아아아악——.

쿠웅, 하는 소리가 나고, 현관에서 미츠키 씨가 엉덩방아를 찧고 있었다.

"괘, 괜찮으세, 요——?!"

"아야야야……."

미츠키 씨가 허리를 문지르고, 정신을 차렸다.

"히익——."

"미, 미츠키 씨, 그 옷——."

눈앞에 있는 미츠키 씨의 모습에 눈이 못 박히고 말았다.

안경을 쓴 채로 머리카락을 내린 미츠키 씨가, 어깨끈이 없는 검은색 하이레그 레오타드 같은 의상 때문에 예쁜 목과 쇄골을 훤히 드러내고 있었다. 거기서 이어지는 하얗고 커다란 가슴 라인은 위쪽 절반 부분까지 드러나 있다. 여신이다. 유방이 모이면서 만들어진 가슴골 계곡은 마리아나 해구보다 깊어 보였다. 배에서 하복부까지의 보디라인을 있는 대로 드러낸 것이, 그야말로 수영복처럼 매력적이다.

목에 있는 옷깃 모양 초커와 나비넥타이, 양쪽 손목에 있는 커프스가 액센트를 주고 있다.

하이레그에서 뻗어 나온 다리에는 망사 타이츠. 여성적인 부드러움과 동시에 늘씬하게 긴 다리를 강조해주고 있다. 하이레그, 위험해. 허벅지가 이렇게 야한 부위였나—.

마무리라는 것처럼, 미츠키 씨의 매끄러운 머리카락에는 긴 토끼 귀가 달려 있었다.

거기에 있는 것은, 바니 걸 차림의 미츠키 씨였다.

뭐야 이거, 뭐냐고.

여신님이 나타나셨나! 천사가 강림했나!?

어떻게 하면 좋지? 일단 절부터 해야 하나?!

"보, 보지 마아아."

미츠키 씨가 비명을 질렀다. 몸을 비틀고, 두 팔로 가슴을 가리면서 뒷걸음질 쳤다. 그 탓에 바니 걸 복장에서 미츠키 씨의 하얗고 눈부신 가슴이 흘러나오려고 한다.

"무, 무슨 일이세요, 그 옷은?!" 최고입니다!

"치사토 군, 스마트폰으로 사진 찍지 마."

"헉, 어느새——?!"

정신을 차려보니 최고 화질로 연속 촬영을 하고 있었다.

바니 걸, 무섭구나——!

"아으. 여기저기 부딪쳤어."

그렇게 말하고 미츠키 씨가 일어섰다. 덕분에 바니 걸의 전체 모습이 드러났다. 이렇게 전체 모습을 보니 더더욱 대단하다. 대단합니다 바니 걸. 모성의 상징인 커다란 흉부가 눈에 꽂혔다. 나도 모르게 눈을 돌려서 아래쪽을 봤더니, 하이레그를 입은 사타구니가 시야에 날아 들어왔다. 하이레그가 실제로 보면 이렇게나 과격한 각도인가. 골든 위크에 수영복 사러 갔을 때 미츠키 씨가 하이레그를 고르려고 했었는데, 말리길 잘 했다. 아니, 괜한 짓을 한 건가…….

다시 앞을 보니 바로 눈앞에 미츠키 씨 얼굴. 안경 미인이라니까, 미츠키 씨. 창피한 건지 뺨을 붉게 물들이고 눈물을 머금고 있는 얼굴이 이렇게 귀여운 사람이 또 있을까. 너무 미인이라서 주눅이 들 지경이다.

결론. 어디를 봐도 범죄——.

내 시선을 알아차린 미츠키 씨가 "보면 안 돼!"라면서 나한테 달려들었다.

어깨는 물론이고 브래지어가 다 보이는데다 가슴 위쪽 절반도 드러나 있다. 어디로 몸을 대도 미츠키 씨의 부드러운 살을 끌어 안게 된다. 그런 짓을 해버리면 내 이성은 승천해버리겠지.

순식간에 그렇게 판단한 결과, 나는 미츠키 씨와 접촉하는 것을 단념했다.

"으어윽!"

미츠키 씨의 몸에, 얌전히 떠밀려서 쓰러졌다. 현관 바닥에 머리를 부딪쳤다. 엄청 아프다.

게다가 이것은 작전 미스라는 비난을 면할 수 없는 짓이었다. 왜냐하면 날 넘어트린 탓에, 미츠키 씨의 눈물을 머금은 안경 미인 얼굴이 초근거리로 다가왔기 때문이다.

"아니야, 치사토 군. 내 얘기 들어봐."

"아, 예⋯⋯."

미츠키 씨가 말할 때마다 달콤한 숨결이 내 얼굴을 간질였다. 내쉬는 숨결에서까지 좋은 냄새가 나다니, 여자는 대체 어떻게 된 생물인 거야?

"그게 말이야, 학교에서 우시쿠 양이 나한테 바니 걸 복장을 권했을 때는, 나도 이 나이에 바니 걸은 아니라고 생각했거든? 그래도, 치사토 군도 바니 걸에 투표했잖아⋯⋯."

"제, 제가 바니 걸에 투표한 건 말이죠, 다른 선택지가 없었다고나 할까, 저는 무라모토 씨가 화낼까 봐 무서웠다고나 할까."

"그, 그럼, 치사토 군, 바니 걸은 안 좋아하는 거야?"

"아니, 그러니까, 뭐라고 할까──."

솔직히 말해서, 바로 조금 전부터 아주 좋아졌습니다.

내가 애매하게 대답한 탓에 미츠키 씨의 눈썹이 더더욱 슬픈 모양으로 처졌다.

"어젯밤에, 꾸미기 체조 연습도 제대로 못 해서, 하다못해 치사토 군을 기쁘게 해주고 싶어서. 일찍 왔으니까 바니 걸 차림으로 맞이해줄까 했는데, 거울을 봤더니 역시 다른 사람한테 보여줄 모습이 아닌 것 같아서⋯⋯."

"그, 그런 건⋯⋯." 절대로 아닙니다. 창피해서 말은 못 하겠지만.

전교 여학생이 전부 바니 걸이 돼도, 미츠키 씨를 당해낼 사람은 없겠지.

"벗으려고 하는데 치사토 군이 와서, 서두르다가 방 안에서 혼자 부딪치고 넘어지고. 혹까지 생겼어……."

자세히 보니 미츠키 씨 이마가 살짝 빨갛다.

"그, 그래서 집안이 묘하게 어질러져 있었군요. 도둑이라도 들었나 하고 걱정했어요."

고개를 살짝 들어보니 의자가 쓰러져 있고, 옷들이 널려있고, 책이 흩어져 있는 무참한 안방의 모습이 보였다.

"치사토 군은 너무 착해. 그 착한 점이 거룩해. 그런데 나는 혼자 지레짐작만 하고. 돈키호테에서 바니 걸 의상 세트를 사서, 내가 입으려는 게 아닌 척 영수증까지 달라고 하고……. 으앙~."

미츠키 씨가 고개를 저으면서 훌쩍훌쩍 울고 있다. 그때마다 미츠키 씨와 나 사이에 있는 커다란 슬라임 부위와 온기와 부드러움이 내 몸을 몽실몽실 눌러댔다.

"미, 미츠키 씨——."

"왜?" 미츠키 씨가 안경 너머에 있는 젖은 눈동자로 날 바라봤다.

"그, 그게, 말이죠——."

나는 허리를 살짝 비틀었다. 조금 전부터 제멋대로 벌떡 일어나버린 하반신의 그 놈이 계속 미츠키 씨한테 눌리고 있다 보니, 솔직히 말해서 아팠다.

그놈이 미츠키 씨의 몸에 스쳤다.

"아……."

미츠키 씨가 그 감촉을 알아차린 것 같다. 조금 전하고 또 다른 이유로, 울음을 터트릴 것 같은 얼굴로 새빨개졌다.

"…………."

어색하다. 남자의 몸이란 참으로 죄 많은 존재다.

"아, 치사토 군. 미안해. 내가—— 너무 무거웠지. 하하."

그렇게 말하고, 미츠키 씨가 뻣뻣한 동작으로 내 위에서 비켰다. 나는 내 사타구니를 들키지 않도록 재빨리 몸을 틀어서 도망쳤다.

"그, 그럼, 미츠키 씨. 저는, 저녁밥 준비할게요."

그리고 나는 허리가 아픈 척 몸을 앞으로 숙인 채로 일어섰다.

"응. 오늘 저녁은 뭐야?"

"오늘 저녁은 치킨 카레랑 샐러드로 할까 싶어요."

"야호."

미츠키 씨가 아직 쑥스러운 기색이 남은 표정으로 웃었다. 귀엽다. 미츠키 씨가 웃는 얼굴인 채로 폴짝 뛰었다. 커다란 흉부가 보란 듯이 흔들렸다. 또 어디를 봐야 좋을지 곤란한 짓을…….

"그럼, 저는 옆집에서 저녁 준비할게요."

그랬더니 미츠키 씨가 날 불러 세우고는 몸을 빙글 돌려서 등을 보였다. 위로 바짝 올라간 힙 라인에 새하얀 토끼 꼬리가 달려 있는데, 미츠키 씨가 다리를 벌리고 엉덩이를 슬쩍 내밀었더니 꼬리가 살짝 흔들렸다. 솔직히 말해서, 무지무지 야하다.

"어제 했던 꾸미기 체조 연습, 또 할까?"

나는 내 이성을 유지하기 위해, 가까이에 있는 벽에 격렬하게 박치기를 했다.

제2장 연상의 여자 친구를
울리면 안 되죠?

드디어 운동회 당일이 찾아왔다. 최근 며칠 동안 날씨가 좋았고, 오늘도 맑은 날씨. 하늘에는 하얀 구름이 조금 떠 있다. 비가 오면 곤란하지만, 초여름의 햇살은 생각보다 훨씬 강하니까 약간 구름이 낀 쪽이 더 고맙다고 생각했다.

어제까지 운동장에 운동회용 텐트를 치고, 손님들과 보호자 분들을 위해 접이식 의자를 설치하고, 입장 게이트와 퇴장 게이트를 만들었다. 호시노를 비롯한 운동회 실행위원들이 주가 돼서 준비했는데, 당연히 학생회와 방송위원들도 협력했다. 작년에는 중등부에서 학생회 부회장을 맡았기 때문에 엄청나게 바빴었지. 이번에는 그 대신에 시간이 생겼긴 덕분에 이런저런 준비를 할 수 있었다.

참고로 중등부 운동회는 지난주에 끝났다. 중학교와 고등학교가 한 곳에 있다 보니, 형제자매가 중등부와 고등부에 동시에 다니고 있는 사람들에 대한 학교 측의 배려였다.

학생들은 교실에서 자기 의자를 가지고 와서 앉는다. 그런 이유도 있어서, 조회는 짧게 끝났다.

"그럼 여러분, 다치지 않도록 조심하세요."

"""예~~."""

우리 반 학생들이 밝은 목소리로 대답했다. 밖에서는 음향 장비를 확인하는 소리가 들려왔다.

오늘의 미츠키 씨는 안경에 머리를 하나로 묶은 수수한 교사 모드지만, 입고 있는 옷이 평소와 다르다. 평소 같으면 어떤 옷을 입어도 헐렁한 흰 가운을 걸쳤는데(덕분에 미츠키 씨가 아주 큰 가슴을 가지고 있다는 게 거의 알려지지 않았다), 오늘은 좀 크고 헐렁한 남색 운동복을 위아래 세트로 입었다. 몸매가 드러나지 않도록 신경 쓴 덕분인지도 모르지만, 평소보다 훨씬 수수해 보인다.

하지만 나한테는 왠지 그리운 느낌이었다. 예전에 내가 중학생이었을 때, 아직 통통하던 교생 실습 시절의 미츠키 씨가 돌아온 것 같아서 왠지 낯 간지러운 기분이 들었다.

다른 사람들한테는 평소의 수수한 교사 모드의 연장선으로 보일 뿐이겠지만.

미츠키 씨만 그런 게 아니라, 우리도 평소의 교복 차림이 아니었다. 평소와 같은 교실인데 평소와 다른 옷을 입고 있다는 비일상적인 느낌이 우리들을 흥분하게 해주고 있다.

우리는 E반 황팀 오리지널 T셔츠를 입고, 응원단도 각자 의상으로 갈아입었다. 호시노는 야구부에서 단련한 다부진 육체에 세일러복을 입고 있다. 다른 응원단 남학생들도 세일러복 차림이지만, 호시노의 위용은 군계일학이었다. 이상한 위용이다.

갑자기 침묵이 찾아오자 다들 자기도 모르게 호시노 쪽을 봤고, 남자고 여자고 가리지 않고 몰래 웃거나 큰 소리로 웃었다.

"야, 너무 웃지 말라고!"

호시노가 그렇게 규탄했지만 역효과였다. 다들 오히려 "으하하 하하하!" 하고 큰 소리로 웃었다. 나도 배가 아플 정도로 웃었다.

눈물이 다 나왔네.

"세일러복 때문에 엄청 웃어대고, 여자들은 메이드복이 아니라 바니 걸이고, 진짜 최악이라니까."

호시노가 그렇게 탄식하고 있다. 그 말대로 무라모토 이하 응원단 여자애들은 바니 걸 의상을 입고 있다. 사실 교실에 있는 동안에는 위쪽에 운동복을 입고 있지만.

"바니 걸도 충분히 창피하거든!"

무라모토가 호시노한테 한마디 했다. 머리 위에 있는 토끼 귀가 뿡뿡 흔들리고 있다.

"그치?! 메이드복이 훨씬 창피하지 않았을 텐데 말이야."

"그건 아니고."

무라모토가 딱 잘라 말한 말을 들은 호시노에게, 규가 카메라를 들이댔다. 규도 위쪽은 운동복이지만, 사이드 테일 머리 위에는 토끼 귀가 달려 있다.

"호시노 군, 그 얼굴 좋습다!" 찰칵, 찰칵.

"시끄러, 규! 네 바니 차림도 찍어 줄 테니까 카메라 이리 내놔!"

"뭐 하는 검까?! 폭력임다?! 성희롱임다?!"

호시노가 규를 덮치기 전에, 미츠키 씨가 손뼉을 쳐서 사람들을 진정시켰다.

"슬슬 시간 됐어요. 자기 의자를 들고 운동장으로 나가세요. 머리띠도 잊지 말고요."

그렇게, 미츠키 씨가 학생들에게 지시를 내렸다.

우리는 팀의 상징인 노란색 머리띠를 매고 이동을 시작했다.

의자를 나르다보니 덜컹덜컹하는 소리가 울렸다. 복도에 나왔을 때 호시노가 나한테 말을 걸었다.

"열심히 하자."

"응."

호시노는 머리띠를 두른 기합이 바짝 들어간 얼굴이었는데, 세일러복 차림이다 보니 뭐라 말로 표현할 수 없는 느낌이었다.

"네 말을 듣고 그런 계획을 세웠는데, 이기지 못하면 꼴이 우습게 되니까."

"그러게. 난 내 종목에서 열심히 할게."

"저도 그럴 생각임다."

그리고 규가 끼어들었다. 의자를 나르는 게 힘들어 보이지만 얼굴은 웃고 있었다.

"수다 그만 떨고. 계단에서 조심하세요."

미츠키 씨가 그렇게 말하면서 우리 옆으로 지나갔다. 호시노와 나는 자기도 모르게 서로 얼굴을 마주봤다.

"위험했다……" 내가 말했다.

"미쿠리야 선생님한테 들키면 재미없으니까."

주위를 둘러봤더니 우리 반 다른 애들도 우리처럼 씁쓸하게 웃고 있었다.

밖으로 나왔더니 예상대로 햇살이 너무 세다는 느낌이다. 운동장에는 이미 보호자 분들이 와 계셨다. 학교 주차장도 꽉 차 있고.

마츠시로가 떨떠름한 표정을 짓고 있었다. "무슨 일 있어?"라고 물었더니, 마츠시로가 운동회를 보러 온 보호자들을 보면서 한숨을 쉬었다.

"그게, 우리 부모님이 오신다고 해서 말이야."

"흐~응."

"농담인 줄 알았더니, 『현수막도 만들어서 응원하러 갈 테니까』라지 뭐야. 그게 없더라도, 손을 흔들거나 큰 소리로 이름을 부르면 창피하잖아."

"너희 부모님, 널 정말 소중하게 생각하시니까."

마츠시로하고는 중학교 때부터 알고 지낸 사이다. 집에 놀러 가서 어머니도 몇 번인가 뵌 적이 있고. 아주 밝고 약간 맹한 구석도 있는 어머니라서, 현수막을 만들어온다고 해도 놀라지 않을 자신이 있다.

"후지모토 넌 어떤데."

"뭐가."

"부모님. 안 오셔?"

"안 오지 않을까?"

하품이 나오려는 걸 참았다.

"난 부모님한테 운동회 한다는 얘기도 안 했으니까."

마츠시로가 내 얼굴을 빤히 쳐다봤다.

"대단한데, 후지모토. 나도 남의 말 할 처지는 아니지만, 반항기가 장난 아니다?"

"시끄러."

부모님께 운동회 일정을 말하지 않은 건 사실이다. 학비도 자취하는데 드는 돈도 전부 내주고 계시기 때문에, 고맙다는 말이나 생존 확인 LINE 메시지는 빠트리지 않는다. 하지만 굳이 운동회를 보러 와달라고 할 정도는 아니다.

그리고 올해는 한 살 아래인 의붓여동생 아이리가 고등학교 입시를 앞두고 있다.

학교 성적이 나쁜 편은 아니지만, 중학교까지는 공립을 다닌 아이리한테는 첫 수험이다. 부모님도 아이리 본인도, 내 운동회에 오는 것보다 아이리의 입시를 신경 써야 할 것 같다고 생각했다.

E반 황팀 자리에 의자를 놓으러 가는 중에, 미츠키 씨가 보호자로 보이는 사람에게 붙잡혀 있는 모습이 보였다. 미츠키 씨, 괜찮으려나. 모르는 사람을 상대하느라 긴장하진 않을까.

미츠키 씨를 붙잡은 사람은 전통 복장 차림의 엄청난 미인이었다. 그대로 교토 관광 모델을 해도 될 것 같은 여성이다. 피부는 하얗고 어딘가 허무할 정도로 선이 가는 얼굴에 전통 복장이 정말 잘 어울린다. 옷도 비싸 보이는데, 거기에 지지 않을 정도로 우아한 여성이었다.

"지금 미쿠리야 선생님이랑 말하는 사람, 진짜 예쁜 어머니네."

"아, 저기 전통 복장 입은 사람?"

"미쿠리야 선생님이랑 같이 있어서 그런 것도 있겠지만, 엄청나게 미인이잖아. 누구네 어머니지?"

다른 반 애들도 알아차렸는지 술렁거리기 시작했다. 그리고 마지막에 말한 놈, 미츠키 씨 모독죄로 저주해주마.

그나저나 저런 전통 복장을 입은 미인을 상대하다가 미츠키 씨가 주눅이라도 드는 건 아닐까.

모른 척 표정을 수습하며 미츠키 씨를 걱정하는 내 옆에서, 규가 얼굴이 새빨개져서 고개를 숙이고 있었다.

"왜 그래? 열이라도 나?"

"아, 아닙다……."

"뭔가 분위기가 이상한데?"

규가 창피해 하는 표정으로 날 잡아당겼다. 다른 애들과 약간 떨어졌을 때, 규가 새빨간 얼굴로 진지하게 물었다.

"후지모토 군은 입이 무겁습까?"

"그야 뭐……."

입이 무겁지 않았으면 미츠키 씨와 교제(임시)는 못 하겠지.

"사실은 말입다. 저 사람, 저희 마마지 말입니다……."

나도 모르게 아까 그 미인 쪽을 봤다. 날씬한데다 키가 크고, 눈꼬리가 긴 눈과 아름다운 볼의 라인, 우아하게 바른 입술연지와 복장의 조화가 어른 여성의 매력을 자아내고 있다.

그에 비해 규는, 일단 작다. 눈은 동글동글하고 볼은 아직 어린 애 같고. 이목구비는 단정해서 예쁜 편이지만, 가슴은 납작한 게 서글프다. 지금은 운동복 상의를 입고 있어서 다행이지, 바니 걸 의상을 투명한 어깨끈으로 고정하지 않으면 가슴 속까지 다 들여다보이겠지.

규는 「미인」이라기보다는 아직 「귀엽다」. 솔직히 작은 동물 같다. 호두라든지 아작아작하면 어울릴 것 같다.

잔혹한 말이지만, 규가 숨이 막힐 정도로 어른의 매력을 보여주고 있는 전통 복장 미인으로 성장하는 모습은 도저히 상상할 수가 없었다.

　그리고 규는 자기 어머니를 「마마」라고 부르는구나.

　"『행복한 가정은 서로 닮았지만 불행한 가정은 모두 저마다의 이유로 불행하다』라고 말한 사람은 러시아의 문호 톨스토이였지. 규, 힘내라?"

　"뭔가 이상한 격려를 하는 것 같습다?!"

　"다들 이런저런 사정이 있는 거야. 강하게 살아가자고."

　"눈이 가슴으로 향했습다?! 성희롱임다!"

　"나라고 좋아서 보겠냐, 그런 납작한 가슴을."

　"대놓고 말했습다?! 두고 보는 것임다! 조금만 있으면 마마처럼 키도 커지고 가슴도 커질 겁다!"

　"그래, 그래. 규는 앞으로 커질 아이니까."

　나는 사이드 테일에 토끼 귀를 단 규의 머리를 거칠게 쓰다듬어줬다.

　"완전히 어린애 취급임다! 두고 보는 검다. 당장 우리 마마처럼 F컵이 될 검다!"

　"힘내~(국어책 읽기)."

　"우쒸~."

　"아무리 자기 어머니라고 해도, 함부로 다른 여성의 가슴 사이즈를 공개하는 점이 어린애 같다니까."

　"그러는 후지모토 군은 어떻습까?"

"뭐가?"

"미츠키 선생님 가슴 사이즈, 모르는 겁까?!"

규가 엄청난 걸 물었다.

"너, 그게 무슨 소리야."

나도 모르게 얼굴이 뜨거워졌다. 내 반응을 보고 규가 씩 웃었다.

"어라라~? 엄청나게 동요하는 것 같습다~. 이건 알고 있는 그죠? 미츠키 선생님 가슴."

"모, 몰라."

생각도 못 했던 형세 역전······!

솔직히 말하자면 미츠키 씨 브래지어 사이즈는 알고 있다. 하지만 이건 이런저런 사정 때문에 폭주해버린 미츠키 씨가 될 대로 되라는 것처럼 자기 입으로 털어놓은 것이다. 빨래할 때 브래지어를 몰래 집어서 보거나 사이즈가 적힌 택을 빤히 보고 알아내는 짓은 안 했다.

참고로 미츠키 씨가 규네 마마보다 크다. 이겼다.

"어떻게 알았을까요~ 불순한 이성 교제임까요~."

"그, 그런 짓 안 했거든!"

"매일 밤바다 얼싸안고 올라타고 즐거운 시간임까요~."

"키, 키스도 아직 안 해봤는데 그런 파렴치한 짓은——."

그렇게 미인인데다 귀여워서 미칠 지경인 미츠키 씨랑 룸 셰어를 하고 있지만, 사실이니 어쩔 도리가 없다. 나는 아직 내 힘으로는 아무것도 책임지지 못하는 고등학생이다. 장래 계획도 없이 미츠키 씨를 내 것으로 삼는 건 무책임하다고 생각한다.

하지만 규는 그걸 모른다.

"에이~ 너무 겸손하심다~."

"겸손이 아니거든."

"제가 말임다, 입이 무거우니까 괜찮지 말입니다?"

다들 자기 자리에 가서 앉았다. 슬슬 우리도 쓸데없는 수다를
그만둬야 한다.

마침 규 너머로 규네 마마 모습이 보였다. 규가 키가 작다 보니
딱, 규네 마마랑 눈이 마주쳤다. 살짝 고개를 끄덕여서 인사를 했
더니 규네 마마는 빙긋 미소를 지으며 정중하게 인사하셨다. 정
말 예쁜 어머님이네. 미츠키 씨 말고, 웃을 때 배경에 꽃이 보이
는 사람은 처음이다.

규네 마마가 이쪽으로 다가왔다. 딸한테 볼일이 있는 걸까.

그 딸 쪽은 기회는 이때라는 것처럼 「어떻게 몰아붙이고 있슴
까」「어떤 체위를 좋아하심까」라면서, 나한테 꼬치꼬치 캐묻고
있었다. 규, 운동회라서 흥분한 탓인지 야한 이야기까지 시작했
다. 그보다 말이야, 너 그거 부모님이 들으면 큰일 난다.

"규 너, 좋은 집 아가씨잖아? 그런 야한 얘기만 하면 어머니한
테 이른다."

정말 한심한 「부모님한테 이른다」 선언이었지만, 규한테는 효
과가 확실했다.

"죄송합니다. 다시는 안 하겠습니다. 후지모토 군, 그것만은 제
발 용서해 주세요오오오!!"

그러더니 갑자기 그 자리에서 무릎을 꿇고 내 허리에 매달렸다. 평소의 「~임다」 말투가 날아가 버릴 정도로 동요했다.

"자, 잠깐, 잠깐만!"

규가 무릎을 꿇은 탓에 그 머리가 내 허리께에 있는 모습을, 쓸데없는 스캔들을 불러올 수 있는 꼴이다. 그나저나 지금까지 싱글싱글 웃으면서 이쪽으로 걸어오시던 규네 마마가 웃는 얼굴인 채로 얼어붙어 버리셨거든. 웃고 계시기는 하지만 관자놀이 언저리에 「🐉」가 나타났다. 여담이지만, 이 분노 마크는 앵거 사인이나 핏대라고 부른다. ……팔자 좋게 이런 소리 하고 있을 때가 아니지.

"거의 아무것도 모릅니다. 순정만화랑 보건 체육 시간에 배운 지식 정도입니다아아."

규가 내 허리에 매달린 채 상체를 전후좌우로 움직였다.

규네 마마는 바로 근처까지 오셨다. 위험해, 위험해, 위험해!

"알았으니까 좀 진정하라고!" 내 허리에 매달려 있는 규의 손을 힘으로 떨쳐냈다. "너희 어머니, 바로 뒤에 계시거든."

손을 놓아버린 규가, 기름칠을 안 한 양철 장난감처럼 끼기긱 하면서 뒤를 돌아봤다.

"마마♡"

규가 활짝 웃으면서 뛰어들었다. 주인을 향해 열심히 뛰어가는 강아지처럼 어머니한테 매달리고, 펄쩍펄쩍 뛰었다. 그런 규를 규네 마마는 흐뭇하게 미소를 지으며 바라보고는 머리를 쓰다듬어줬다. 저쪽에서 같은 반 애들이 술렁거리고 있다. 규, 이 사람이 어머니라는 걸 숨기려고 하던 게 아니었나? 여전히 마무리가 어설픈 녀석이라니까.

"하루코, 응원하러 왔단다."

"와주셔서 고맙습니다! 파파는 같이 안 오셨나요?"

……뭐야 이 말투는? 규 이 녀석 집에서는 이런 캐릭터인가? 규네 마마가 아주 평범하게 반응하는 걸 보면 이쪽이 평소의 모습이겠지.

"미안하단다. 파파는 일 때문에 도무지 올 수가 없다더구나."

규네 마마가 눈살을 찌푸리면서 근심 어린 표정을 짓자, 규의 표정이 어두워졌다.

"그러셨군요……."

규 너, 마마를 숨기는 것보다 네 원래 말투를 반 애들한테 숨기는 게 좋을 것 같은데.

다행이 두 사람의 대화는 다른 애들한테까지는 안 들린 것 같다. 다른 보호자분들도 계속 운동장으로 찾아오셨고, 반 애들이 가족과 만나면서 떠들썩해진 덕분에 잘 넘어가고 있는 것 같다.

아버지가 못 오셨다는 말을 듣고 풀죽은 규한테, 규네 마마가 상냥하게 웃어 주셨다.

"그런 표정 짓지 말고? 오늘은 마마가 끝까지 있어 줄 테니까."

"정말이신가요?!"

규의 눈동자가 반짝였다. 입학한 뒤로 지금까지 본 적 중에 제일 눈부시게 빛나는 웃는 얼굴이다.

규는 부모님을 정말 좋아하는구나.

"그래, 정말이란다. 귀여운 귀구나. 토끼니?"

"응원단 복장이랍니다."

혹시 규는 바니 걸 차림을 한다는 걸 부모님한테 말씀드리지 않은 걸까.

규네 마마, 운동복 밑으로 나와 있는 망사 타이츠를 신은 날씬한 다리를 보고 모든 것을 알아차린 것 같은 표정을 지었다.

"아빠가 보시면 기절할지도 모르겠구나."

좋은 집안 아가씨니까, 당연히 그렇겠지.

"그렇지도 않사와요?!"

규 너도 왜 거기서 바니 걸의 인권을 옹호하려고 도는 건데.

"괜찮아. 마마는 하루코 편이란다."

"마마♡"

규가 마마를 경배하는 것 같은 표정을 짓고 있다. 가족한테도 쉽게 넘어가는 녀석이구나.

"그러니까, 하루코──." 규네 마마의 미소가 절대 영도로 차가워졌다. "저기 있는 남학생을, 마마한테 잘 소개해줄 수 있겠니."

화가 난 미인은 무섭다. 미츠키 씨 덕분에 잘 알고 있는 일이지만, 규네 마마를 보고서 새삼 실감했다. 미인의 웃는 얼굴과 낮은 목소리의 조합 가지고 왜 이렇게 식은땀이 나는 걸까.

규가 얼굴이 새하얘져서 나를 봤다.

"그러니까, 저쪽에 계신 분은──."

규의 언어중추가 이상해졌다.

나는 내 발로 규네 마마 쪽으로 다가가서 허리 숙여 인사했다.

"처음 뵙겠습니다. 후지모토 치사토라고 합니다. 우시쿠 양과 같은 반이고, 항상 신세 지고 있습니다."

내가 먼저 인사한 게 다행인지, 규네 마마 기분이 풀어졌다.

"어머나, 참 정중하시군요. 저는 우시쿠 네네라고 합니다. 하루코와 사이좋게 지내시는 것 같군요."

규네 마마, 네네 씨가 우아하게 미소를 지었다.

"예, 정말로 항상 많은 신세를 지고 있습니다. 하하하."

예전에 학생회 부회장을 하면서 익힌 대인 스킬, 예의작법과 겸손한 말투를 발동했다. 부회장 때, 선생님들과 무난하게 접하면서도 이쪽이 하고 싶은 말은 다 하기 위해서 개발한 스킬인데, 인생이란 뭐가 도움이 될지 모르는 거구나…….

"다음에 천천히, 하루코가 어떻게 지내는지 말씀해 주세요. 후후후."

네네 씨와 나는 싱글싱글 웃으면서 인사를 했지만, 규 쪽이 한계였다.

"이, 이제 그만 보호자석으로 가셔야 할 것 같사와요, 마마. 햇살도 강해졌으니까, 보호자석 텐트로 가시지요."

"어머나, 그렇구나. 5월의 자외선은 한여름과 다를 바가 없다고 하니까. 그럼 하루코, 마마는 이만 가볼게."

"예"

규가 대답했다.

양산을 손에든 네네 씨가 나한테도 손을 흔들어주셨다.

"그럼, 후지모토 씨도."

"편하게 계세요."

웃는 얼굴로 배웅하는 나. 네네 시가 충분히 멀어지자, 규와 나는 서로 얼굴을 마주 보며 어째선지 크게 한숨을 쉬었다.

"위, 위험했슴다~ 제가 후지모토 군한테 야한 심문을 하고 있는 모습을 봤다면…….."

완전히 평소대로 돌아왔다. 규가 나한테 에로 심문을 한 것 말고도 문제점은 많았지만, 설명하기도 창피하니까 생략하기로 했다.

"너 말이야, 좀 더 주위를 보면서 행동하면 안 되겠냐?"

"으으음. 맞는 말이지만 후지모토 군이 그런 말을 하니 왠지 짜증이 난다."

"아, 그리고 보니까 규 너 말이야."

"뭘까."

"집에서는『~사와요』라는 말투를 쓰는구나."

규의 얼굴이 새빨개졌다.

"그, 그렇지 않사와요!!"

규를 놀릴 거리가 하나 더 늘었다.

이번에야말로 내 자리로 갔다. 할 일도 없어서 다른 팀 상황을 슬쩍 보러 갔다. A반 적팀, B반 청팀, C반 백팀, D반 녹팀, 그리고 D반 보라팀까지 다른 팀들을 봤는데, 남자가 세일러복을 입은 대단한 자들은 없었다. 단지 남자 교복이나 연미복, 댄스 가수 같은 의상들 속에서, 미술 담당 호리우치 선생님이 1학년 담임을 맡고 있는 F반 보라팀 만이 남자가 메이드복을 입은 이채로운 모습을 자랑하고 있었다.

강인한 맹자들의 메이드복. 역시나 「취미는 출산 특기는 안산」이라는 말도 안 되는 명언을 남기신 선생님과 관계된 팀이다. 나는 이름뿐이라고는 해도 호리우치 선생님이 고문을 맡고 있는 미술부고, 호리우치 선생님이 미츠키 씨의 친구라서 아는 사이다보니, 근처를 지나가는 나한테 호리우치 선생님이 "최고지?"라면서 동의를 요구하셨다. "아, 예"라고 대답하면서도 일그러지는 웃는 얼굴. 호시노, 저 메이드복으로 만족해라.

여자들 의상도 각 팀마다 특색이 있었다. 남자와 맞춰서 연미복을 입은 타카라즈카 극단 같은 남장 팀도 있고, 치어걸이 계속 돌아다니는 곳도 있었다. 그래, 왜 보통 치어걸이 의상 후보로 안 올라온 거냐고. 바니 걸 미츠키 씨를 봤으니까 그걸로 됐지만.

"다들 열심히 하고 있네."

나도 모르게 보호자 같은 말이 튀어나왔다. 중등부에서도 그럭저럭 각 팀의 색에 맞춘 티셔츠 같은 것들을 만들기는 했지만, 고등부 쪽은 역시 기합이 들어가는 수준이 다르네.

내가 자리로 돌아왔더니 누군가가 내 어깨를 두드렸다.

고개를 돌렸더니 어깨를 두드린 사람의 손가락이 내 볼을 찔렀다. 흔히 있는 장난이다. 하지만 오랜만에 이런 장난을 당한 탓에, 볼을 제대로 찔렸다.

게다가 그 손가락은 손톱이 꽤 길었다. 솔직히 말해서 아프다.

"아야~ ……."

나도 모르게 볼을 손으로 누르면서 의자에서 벌떡 일어났더니, 귀에 익은 여자 목소리가 들려왔다.

"꺄하하하☆ 치사토, 너무 제대로 걸렸거드은?"

사람의 신경을 건드리는 말투와 배려라고는 찾아볼 수도 없는 태도. 나한테 이렇게 대하는 녀석은 삼천세계에 단 한 명밖에 없다.

"아이리?!"

목소리가 완전히 갈라졌다. 거기 있던 사람은 의붓여동생 아이리였다.

눈꼬리가 살짝 치켜 올라간 건방진 점도 매력으로 삼아버리는 미소녀 아우라. 약간 밝은 갈색 머리는 복슬복슬하고 피부는 분홍색. 눈썹은 아름다운 곡선을 그리고, 눈은 커다란 동공이 즐겁다는 것처럼 반짝거리고 있다. 날 어떻게 놀리면 좋을지, 다음 작전을 꾸미고 있는 게 틀림없다. 작은 코가 귀엽다. 볼에는 아직 어린 기색이 남아 있지만 입술은 복숭아 꽃잎 같은 색으로 물들어서 웃는 모양으로 벌어져 있다. 다니는 중학교 교복 차림이지만 재킷은 입지 않았다. 초여름이라 덥기도 해서 셔츠 단추도 두 개나 풀었다. 중학교 3학년답지 않은 커다란 가슴을 강조해서 어쩌자는 거냐고. 교복 치마는 적당히 짧아서, 날씬한 다리가 쭉 뻗어 나와 있다.

아이리는 손에 들고 있던 막대 달린 사탕을 평소처럼 입에 물었다.

"예~ 예쁘고 귀여운 아이리예요~☆"

뭔가 포즈까지 잡고 있고. 그 탓에 하얀 셔츠 밖으로 넘쳐날 것만 같은 가슴이 출렁, 하고 흔들렸다.

"너, 여긴 왜 왔어."

"너무해~. 한 지붕 아래에서 같이 자던 사이면서~."

입술을 삐죽 내미는 아이리. 다른 사람이 보면 귀엽게 보이겠지만, 그래봤자 의붓 여동생. 가족이다.

"내 질문에 대답하라고."

"까하하하☆ 발끈한 얼굴, 여전히 귀엽다~☆"

"수험생이 이런 데 와도 되는 거야."

"아직 5월이거든? 아, 치사토, 나 걱정해주는구나. 착하다. 정말 기쁘네에."

이 녀석은 항상 이런 식이다. 새어머니가 재혼하면서 우리 집에 데리고 왔을 때는 착했는데, 어느샌가 날 놀려대는 짜증 나는 캐릭터가 돼 있었다. 이게 반항기라는 건가?

"아버지랑 새어머니도 오셨어?"

나는 초조해하고 있었다. 나쁜 짓을 한 건도 아닌데 당황하고 있다. 운동회 날짜를 말하지 않았다는 켕기는 기분이, 미츠키 씨에 대해 말하지 않았다는 게 마음에 걸려서, 아무튼 초조했다.

그랬더니 아이리가 보호자석 쪽을 봤다.

"둘 다 저쪽에 있어. 치사토 여자 친구, 보러 왔다나."

"뭐……! 여, 여자 친구 없거든."

내가 그렇게 말했더니 아이리가 슬금슬금 다가왔다.

"진짜로~?"

"지, 진짜야."

대외적으로는 그렇게 돼 있다. 이런 때 미츠키 씨 쪽을 보면 안된다. 들킬 테니까.

"꺄하하하☆ 얼굴 새빨개졌어☆"

"시끄러."

고개를 돌렸지만 아이리는 굳이 내 정면으로 몸을 옮겼다. 짓궂은 미소를 지으면서 캐물었다.

"아까 그 토끼 귀 달고 있던 작은 여자애는 어때."

"뭐? 규 말이야?" 엉뚱한 공이 날아와서 되레 안심했다. "전~혀 상관없거든."

내가 진심이 우러나온 소리로 딱 잘라 말했더니 아이리가 간단히 물러났다.

"그렇겠지. 치사토 취향은 아닌 것 같으니까.

그렇게 말하고, 아이리가 의미심장한 미소를 지으며 날 노려봤다. 팔짱을 낀 탓에 큰 가슴이 강조되고 있다. 하지만 미츠키 씨랑 비교하면 위력이 절반 정도밖에 안 된다.

그대로 아이리는 실실 웃으면서 날 쳐다봤다.

"왜."

"그냐앙. 아, 솔직히 말하자면, 아빠랑 엄마는 안 왔어."

"정말로?" 이 녀석이 하는 말은 쉽게 믿을 수 없으니까.

"너무해~. 여자애 말을 안 믿어주는 남자는 인기 없거든?"

"네가 지금까지 해온 언동들을 돌이켜봐."

내가 그렇게 말했더니 아이리가 자기 가슴에 손을 얹었다. 가슴을 짓누르는 것처럼 힘을 주는 건 틀림없이 일부러 하는 짓이겠지. 여기서 따지고 들면 지는 거다.

커피에 넣는 설탕과 소금을 일부러 반대로 준비해놓는 건 그야말로 일상다반사. 카레라이스에 고기를 빠트리고, 삶은 달걀인 척하면서 날달걀을 이마로 깨게 하고, 내 빨래에 자기 속옷을 섞어서 성희롱 상황을 꾸미고, 목욕하고 나와서 갑자기 간질이기 공격, 음료수 심부름, 교과서를 1년 전 것이랑 바꿔놓기······.

처음에야 웃어넘겼지만, 점점 과격해지면서 웃을 수 없게 돼버렸다. 세탁한 내 옷들 사이에서 아이리 브래지어가 나왔을 때는 정말로 가족회의가 열릴 뻔했으니까.

한참 동안 자기 가슴에 손을 얹고 있던 아이리가 고개를 갸웃거렸다.

"나, 하나도 나쁜 짓 한 게 없는데."

"······뭐, 그렇겠지."

"그보다 치사토오~" 아이리가 또 씨익 웃었다. "내가 지금 가슴에 손을 얹었을 때, 어디 봤어?"

"뭐."

어느샌가 또 이 녀석의 작전에──.

내가 마음속으로 머리를 쥐어뜯고 있을 때, 큰 소리가 들려왔다.

""으아────!""

고개를 돌려보니 다부진 세일러복 응원단 호시노와 자그마한

바니 걸 규가 아이리와 나를 손가락으로 가리키면서 절규하고 있었다.

"뭐야, 뭔데?!"

내가 물었더니, 호시노와 규가 엄청난 기세로 따지고 들었다.

"후지모토 너 이 자식, 이 미소녀는 누구야, 이 짜식아~?!"

"후지모토 군, 사람 잘못 봤습다. 불륜임까 첩임까요?!"

"니들 좀, 진정하라고!"

그런다고 멈출 호시노가 아니다.

"어떻게 진정하겠어. 아까는 뭔가 엄청난 미인이랑 얘기하더니 말이야, 나한테도 소개해 달라고!!"

"잘도 보고 있었다, 너……."

규는 규대로 평소처럼 DSLR 카메라를 꺼내서 아이리를 마구 찍고 있었다. 아이리 너도 일일이 포즈 잡지 말고.

"뭠까, 이 미소녀는. 저는 못 들었습다. 경우에 따라서는 본지 1면에서 다룰 겁다!!"

"안 다뤄도 돼" 그렇게 말하면서, 규의 머리에 가볍게 손날치기를 날렸다.

"아픔다! 폭력은 밤대임다!"

호시노와 규라는 우리 반에서 목소리 크기로 유명한 두 인간이 설쳐댄 결과, 우리 반 애들은 물론이고 같은 E반 황팀의 2학년과 3학년, 옆 반 학생들까지 우리를 주목하기 시작했다. 보통 학교에서는 나와 눈을 마주치지 않는 미츠키 씨까지 이쪽을 엿보기 시작했다. 아이리는 조금 놀라고 있다. 원래 소심한 성격은 어디

안 갔나보네.

내가 쓸쓸하게 웃으면서, 약간 큰 목소리로 호시노와 규한테 말했다.

"이 녀석은 내 동생이야! 잘 봐, 중학교 교복이잖아."

멀리 있는 학생들은 뭐야~ 라는 느낌으로 이쪽에 대한 관심을 끊었다. 하지만 호시노와 규는 계속 물고 늘어졌다.

"네, 동생……?"

"후지모토 군, 여동생임까……?"

둘 다 내 얼굴과 아이리의 얼굴을 몇 번이나 비교해서 봤다. 막대 달린 사탕을 물고 있는 아이리가 약간 창피해하고 있다.

한참동안 그렇게 하더니, 결론은——.

"후지모토 너 이 자식, 뻥 치지 마! 얼굴이 하나도 안 닮았잖아!"

"후지모토 군, 거짓말하는 아이로 키운 기억은 없슴다!"

하긴 뭐, 피가 이어진 남매도 아니니까 안 닮은 것도 당연하지. 조금 귀찮기는 해도 「의붓여동생」이라고 설명해야겠지…….

그랬더니 아이리가 반짝반짝 빛나는 것처럼 웃는 얼굴로 내 팔을 끌어안았다. 그리고는 아이리의 탄력 있는 가슴으로 내 팔을 눌러댔다.

"처음 뵙겠습니다~. 저는요오, 치사토 여자 친구 아이리예요~☆"

사탕을 문 아이리가 남은 손으로 V 사인을 했다.

너무나 충격적인 자기소개 때문에 그 자리가 얼어붙었다. 시야 한쪽에서 미츠키 씨의 움직임도 멈추는 게 보였다.

규가 내 얼굴을 빤히 쳐다보고 있다. 규는 「발칙한 놈」이라든지 「저질」이라든지 「된장국으로 세수할 놈」이라고 말하는 것 같은 눈으로 날 보고 있다. 나는 있는 힘껏 고개를 저어서 부정했다.

"아니라고! 절대로 아니거든?!"

저쪽에서 약간 삐딱해진 미츠키 씨한테도 들릴 만큼 큰 소리로 내 무죄를 호소했다.

하지만 호시노한테는 그런 내 목소리가 들리지 않은 것 같다.

"뭐, 뭐야 그게에에에에~~~!!"

호시노가 피눈물을 흘릴 기세로 내 멱살을 쥐었다.

"어이쿠!" 아이리가 나한테서 떨어졌다.

"후지모토, 너, 어디서 무슨 짓을 해서 이렇게 예쁜 애랑 알게 된 거냐고오오오오?! 나한테도 좀 소개시켜줘어어어?!"

호시노가 무식하게 힘으로 날 앞뒤로 흔들어댔다.

"하지, 호시노, 진짜 그만 해⋯⋯어지럽다고⋯⋯!"

"그렇습다, 호시노 군. 살인은 영혼의 오점이 됩다!"

규가 호시노를 말리려고 시도했지만, 반쯤 이성을 잃은 호시노한테는 전해지지 않았다. 작은 규는 옆에서 허둥지둥 대기만 할 뿐이었다.

"아이리⋯⋯. 도와줘, 아이리——."

원흉인 아이리에게 도움을 청했지만, 폭주한 호시노를 보고 넋이 나가 있다. 어쩌고저쩌고 해도 아직 중학생. 야구부의 투박한 (게다가 세일러복을 입고 피눈물을 흘리는) 남자를 어떻게 해야 좋을지 모르는 것도 당연하겠지.

으아……. 진짜로, 의식이…….

그때였다.

"호시노 군, 뭐 하는 건가요."

낮고 차분한 여성 교사의 목소리가 들려왔다. 미츠키 씨였다.

미츠키 씨의 조용하면서도 매몰찬 질책에 호시노가 단숨에 쿨다운 했다.

"아, 그냥 장난 좀 쳤어요."

호시노가 손을 멈추고 겨우 날 풀어줬다. 공기가 달다. 미츠키 씨, 고마워요──.

하지만 미츠키 씨의 질책은 나한테도 날아왔다.

"후지모토 군도, 너무 소란을 피우는 것 같던데요?"

미츠키씨는 나한테 그렇게 물었는데, 대체 왤까. 「치사토 군 옆에 있는 저 여우같은 것은 뭔가요?」라고, 조용히 화를 내고 있는 미츠키 씨의 마음속 목소리가 들려오는 것 같았다.

아이리가 작은 소리로 "누구야"라고 물어서, 나도 작은 소리로 "담임선생님"이라고 대답했다.

어쨌거나 여러 가지 의미로 사과해야겠다…….

"정말 죄송합니다──."

내가 고개를 숙였더니, 놀랍게도 내 옆에서 아이리가 입에 물고 있던 막대 달린 사탕을 빼서 손에 들고 고개를 숙였다.

"죄송해요, 제가 시끄럽게 해서……."

"예?"

"어?"

미츠키 씨랑 내 눈이 휘둥그레졌다. 아이리 자식, 이렇게 얌전하게 굴 줄도 아는구나.

그런가 싶더니, 아이리가 다시 내 팔에 매달렸다. 다시 한번, 막대 달린 사탕을 입에 물고는 응석 부리는 것처럼 나한테 몸을 기댔다.

"저, 치사토 동생 후지모토 아이리. 치사토가 신세 많이 지고 있네요~☆"

아이리가 옆으로 누운 V 사인을 했다. 미츠키 씨가 무표정한 얼굴로 쳐다봤다.

"동생분인가요" 미츠키 씨가 말했다.

"동생분이에요" 아이리가 대답하더니,

"저희 치사토가, **여러모로 폐를 끼치고 있지는 않나요. 만약에 그렇다면, 도로 가지고 갈까 하거든요?**"

"아이리 너, 내가 무슨 물건이냐."

"가지고 가지 않으셔도 됩니다. 저희 학교 학생이니까요."

"선생님……."

미츠키 씨가 그렇게 대답해줬지만, 여전히 물건 취급인 것 같아서 조금 복잡한 심경이다.

매달리는 아이리를 떼어내기 위해서 팔을 움직이려고 했지만, 아이리가 유난히 꽉 붙들고 있다. 제발 작작 좀 해라.

"후지모토, 진짜로 네 동생이냐?"

호시노가 내 뒤쪽에서 물었다. 아이리가 "힉" 하고 작은 소리로 비명을 질렀다. 세일러복을 입은 거한이 갑자기 등 뒤에 서 있으면 겁먹을 만도 하지.

"그러니까, 아까부터 그렇다고 했잖아."

"후지모토, 앞으로 널 『형님』이라고 부를게."

"죽어도 싫어."

내가 대놓고 부정하자, 호시노가 아이리한테 직접 승부를 던졌다.

"오빠의 가장 친한 친구 호시노 신입니다. 오늘은 편하게 있다 가세요. 모르는 게 있으면 나한테 물어보면 되니까. 운동회 실행위원이거든."

아이리 얼굴이 굳어졌다.

"규, 네 차례야."

반쯤 멍한 상태로 상황을 지켜보고 있던 규한테 출동 명령을 내렸다.

"아, 예?! 뭐죠, 뭐임까."

"1면을 장식할 특종이야. 『야구부 1학년 H군, 운동회 구경 온 여중생한테 성희롱』."

"좋슴다!"

규의 기자 혼에 불이 붙었다. 규는 DSLR을 들고 호시노를 취재하기 시작했다.

"일단, 규가 호시노를 잡고 있는 사이에 자리로 돌아가."

"그게 좋을 것 같아요." 미츠키 씨도 고개를 끄덕였다.

"아, 알았어."

아이리도 이번에는 솔직하게 시키는 대로 했다.

보호자석으로 돌아가는 아이리에게, 갑자기 생각난 게 있어서 말을 걸었다.

"아이리."

"왜?"

아이리가 뒤를 돌아봤다.

"5월이지만 더우니까 물은 잘 챙겨 마셔."

"후후. 역시 치사토는 귀여운 여동생인 내가 미치도록 걱정되는구나. 뭐야~ 솔직하지 못하다니까☆"

"그런 건 됐고. 그래서, 정말로 아버지네는 안 오신 거야?"

그랬더니 아이리가 살짝 어깨를 으쓱거렸다.

"안 왔어."

아이리가 인파 속으로 사라져서 한숨 돌렸더니, 미츠키 씨가 나한테만 들릴 만큼 작은 목소리로 물었다.

"후지모토 군, 잠깐 도와줬으면 하는 게 있으니까 따라오세요."

"미, 미쿠리야 선생님……?"

수수한 교사 모드의 미츠키 씨── 인데, 그 얼굴은 무표정을 넘어선 수준이었다.

"괜찮아요. 개회식 때까지는 끝나니까요."

"자, 잔소리, 같은……?"

"사람들 눈에 안 띄는 곳은 체크해뒀어요."

"그러니까……."

"학교 전체의 CCTV 위치와 각도, 찍히는 범위와 사각(死角)도 전부 장악해뒀습니다."

"진심이다……!"

올해 운동회, 나는 개회식도 시작하기 전에 체력을 절반 이상 소모해버릴 것 같다.

나, 미쿠리야 미츠키는 성실한 고등학교 선생님이다.

1학년 E반 담임, 담당 과목은 지구과학. 평소에는 천체나 지층에 대해 가르치고 있지만, 오늘은 1년에 한 번 있는 운동회라서, 나도 운동복을 입고 하루 종일 운동장에 나가 있어야 한다.

뼛속까지 인도어파인 나한테는 계속 햇볕을 받아야 한다는 것 하나만으로도 꽤나 힘든 일입니다. 사실은 지구과학의 지층 관찰도 싫어한다. 햇빛을 계속 받는 것도 은근히 힘들다는 것, 알아?

하지만 나는 선생님이다.

학생들이 운동회를 위해서 열심히 준비해온 것을 잘 알고 있다. 오늘, 그 학생들이 온 힘을 다할 수 있도록 응원하는 것은 교사로서 당연한 일——.

"말은 그렇게 해도, 머릿속에는 『치사토 군, 힘내♡』밖에 없잖아?"

미술 선생님 호리우치 마미가, 교사용 여자 탈의실에서 갑자기 내 겨드랑이를 간질였다.

"호냐아아아아?!"

큰 소리를 지르면서 펄쩍 뛴 나를 보며, 탈의실에서 단둘이서

만 있는 기회를 이용해서, 마미가 숨을 허억허억 내쉬며 날 계속 간질여댔다.

"좋네, 좋아. 그 민감한 몸. 더 개발하고 싶어져."

"마미?! 성희롱이에요. 하지 마, 하지 말라고."

"자, 자, 그 귀여운 목소리가 모두에게 들린다~."

"안되에에에. ……정말로, 그만해. 미안해요~."

내가 반쯤 울먹이면서 애원하자 그제야 마미도 손을 멈췄다.

"후우. 구경 잘했다."

마미의 얼굴이 번들거리고 있었다.

"아으, 더럽혀지고 말았어요……."

힘없이 주저앉은 나를 마미가 일으켜줬다.

"작년에는 내가 담임을 맡았던 F반 보라팀이 우승했는데, 올해는 미츠키네 E반 황팀이 우승을 차지하려나~."

먼저 옷을 갈아입은 마미가 그런 말을 했다.

"뭐, 우리 반에 호시노 군이라든지 의욕이 넘치니까. 무라모토 양도 열심히 하고 있고. 다들 아침 연습 같은 것도 했고."

"아니, 그런 얘기가 아니라."

"?"

"『치사토 군, 힘내♡』의 사랑의 힘."

"허그억?!" 나도 모르게 아무것도 없는 데서 성대하게 넘어졌다.

"아~ 이거봐~ 동요하기든."

"그, 그런 것 아니옵나이다요?"

"그런 개그는 너무 구식이거든?"

나랑 같은 또래인 마미가 그런 소리를 듣고, 나는 꽤 심한 정신적 대미지를 입었다.

"아으. 마미가 나 괴롭혀."

"그래, 그래, 미안, 미안해. 자, 정신 차려야지. 오늘은 보호자 분들도 오시니까."

"그렇, 겠지⋯⋯."

"왜 그래? 설마 치사토 군네 부모님한테 어떻게 인사해야 좋을지 생각하는 거야?"

일단 주위에 아무도 없다는 걸 확인하기는 했지만, 너무 핵심을 찌르는 말에 동요하고 말았다.

"그, 그런 거 아니라예."

"이상한 사투리 쓰면 그쪽 동네 분들이 화낸다?"

그쪽 지역 사람도 아닌 마미가 화를 냈다. 하지만 이유가 「구식」이 아닌 것만 해도 다행이라고 생각하기로 했다.

나는 잠시 고민했지만 같은 「교사」로서 이야기를 들어줬으면 싶었기 때문에 마미한테 속내를 털어놨다.

"사실은 말이야, 치사토 군⋯⋯ 부모님께 운동회에 대해 말하지 않은 것 같아서."

선크림을 바르고 있던 마미의 손이 멈췄다.

"치사토 군, 부모님하고 사이가 안 좋아?"

"정말로 사이가 좋으면, 혼자 살지도 않겠지."

"뭐, 그것도 그러네⋯⋯. 조금 걱정이다."

"응⋯⋯."

나도 선크림을 발랐다. 꼼꼼하게. 바로 피부가 빨갛게 달아오르니까.

잠시 둘이서 말없이 선크림을 바르고 있었는데, 마미가 내 어깨를 살짝 두드렸다.

"괜찮아. 오늘 부모님이 오시면 다행이라고 생각하면 되고, 안 오시면 부모님께 인사드리는 데 대해 조금 더 생각할 시간이 생겼다고 받아들이면 되는 거야."

"……응. 고마워, 마미."

마미의 긍정적인 말 덕분에 나는 마음을 다잡고, 훌륭한(?) 수수한 교사 모드로 조례를 마치고 학생들을 운동장으로 유도했다.

학생들의 가족분들이 계속 찾아왔다.

제일 놀랐던 건 우시쿠 양의 어머니가 엄청난 미인이었다는 점. 처음에는 여배우분인가 싶었다. 우시쿠 양의 어머니라면 40세 전후일 텐데, 전혀 그렇게 보이질 않았다.

입고 있는 옷도 대단했다. 허리띠만 해도 수백만 엔은 하지 않을까. 계절에 어울리는 무늬인 흐르는 물과 꽃잎이 들어간 보라색 기모노가 품위가 있고 아름다웠다. 초여름 햇살 때문에 덥지는 않을까 걱정했지만, 「항상 이런 옷을 입다 보니 익숙합니다」라고 말하며 우아하게 미소를 지어주셨다. 아으, 정말 훌륭한 어른 여성이다. 우시쿠 양도 나중에 저렇게 되려나.

다른 학생들 가족분과도 인사를 하면서, 어쩌면 치사토 군의 부모님이 오시지는 않을까 계속 신경이 쓰였다.

그런데——.

문득 고개를 돌려보니, 미소녀 아우라를 흩뿌리는 갈색 머리카락 여자애와 치사토 군이 노닥거리고 있었다.

팔다리가 날씬하면서도 가슴은 크고, 웃는 얼굴은 밝고 귀여운, 젊음이 넘쳐나는 아이다. 막대 사탕이 아주 잘 어울린다. 입고 있는 옷은 교복 같은데, 치사토 군이랑 동갑이거나 한 살 정도 어리려나.

저기, 치사토 군? 이게 어떻게 된 일이지?

지나가던 미소녀의 커다란 가슴(나보다 작은 주제에)에 팔을 대고 있다니.

미츠키 씨, 쪼끔 화났어요.

교사의 특권을 이용해서 강제로 떼어내려고 했을 때, 그 미소녀가 이런 소리를 지껄였다.

"처음 뵙겠습니다~. 저는요오, 치사토 여자 친구 아이리예요~☆"

……순간, 정신이 날아가 버렸다.

뭐, 뭐, 뭐라고?

치사토 군, 내가 있으면서, 어떻게 된 거야?!

역시 열 살이나 나이가 많은 나보다 젊은 여자가 좋은 거야?!

──진정하자, 나. 당신은 치사토 군과 한집에 살고 있다는 어드밴티지가 있잖아.

무표정한 얼굴로 심호흡을 반복하고 있는데, 치사토 군이 나보다 훨씬 당황한 호시노 군한테 험한 꼴을 당하고 있었다. 내 귀여운 치사토 군한테 무슨 짓이야.

치사토 군을 무사히 확보하고, 그 미소녀가 사실은 치사토 군의 여동생 아이리 양이라는 사실을 알았다. 치사토 군의 부모님은 재현하셨고, 동생분은 의붓어머니가 데려온 아이, 즉 혈연관계가 없는 의붓여동생이라고 들은 적이 있다. 어쩐지, 안 닮을 만도 하지.

"여동생분인가요."

내가 그렇게 물었을 때, 아이리 양이 이렇게 대답했다.

"저희 치사토가, 여러모로 폐를 끼치고 있지는 않나요. 만약에 그렇다면, 도로 가지고 갈까 하거든요?"

그 순간의, 아이리 양의 도전적인 미소를 나는 결코 잊지 못할 것이다.

내 심장이 크게 뛰었다. 초여름 햇살 때문만이 아닌 다른 이유 때문에 갑자기 머리가 뜨거워졌다.

그 대답을 들은 순간, 나는 본능적으로 직감했다. 아이리 양은, 치사토 군과 내 관계를 눈치챈 게 아닐까──.

치사토 군한테 들은 이야기에 의하면, 아이리 양은 치사토 군보다 한 살 어린 중학교 3학년일 텐데. 그런데, 어떻게 알았을까. 이 아이는 그렇게 감이 예민한 거야? 아니면──.

"아이리 너, 내가 무슨 물건이냐."

아무래도 치사토 군은 아이리 양의 위험성을 아직 인식하지 못한 것 같다. 하아, 하지만, 어쩌면, 치사토 군의 감각이 평범한 쪽이고, 내가 너무 넘겨짚은 건지도 모른다. 하지만 본질은 아직 건어물녀인 내 「여자의 직감」이 보기 드물게 경고를 울리고 있다.

"가지고 가지 않으셔도 됩니다. 저희 학교 학생이니까요."

내가 딱 잘라서 거절하자, 아이리 양은 허무할 정도로 간단하게 물러났다. 역시 내가 너무 예민했던 걸까. 뭐, 절반 정도는 세일러복 입은 다부진 남자, 호시노 군의 작업 때문에 혐오감이 들어서 그런 것 같지만.

그 뒤에, 나는 호시노 군을 인적 없는 곳으로 불러내서 「상대가 의붓여동생이라고 해도 그렇게 헬렐레하는 것은 바람직하지 못하다」는 유감의 뜻을 강하게 표명했다.

올해 운동회, 무사히 끝나기를.

"히, 힘내~……."

내 나름대로 열심히 하는 응원은, 학생들의 환호하는 소리에 묻혀서 전혀 들리지 않는다. 나 자신한테도 안 들릴 정도니까 어쩔 도리가 없다. 수수한 교사인 내가 큰소리로 응원을 하는 건, 아무래도 캐릭터에 어울리지 않으니까. 창피하다.

그래도 마음속으로는 계속 「이겨라 이겨라 이겨라 이겨라 이겨라──」하고 응원했다.

그 뒤에 아이리 양은 보호자석에서 얌전히 구경하고 있다. 멀리 떨어져 있어서 잘은 모르겠지만, 사전에 준비한 접이식 의자에 다리를 꼬고 앉아서 적당히 구경하고 있는 것 같다. 가끔씩 한 손으로 스마트폰을 만지고 있고.

경기 때마다 학생들이 환호성을 지르고, 보호자석에서도 큰 소리가 터져 나왔다.

올해 E반 황팀은, 강하다.

달리기 관련은 거의 상대가 없을 지경이다. 여학생들이 줄다리기도 잘하고 있다.

오전 중에 있었던 경기에서 제일 관심이 갔던 것은 당연히 치사토 군이 나가는 줄지어 달리기였다. 거기에 우시쿠 양도 나간다.

선두에 있는 우시쿠 양은 의욕이 넘치는 얼굴이었다. 아침 연습에 점심시간, 방과 후에도 동아리 활동 중에 짬을 내서 연습을 했으니까. 이겼으면 좋겠다. 아아, 하지만, 다치지만 않았으면.

"간다~!" 제일 뒤쪽에 있는 남학생이 큰소리로 외쳤다. 치사토 군과 우시쿠 양 등이 와~ 하고 대답했다. 좋다. 청춘이다. 눈부시다.

출발 신호 총이 높이 올라갔다. "준비!"

"하나~ 둘!" 제일 뒤에 있는 학생의 구령에 맞춰서, 다 같이 구령을 외치며 발을 움직이기 시작했다.

탕, 하는 메마른 소리가 운동장에 울렸다.

출발은 치사토 군 일행이 깔끔하게 앞서갔다. 우시쿠 양이 엄청나게 진지한 표정이다. 평소에는 카메라를 들고 여기저기 출몰하는 재미있는 아이지만, 가끔씩 원래의 진지한 성격이 나온다니까. 표정만 보면 정말 늠름하고 멋지다. 하지만, 입고 있는 옷이 바니 걸 복장이다보니 응원하는 목소리에도 당혹한 기색이 섞였다.

"바니네."

"작은 바니가 열심히 하고 있어."

진지한 표정의 작은 바니 덕분에, 운동회가 왠지 훈훈한 분위기가 됐다.

"히, 힘내~……."

나도 필사적으로 응원했다.

출발할 때는 치사토 군네가 유리했지만, 그 뒤에 F반 보라팀과 A반 적팀이 앞질렀다. 슬쩍 옆을 봤더니 마미가 한쪽 눈을 찡긋했다. 미안해, 라는 느낌이었는데…… 치사토 군, 마미의 콧대를 꺾어줘!

"힘내~……."

마지막 직선에 들어서자 치사토 군네가 빠르게 쫓아왔다. 주위에서 성원이 터져 나왔다.

치사토 군네가 선두로 나섰다. 추월당한 F반 보라팀이 다시 앞질러—.

"그대로 달려~!" 호시노 군이 외치는 소리가 들렸다.

치사토 군네와 F반 보라팀이, 같이 쓰러지는 것처럼 골에 들어왔다.

내가 서 있는 위치에서는 거의 동시에 들어온 것처럼 보였다.

그리고 골 테이프를 끊은 것은…….

『1등, 보라!』

방송위원 여학생의 안내 방송이 승자를 알렸다.

""""좋았어~.""""

""""으아아아아~.""""

응원하던 F반 보라팀 학생들이 점프하며 기뻐했다. 그 옆에서 E반 황팀인 우리 반 아이들이 탄식하는 소리를 냈다.

양쪽 팀 모두 골인과 동시에 쓰러졌지만, 무릎이 까진 학생이 몇 명 있는 정도로 끝나서 안심했다. 우시쿠 양은 무릎이 까진 데다, 망사 타이츠까지 터지고 말았다. 타이츠는 예비가 없어서, 내가 자전거를 타고 사러 나갔다.

하지만, 우려했던 사태는 오후에 벌어지고 말았다.

◇◆◇◆◇◆◇◆

점심시간에 가족과 함께 도시락을 먹는 학생은 의외로 적었다. 고등학생 정도 되면 친구들이 있는데도 굳이 가족과 같이 밥을 먹는 건 창피하기 때문이다. 어머니가 와 계신 규도 우리와 같이 교실에서 도시락을 먹고 있다.

의자는 운동장에 나가 있어서, 다들 자기 편한 대로 바닥에 앉거나 계단에 앉아 있다.

"오전 중에, E반 황팀, 우물우물, 많이 앞서갔죠. 우물우물."

규가 도시락을 먹으면서 점수를 확인했다. 음식을 입에 넣은 채로 말하지 마시라고요, 아가씨. 볼이 빵빵하게 부풀어 오르니까 더더욱 작은 동물 같잖아.

규는 평소에 매점에서 점심을 해결하고 있기 때문에, 도시락을

싸 온 건 처음 봤다. 다른 여자애들처럼 작은 도시락에 갖가지 반찬들이 들어가 있어서 아주 평범한 가정의 여자애들 도시락과 다를 게 없었다. 3단 찬합은 아니었구나.

"그래, 선배들도 대단했지만, 우리 반도 열심히 했지."

그렇게 말하면서, 호시노가 가지고 온 커다란 도시락을 콜라와 함께 후다닥 삼켜버리고, 편의점 비닐봉지에서 추가로 사 온 것 같은 빵을 꺼내서 덥석 물었다.

"호시노가 열심히 했으니까."

내가 그렇게 말하자, 호시노가 빵을 씹으면서 기쁘게 웃었다.

점심은 학교 건물 안에서 먹기 때문에, 아이리가 어떻게 하고 있는지 모른다. 일단 라인으로 「점심은 싸왔어?」라고 메시지를 보냈지만, 읽기만 하고 답장이 없다.

그런 주제에 오후 종목 때문에 운동장에 나갔더니, 어디선가 아이리가 나타났다.

"외로웠어어, 치사토오. 나 좀 신경 써줘어."

"네 입으로 할 소리냐."

아이리, 호시노랑은 절묘하게 거리를 두고 있다. 이 녀석이 학습능력 하나는 좋거든.

"아, 밥풀 붙었다. 내가 떼 줄게."

"됐어."

"어라라~? 치사토, 혹시 쑥스러워하는 거야? 동생을 의식하고 말이야, 귀엽다~☆"

미츠키 씨가 절대 영도의 시선으로 날 노려보고 있는 것 같은 기분이 든다. 개회식 전에 이미 엄한 교육을 받았으니까, 이제 그만 좀 해줬으면 싶다.

『잠시 후에 오후 행사가 시작됩니다』라는 방송이 나왔고, 아이리가 물러났다. 시간이 없어서 미츠키 씨가 항의하지는 못했지만, 오늘 저녁밥은 미츠키 씨가 좋아하는 반찬을 하나 추가해서 성의를 보여야겠다.

오후 첫 종목, 응원 시합이 시작됐다.

아이리 때문에 다른 팀 응원 때는 그냥저냥 건성이었지만, 우리 팀이 응원을 시작하자 눈이 번쩍 뜨였다. 다부진 세일러복 입은 남자들만 있나 싶었더니, 2학년과 3학년은 절반 이상이 호시노 급 체격을 보유한 사람들이었다. 일부러 그런 거지?

상상해줬으면 싶다. 세일러복을 입은 험상궂은 남학생들이 굵직한 목소리로 기합을 넣으면서 정권을 지르고 공중제비를 돌고 나무판자를 격파하는 모습을.

"뭔가, 대단하네." 마츠시로가 애매하게 웃었다.

"그러게 말이야. 기분 탓인지 다른 팀이랑 보호자석에서 웃음소리가 들려오는 것 같아. 잘못 들은 건가."

"후지모토, 그건 현실이야."

세일러복을 입은 고릴라들 옆에서 꽃술을 든 바니 걸들이 머리 위까지 다리를 들어 올리며 라인 댄스같은 춤을 추고 있다. 규도 다리가 높이 올라가네. 남자들이 끔찍한 만큼 여자 바니 걸들의 귀여움과 섹시함이 강조되고 있다.

압도적인 박수와 환호성와 웃음을 차지하고, 응원단이 자리로 돌아왔다. 우리도 박수와 환호성으로 맞이해줬다.

"기분 더러웠다, 호시노!" 주위에서 박수와 야유가 날아왔다.

"시끄러~"라고 말하면서도, 호시노는 기분 좋은 땀을 흘리고 있었다. 뭔가를 해냈다는 만족한 웃는 얼굴이다. 아름다운 청춘의 한 페이지라는 거지. 입술에 새빨간 립스틱을 바른 세일러복 차림만 아니었으면. 이거, 나중에 흑역사가 되는 건 아닐까……

오후 종목 중에 내가 나가는 건 꾸미기 체조와 전원 이어달리기다.

문제는 꾸미기 체조에서 벌어졌다.

아이리 때문에 정신이 산만해져 있었는지, 미츠키 씨랑 했던 연습이 생각난 건지, 어느 쪽인지는 모르겠다. 양쪽 전부일 수도 있고, 전혀 다른 생각을 했던 건지도 모른다.

물구나무서기와 무릎 위로 올라가기를 문제없이 해내고, 클라이맥스인 인간 탑을 만들던 때였다.

제일 아래쪽 남학생의 등에 내가 올라가고, 그리고 내 위로 다른 남학생이 올라간다.

내 발판이 불안정한 기분이 들어서, 발 위치를 살짝 바꿨다.

그게 문제였다.

갑자기, 발이 미끄러졌다.

아차, 하고 생각할 틈도 없었다.

세상이 기울었다. 하늘이 보였지만 바로 어두워졌다. 다른 학생이 덜어졌다. 어깨가 아프다. 머리에 충격과 묵직한 아픔──.

눈앞이 새카매진 상태에서, 사람들 비명 소리가 들려온 것 같은 기분이 들었다.

눈을 떴더니 희미하게 빛나는 하얀 형광등과 하얀 천장이 보였다. 어깨를 부딪친 것 같았는데 목이 아프다. 이마 언저리가 욱신욱신 아팠다.

"아, 눈을 떴습다."

시야에, 사이드 테일에 토끼 귀를 간 규의 얼굴이 들어왔다.

"아. 나, 어떻게 된 거지."

"꾸미기 체조 인간 탑 하다가 실패해서, 남자애들 몇 명 밑에 깔렸습다."

"아. 그랬구나."

아까 꾸미기 체조 때의 기억이 되살아나는 것과 동시에 머리가 묵직하게 아파왔다.

"여기, 보건실임다만? 알겠습까?"

"응."

갑자기 피로가 몰려왔는지, 말이 묘하게 느릿느릿 나왔다.

"기다리세요. 바로 다른 애들 불러오겠습다."

"아냐, 괜찮아——."

괜히 소란 피우면 미안할 것 같다. 다들 다른 종목도 해야 하는데.

규가 가버리자, 대신에 보건 선생님이 들어왔다.

"일어날 수 있어?"

"예."

몸이 여기저기 아프지만 일단 상체를 일으켰다.

"특히 이상하거나 아픈 부분은?"

"괜찮아요."

"머리를 조금 부딪친 것 같으니까, 조금 있다가 이상하다 싶으면 바로 병원에 가는 게 좋을 거야."

아까부터 신경 쓰이던 이마를 만져보니 커다란 밴드가 붙어 있었다.

"아야."

"쓸려서 피가 나길래 밴드를 붙여놨어. 꿰매야 할 정도는 아니니까 안심해."

보건실 문밖에서 우당퉁탕 커다란 발소리가 여러 개 들려왔다.

"실례합니다!" 그런 목소리와 함께 뛰어 들어온 사람은 호시노였다.

"이봐, 보건실에서는 조용히 해야지!" 선생님이 야단쳤다.

그밖에도 무라모토와 마츠시로, 다른 애들도 몇 명이 있었다.

"죄송합니다. ──후지모토, 괜찮냐?" 세일러복을 입은 호시노가 돌격해왔다.

"괜찮아. 미안해, 꾸기기 체조를 망쳐서."

"어쩔 수 없지. 그런 때도 있는 거야."

"다른 건 잘했어?"

"그래."

"호시노, 슬슬 기마전 할 때 아냐?"

"거의 다 됐어. 그런데, 네가 눈 떴으니까 당장 가보라고, 규가 난리를 쳐가지고."

"정말 미안해. 기마전, 열심히 해."

내가 씁쓸하게 웃으면서 말하자 호시노는 "그래"라고 말하고는 후다닥 보건실에서 뛰어나갔다.

"괜찮냐, 후지모토" 마츠시로가 웃었다.

"괜찮아" 나도 웃는 얼굴로 대답했다.

"후지모토 군, 이마 찢어졌어?"

무라모토도 물었다. 같이 온 같은 반 여자애들이 아파 보인다는 표정을 짓고 있다.

"그냥 까진 거니까 괜찮아."

다른 사람들 뒤에 숨어 있는 규가 보건 선생님께 물었다.

"선생님, 후지모토는 괜찮은 겁까."

"상처도 별 것 아니니까, 본인만 괜찮다면 이제 가도 돼."

반 친구들이 안심한 표정을 지었다.

"그렇다고 하시니까, 규, 내 얘기로 이상한 기사는 쓰지 마라?"

"그, 그렇, 어떻게 알았습까?! 『꾸미기 체조에서 다친 학생, 불사조처럼 부활』이라고 쓰려고 했습다."

"창피하니까 진짜로 하지 말라고."

마츠시로와 다른 애들이 웃었다. 그것을 신호로, 다들 보건실에서 줄줄이 나갔다. 나도 슬슬 침대에서 일어나야지.

규는 마지막으로 나갔는데, 복도로 나가자마자 깜짝 놀란 목소리가 들려왔다.

"아, 후지모토 군 동생분."

"뭐?"

침대에서 나오려던 몸이 딱 멈췄다. 보건실 입구에, 규와 교대하는 것처럼 막대 달린 사탕을 입에 문 아이리가 서 있었다.

"아이리——."

"하아……."

아이리, 엄청나게 심기가 불편해 보인다.

"꾸미기 체조를 하다가 다치다니, 말도 안 되거든?"

"그러게 말이야, 미안해. 꼴사나운 모습을 보여줬네."

"그러게 말이야."

유난히 얄미운 소리를 하면서 아이리가 성큼성큼 다가왔다.

"네 동생?" 보건 선생님이 물었다.

"예. 지금 중학교 3학년인데—— 아야."

아이리가 내 앞머리를 거칠게 붙잡았다. 이마의 상처를 확인하는 것 같다.

"뭘 상처를 입고 난리야?"

"대단한 건 아냐. 상처보다 지금 네가 잡은 머리카락이 더 아프거든."

내가 항의하자 보건 선생님이 웃었다.

"미안해, 선생님은 잠깐 나가 있을 테니까. 동생도 있으니까 괜찮겠지."

"예."

"아까도 말했지만 이제 가도 괜찮아. 몸이 안 좋으면 경기에는 안 나가도 되고."

몸조심하라는 말을 남기고, 선생님이 나가셨다.

"아이리."

"왜?"

"머리, 아프거든."

지금까지 계속, 아이리는 내 머리카락을 붙잡고 있었다.

"다친 치사토가 잘못했잖아. 이마, 찢어졌어?"

"그냥 까진 거야."

"그럼 침 바르면 낫겠네. 내가 핥아줄까."

"하지 마."

그러고 있는데 보건실 문을 조심스레 두드리는 소리가 났다.

"실례합니다."

그런 말과 함께 조용히 문을 연 사람은 미츠키 씨였다. 수수한 교사 모드의 안경 렌즈 너머에 있는 눈이, 내 머리카락을 움켜쥐고 있는 아이리를 수상하다는 듯이 보고 있다.

"후지모토 군?" 미츠키 씨가 작은 소리로 묻자, 아이리가 내 머리카락을 놓고 쓰다듬어줬다.

"상처도 대단한 건 아니니까, 치사토, 이제 갈 수 있지? 나도 나갈게."

사탕을 입에 문 아이리가 등을 돌렸다. 그대로 오른손을 들고 '안녕~'이라는 말을 남기고 보건실에서 나갔다. 그 모습을, 미츠키 씨는 말없이 가만히 지켜보고 있었다.

『지금부터 기마전을 시작하겠습니다.』

방송 위원 목소리가 들려오고, 환호성이 터져 나왔다.

미츠키 씨가 고개를 숙인 채, 천천히 내 곁으로 다가왔고——
침대 옆에서 무릎을 꿇었다.

"미쿠리야 선생님—?"

"……다행이다"라고, 한숨을 쉬는 것처럼 중얼거린 미츠키 씨
가 고개를 들었다. 긴 속눈썹에 눈물이 가득 고여 있었다.

"치사토 군이 크게 다치지 않아서, 정말 다행이야——."

미츠키 씨가 내 손을 두 손으로 꾹 잡고 자기 뺨을 문질렀다.
틀림없이 내가 여기 있다는 걸 몸으로 직접 확인하고 있는 것 같
았다. 미츠키 씨가 콧물을 훌쩍였다.

"죄송해요, 걱정 끼쳐서……."

내 목소리에도 울음이 섞였다. 어째선지, 아까 인간 탑에서 실
패했던 게 이제 와서 무서워졌다.

"치사토 군한테 무슨 일이 생기면, 난, 더 이상 못 살아."

"괜찮아요. 전 절대로 그렇게 안 될 거예요."

『기마전, 첫 번째 승자는——.』

운동장에서 들려오는 소리가 너무나 멀리서 들려오는 것처럼
느껴졌다.

"연습을 너무 많이 해서 피곤했어? 내가 무리하게 했어? 혹시
동생분 때문에 뭔가 고민했어?"

"그런 건 아니고요."

"치사토 군이 이렇게 된 게, 나 때문에 이렇게 됐다고, 너무나
힘들고 미안해서…… 정말 미안해."

수수한 교사 모드인데, 교단에 서 있을 때의 의연한 모습은, 없

다. 미츠키 씨는 심하게 당황하고 있다. 나는 만약에 대비해서 보건실 창밖에서 보는 사람이 없다는 걸 확인하고, 미츠키 씨의 검은 머리카락을 쓰다듬었다. 계속 밖에 있었던 탓에 흙먼지가 묻어서 뻣뻣해져 있다.

"미츠키 씨 때문이 아니에요. 제 실수예요."

"치사토 군……."

나는 최대한의 미소를 지어 보였다.

"와주셔서 고마워요. 미츠키 씨 얼굴을 봤더니, 엄청나게 힘이 났어요."

"정말?"

"예."

거짓말이 아니다. 미츠키 씨가 진심으로 날 걱정해주는 그 마음이, 신기할 정도로 내게 힘이 돼줬다.

나는 미츠키 씨의 손을 쥔 채로 침대에서 내려왔다.

"치사토 군, 괜찮아?" 미츠키 씨가 눈이 휘둥그레졌다.

"괜찮아요. 자, 그만 돌아가죠."

내가 그렇게 말했더니 미츠키 씨가 눈가를 훔치면서 고개를 끄덕였다.

"……뭐야~. 역시 그랬잖아."

보건실 앞 복도에서 그 대화를 몰래 듣고 있던 아이리가 감정 없는 목소리로 중얼거렸다. 보건실에서 떨어지고 운동회의 소란에 등을 돌리더니, 아이리는 물고 있던 막대 달린 사탕을 깨물어

부숴버렸다.

미츠키 씨 덕분이 힘을 충전한 나는, 우리 반 자리로 돌아와서 전원 이어달리기에는 참여하겠다고 선언했다.

"괜찮겠냐?"

기마전에서 실컷 날뛰고 온 호시노가 물었다. 나는 짧게 "근성"이라고만 대답했다. 내가 딱히 에이스 주자는 아니지만, 전원 이어달리기는 누가 빠지면 엉망이 되니까. 말 그대로 근성으로 마음을 다잡았다.

지금 각 팀의 점수는 팽팽하게 맞서는 상황이다. 아직 1등을 E반 황팀이지만, 학년별 전원 이어달리기와 마지막 남자 이어달리기에서 충분히 뒤집힐 수 있다.

"준비—— 출발!"

출발 신호가 울렸다.

제1 주자인 남학생들이 일제히 달려나갔다

다들, 빠르다.

제일 먼저 선두로 나선 것은 A반 적팀이었다. 나도 모르게 각 팀의 점수를 확인했다. 만약에 적팀이 1등을 한다고 해도, 솔직히 말해서 승부에는 영향이 없다.

하지만, 지기 싫다.

내가 달리는 건 대략 중간 정도 순서다.

무슨 업보인지, 나한테 바턴을 넘기는 건 규다. 이것도 무슨 인

연인가.

　반 바퀴 100미터씩 달리면서, 주자가 계속 바뀐다.

　규 앞에 주자에서 E반 황팀이 1등으로 올라왔다

　하지만 뒤처진 적팀도 만회를 노린다.

　규가 바턴을 받는── 다고 생각한 그때였다.

　"으아아!"

　우리 반 애들이 비명을 질렀다.

　규가 바턴을 떨어트렸기 때문이다.

　앞 주자가 바턴을 주워서 다시 규에게 줬다.

　그 사이에 적팀은 물론이고 녹팀과 보라팀도 바턴을 넘겼다.

　작은 바니 걸이 필사적으로 트랙을 질주했다.

　빠르다.

　규는 어떤 연습 때보다도 빨랐다.

　코너를 이용해서, 규가 보라 팀을 앞질렀다.

　"잘한다, 규!"

　소리친 나는, 규의 표정을 보고 깜짝 놀랐다.

　작은 바니 걸의 얼굴이 더할 나위 없을 정도로 분한 감정 때문에 일그러져 있었기 때문이다.

　저런 규는 지금까지 본 적이 없다.

　당장이라도 울음을 터트릴 것 같은 얼굴로 직선을 달려온다.

　나는 규의 얼굴만 봤다. 손을 내밀고, 발을 움직이기 시작했다.

　적팀, 녹팀 다음 주자가 달려나갔다.

　"후지모토 군!!"

규 목소리. 바턴 감촉. 시야 한쪽에 보인, 기도하는 것처럼 두 손을 맞잡은 미츠키 씨.

"으라차아아아!"

나는 불타올랐다. 이런 열혈 캐릭터는 아니지만, 저 규와 미츠키 씨의 얼굴을 보고도 온 힘을 다하지 않으면 남자가 아니다.

처음부터 최대 속도로 질주했다. 녹팀은 바로 앞질렀다. 남은 건 적팀 뿐이다.

코너에서 몸을 한껏 기울였을 때, 내 발이 땅을 차는 감각이 사라졌다.

하지만 적팀을 앞지르지 못했다.

마지막 직선. 내 바턴을 받는 건 무라모토다.

"후지모토 군!" 무라모토가 손을 내밀었다. 나는 이미 한계였지만 더 가속했다.

적팀을 앞지르고—— 내가 선두가 됐다.

"무라모토!" 내가 바턴을 넘겼다.

바턴을 받은 무라모토가 달려나가는 모습을 본 순간, 발이 꼬였다.

"으아."

하늘과 땅 위치가 몇 번이나 뒤바뀌었다. 어깨도 무릎도 팔도 심하게 부딪치고, 쓸렸다.

정신을 차렸을 때는 운동장에 쓰러져서, 이번에야말로 팔다리가 피범벅이 됐다. 하지만 내가 차지해낸 선두를 다른 사람들이 지켜줬다.

최종 주자가 골 테이프를 끊었다.

학년별 전원 이어달리기 1학년 1위—— E반 황팀.

그 뒤에 다른 팀도 열심히 땄지만, 이때 얻은 점수가 결정적인 차이가 돼서, 우리 E반 황팀이 우승했다.

왼팔과 양쪽 무릎의 피는 수돗물로 씻어서 소독하고 커다란 밴드를 붙였다. 두 번째로 보건실을 방문했더니 보건 선생님이 웃으면서 놀렸지만, 이겼으니까 기분은 최고였다. 구는 여전히 미안한 얼굴로 반쯤 울먹이고 있지만, 뭐, 드라마틱한 승리라서 잘됐다고 생각하자고.

폐회식이 끝나고 보호자 분들이 돌아가기 시작했다. 다른 학생들이 의자를 다시 교실에 가져다 놨다. 하지만 우리 1학년 E반은 의자를 운동장에 방치하고, 담임인 미츠키 선생님 있는 곳으로 모였다.

수수한 교사 모드인 채로 의아한 표정을 짓고 있는 미츠키 씨 앞에, 우리 반 전체가 정렬했다. 운동회 실행위원 호시노가 대표로 말했다.

"저기, 오늘은 운동회였는데, 저희도 미쿠리야 선생님 덕분에 우승에 공헌할 수 있었습니다."

호시노 다음에 무라모토가 말했다.

"아침 연습에 어울려주시고, 각 경기의 요령이 적혀 있는 인터넷 사이트나 동영상을 보여주셔서 정말 감사합니다. 그리고 음료

수, 정말 잘 마셨어요."

안경 렌즈 너머에 있는 미츠키 씨의 눈동자가 흔들렸다.

"너, 너희들——."

"오늘도, 하루 종일, 사실 선생님은 인도어파일 거라고, 그냥 제가 멋대로 생각했지만."

호시노가 그렇게 말하자 다들 피식피식 웃었다. 웃다니, 실례 잖아. 사실이라고.

"하지만, 더운 날씨에, 저희를 응원하려고 계속 서 있어주셔서, 정말 고맙습니다!"

호시노가 고개를 숙이자 다른 사람들도 제각기 "고맙습니다!" "선생님 고맙습니다" "미쿠리야 선생님 최고예요!"라면서 칭찬했 다. 운동회도 끝났고 게다가 우승까지 했다. 다들 평소보다 들떠 있다.

어느 샌가 "미 · 츠 · 키, 미 · 츠 · 키"라면서 이름까지 외치고 있다.

생각지도 못한 학생들의 감사에, 미츠키 씨가 당황했다. 미츠 키 씨가 웬일로 내 쪽을 봤다. 나도 활짝 웃으면서 "정말 고맙습 니다!"라고 말해줬다.

……이건, 내가 꾸민 짓이었다.

나는 미츠키 씨를 가까이에서 보고 있기 때문에, 선생님이 얼 마나 힘든지를 잘 알고 있다. 하지만 다른 애들은 모른다.

오늘 밤에 집에 가면 미츠키 씨한테 수고했다고 말해주고, 같이 맛있는 걸 먹을 수는 있다. 하지만 그건 내가 연인으로서 미츠키 씨에게 해주는 일일 뿐이다.

한 사람의 선생님으로서, 미츠키 씨가 고맙다는 말을 듣고 기뻐해 줬으면 싶었다.

내가 호시노한테 이 얘기를 했더니, 호시노는 의외로 간단히 받아들여 줬다.

"그래, 하자! 후지모토, 너 대단하다. 그런 생각을 다 하고."

이런 부분에서 쓸데없는 생각을 하지 않는 점에서, 호시노는 좋은 녀석이라고 생각한다.

"호시노 너야말로, 아주 신이 났네."

"그렇지 뭐. 솔직히 말해서 미쿠리야 선생님, 좋은 선생님이잖아. 좀 수수하기도 하지만."

이 호시노의 말은 모두의 생각이었다. 다들 미츠키 씨의 좋은 점을 알아주고 있다는 사실에, 내가 눈물이 날 뻔했다.

지금 우리가 보내는 감사와 열심히 이름을 부르는 소리를 듣고, 미츠키 씨는 정말로 울고 있었다.

"여러분!"

미츠키 씨가 눈물이 터지지 않게 참고 있다.

"오늘은 정말 훌륭했어요. 이긴 종목도 진 종목도, 전부 다 봤어요. 여러분, 최고예요."

""""예에에에에에이——!!!""""

미츠키 씨가 칭찬해주자 반 전체가 환호성을 질렀다.

"하지만 여러분." 미츠키 씨가 덧붙였다. "연상 여성을 울리면 안 되거든요?"

미츠키 씨가 날 슬쩍 봤다.

아무래도 미츠키 씨는 누가 꾸민 짓인지 훤히 들여다보고 있는 것 같다.

초여름의 해는 아직 높이 떠 있고, 파란 하늘에는 흰 구름이 천천히 흘러가고 있었다.

제3장

여동생분께 인사하는 건 아직 이른가요?

"신나게 노래 부르자~!"

노래방에서, 안경을 쓴 수수한 교수 모드(살짝 외출 버전)인 미츠키 씨가 엄청나게 유명한 애니메이션의 노래를 열창했다. 신세기의 열네 살 소년소녀가 주인공인 애니메이션(신세기 에반게리온)의 오프닝 곡. 노래방의 기본 중의 기본 곡이다.

내 앞에서는 미술 담당 호리우치 선생님이 탬버린을 두드리고, 규가 리듬에 맞춰서 몸을 흔들고 노래를 작은 소리로 흥얼거리면서 다음에 부를 노래를 찾고 있다. 그나저나 규, 지금은 그 DSLR이 너무 거치적거리지 않아?

미츠키 씨, 호리우치 선생님, 규, 나까지 넷이서 운동회 뒤풀이를 겸해서 노래방에 왔다. 우리 반 뒤풀이는 당일 밤에 다른 학생들이랑 같이 했지만, 미츠키 씨가 손가락을 입에 물고 눈을 살짝 치켜뜨고서 「좋겠다」고, 정말 부럽다는 듯이 말했었다.

그렇게까지 나오면 뒤풀이를 안 할 수가 없지 않겠습니까.

"미츠키 잘 한다~."

"미츠키 선생님, 잘 부르십다~."

간주가 나올 때 호리우치 선생님과 규가 분위기를 띄웠다. 미츠키 씨, 노래 잘 부르는구나. 평소 분위기랑 다르게 노래하는 목소리에 힘이 있다.

왜 호리우치 선생님과 규까지 같이 있느냐하면, 역시 미츠키 씨와 나 단둘이서 왔다가 누가 보기라도 하면 큰일이라고 걱정했기 때문이다. 특히 이번에는 반 뒤풀이로 노래방에 간 것도 있어서, 미츠키 씨도 노래방에 가고 싶다고 했다.

좁은 밀실에서 조명이 꺼진 상태에서 미츠키 씨가 촉촉한 발라드라도 부르면, 노래방 벽이 부서질 정도로 박치기를 해대야 내 이성을 유지할 수 있을 것 같았다. 그런 사정도 있다 보니 동행자가 있는 쪽이 좋을 것 같다고 미츠키 씨를 잘 구슬려서, 미츠키 씨의 친구인 호리우치 선생님도 불렀다.

그리고 교사 둘, 또는 누나만 둘이 있으면 되레 어색해질 것 같다고 생각해서 규도 불렀다. 규라면 이런저런 사정을 알고 있으니까.

하지만 무슨 일이 있을지 모르기 때문에, 우리 학교 근처를 피해 아키하바라까지 나와서 노래방을 즐기고 있다.

미츠키 씨가 노래를 다 부르고 마이크를 테이블 위에 내려놨다.

"긴장했다~."

미츠키 씨가 웃는 얼굴로 차가운 우롱차를 마셔서 목을 축였다. 오늘의 미츠키 씨는 시원해 보이는 셔츠와 롱스커트로 청순한 분위기를 연출하고 있다.

호리우치 선생님은 레이스가 들어간 여성스러운 셔츠와 데님. 규는 밝은색 티셔츠와 무릎까지 내려오는 데님 반바지.

테이블 위에는 적당히 주문한 프라이드 포테이토와 닭튀김이 있고, 각자 소프트드링크를 준비했다. 소프트드링크는 무한 리필. 호리우치 선생님은 어른이다 보니 따로 생맥주를 준비했다. 미츠키 씨는 술이 약한 어른이니까 허락할 수 없습니다.

이어서 다른 애니메이션 노래의 전주가 나왔고, 호리우치 선생님이 「내 노래다~」라고 말하면서 마이크를 잡았다.

미츠키 씨가 탬버린을 흔들면서 응원했다.

"마미, 잘 해봐~." 짤랑 짤랑 짤랑.

호리우치 선생님이 선택한 곡은 쌍둥이 중의 하나가 중간에 죽어버리는, 아주 유명한 야구 만화(터치)의 노래였다. 참고로 호리우치 선생님은 두 번째 곡. 호리우치 선생님도 노래 잘하시는구나.

"후지모토 군, 후지모토 군."

간주 중에 규가 나한테 말을 걸었다.

"왜?"

"어째서 오늘은 '애니메이션 노래 한정'인 겁까."

규가 지금 말한 대로, 오늘은 '애니메이션 노래만' 부르기로 했다. 다음 노래는 내가 선곡한, 모 우주 전함 애니메이션(우주전함 야마토)의 주제가다.

"왜기는…… 애니메이션은 다들 좋아하잖아."

"뭐, 그렇긴 함다만……."

이건 미츠키 씨와 내가 생각하고 호리우치 선생님이 승인한 일이다.

"여기에는 깊은 사연이 있어요……."

미츠키 씨가 프라이드 포테이토를 오물오물 먹으면서 무거운 말투로 말했다.

"깊은 사연, 이라는 게……."

규가 침을 꿀꺽 삼켰다.

"그건 말이죠—— 애니메이션 노래는 세대 차이를 생각하지 않아도 되기 때문이에요."

미츠키 씨의 말에 나도 고개를 크게 끄덕거렸다. 두 번째 곡이 시작된 호리우치 선생님도 고개를 끄덕이면서 노래를 불렀다.

나와 미츠키 씨 사이에는 열 살이라는 나이 차이가 존재한다. 평소에는 전혀 신경 쓰지도 않고, 오히려 미츠키 씨는 어지간한 여고생 따위는 상대도 안 될 만큼 귀엽고 최고지만, 그렇기 때문에 갑자기 나이 차이가 느껴지는 화제가 나왔을 때 받는 충격도 크다. 추억의 노래라는 말이 있는 것처럼, 노래는 특히 세대에 따라 상식으로 여겨지는 곡들이 크게 다르다.

그래서 생각을 했다. 미츠키 씨도 나도, 기껏 노래방에 가서 세대 차이를 느끼고 분위기가 어색해지지 않고, 그러면서도 편하게 즐기려면 어떻게 해야 할까.

그렇게 해서 나온 결론이 '애니메이션 노래 한정'이었다.

솔직히 말이야, 아까 미츠키 씨가 불렀던 신세기한 애니메이션도 TV판 제1화가 방송된 건 1995년 10월이거든? 미츠키 씨가 아기였을 때고, 난 태어나지도 않았다. 하지만 이 주제가는 알고 있는 데다 부를 수도 있다. 대단하잖아.

그런 이유로, 미츠키 씨와 나에게 애니메이션은 정말로 편한 존재다.

갑자기 분위기가 바뀌어서, 모 우주 전함의 웅장한 전주가 시작됐다.

"아, 제 노래예요." 내가 마이크를 잡았다.

"치사토 군 노래구나~. 힘내~."

미츠키 씨, 신이 나서 탬버린을 열심히 흔들고 있다. 이렇게까지 좋아하니까 나도 정말 기쁘다.

내가 노래를 부르고 있었더니 미츠키 씨도 흥얼거리기 시작해서, 다른 마이크를 주려고 했다. 미츠키 씨도 처음에는 사양했지만, 호리우치 선생님이 반쯤 강제로 마이크를 쥐여줬다.

"자, 미츠키. 네 손으로 이 크고 굵은 걸 꼭 쥐는 거야. 치사토 군이랑 같이 해버려."

"안 돼, 마미. 그런 걸 억지로 시키지 마. 앙, 창피해."

"……평범한 노래방이 뭔가 야한 분위기가 된 것 같습다만."

규가 웬일로(?) 상식적인 딴죽을 날렸다. 정말이지, 내 파동포가 폭주해버릴 것 같으니까 그만 좀 하세요.

어쨌거나 미츠키 씨도 같이 노래를 부르기 시작했다.

어라? 이거 혹시 듀엣 같은 분위기?

문득 냉정해졌더니, 나 창피해졌거든.

미츠키 씨 쪽을 보니 웃는 얼굴로 화면을 보면서 열창 중. 듀엣 같은 상황을 알아차리지 못한 것 같다. 미츠키 씨의 상기된 볼이 귀엽다.

곡이 달아오르는 데 맞춰서 몸을 움직이다 보니, 커다란 가슴도 같이 리듬을 타고 있다. 으으, 이성이 우주 전함과 함께 워프해 버릴 것 같지 말입니다…….

"후우……." 노래가 끝나고 한숨 돌렸더니 호리우치 선생님이 싱글싱글 웃으면서 말했다.

"현자 타임?"

"무슨 소린가요, 선생님."

다음에 나온 곳은 기동전사 건담의 노래. 이것도 이것저것 시리즈가 많지만, 그중에서도 주인공과 라이벌이 최종 결전을 벌이는 극장판 애니메이션의 주제가고, 남성 보컬이 부른 노래였다. 〈기동전사 건담 역습의 샤아〉

"후지모토 군, 두 곡 연속이야?" 후지모토 선생님이 나한테 마이크를 돌려주려고 했다.

"아뇨, 저는 아닌데요."

그랬더니 내 눈앞에서 작은 여자애가 마이크를 가로챘다.

"──제 노래임다."

규가 벌떡 일어나서 두 발을 어깨너비로 벌렸다.

"우시쿠 양, 건담 좋아해?"

미츠키 씨가 물었더니 규가 그쪽으로 고개를 돌렸다.

"……그 얘기 하면, 길어짐다만?"

눈이 진지했다. 살짝 질렸다. 당신이 모르는 우시쿠 하루코 양이다.

"너, '부잣집 아가씨'잖아?"

커다란 저택에서 지붕 달린 침대에 누워 네글리제 차림으로 건담을 감상하는 아가씨…… 꽤 상상하기 힘든데 말이야?

"총자산이 일정 이상인 가정의 딸은 건담을 봐서는 안 된다는 법률이라도 있슴까."

"아니, 없긴 한데……."

"『없긴 한데』?!" 규가 날 노려봤다.

"아뇨, 없지 말입니다."

내가 거수경례를 하며 대답하자, 규가 노래를 시작했다.

했는데……

1절이 시작되자마자 다들 「?」 상태가 됐다.

1절이 끝났을 무렵에는 모두 「?!」 상태가 됐고.

간주가 나오는 동안에 다들 마음속에서 여러모로 정리.

2절이 시작되고, 다들 「!!」 상태가 됐다.

마지막 고음 부분이 끝났을 때, 노래방 안에 정숙이 찾아왔다.

"…………."

규의 노랫소리는 콜로니 낙하 수준이었다.

노래가 끝난 뒤에 남은 연주 부분이, 얼어붙은 노래방 안에 흘렀다.

"저도 안다……."

에코가 크게 들어간 마이크가 사이드 테일 소녀의 슬픈 목소리를 울리게 했다.

"규, 규, 정말 잘했어!" 짝짝짝.

"응. 개성은 중요하지" 미츠키 씨…….

"괜찮아. 난 들을 수 있거든?!" 호리우치 선생님, 너무해.

규가 화를 냈다.

"음치라고 확실하게 말해주는 게 차라리 편하다!"

마이크에서 강렬한 하울링이 울렸다. 귀가 찡~ 했다.

그러고 보니 학생들끼리 뒤풀이하러 노래방에 갔을 때도, 규는 철저하게 카메라맨 역할만 했었지. 다른 사람이 고른 노래를 부를 때 신나게 같이 흥얼거리는 모습을 봤기 때문에 노래를 불렀다고 생각했는데, 생각해보니 규 혼자서 노래를 부르는 모습은 못 봤네…….

규, 음치였구나. 본인에게는 뼈아픈 일이겠지만, 조금 의외라서 재미있다.

"아니, 뭐, 괜찮아. 이렇게 네 명뿐이니까."

그런 내 위로도 규의 마음에는 전해지지 않았다.

"저, 노래방 좋아함다. 다른 사람들과 즐겁게 노는 것도 좋아함다. 하지만, 음정이라는 걸 도저히 모르겠슴다…….."

"규…….."

"다른 사람들이 아는 노래라면 저도 같이 부를 수 있슴다. 마이크 없이 그렇게 하면 어떻게든 넘어갈 수 있슴다. 하지만, 애니메이션 노래만 부르라면 제가 아는 건 건담밖에 없습니다. 아니, 건담에는 인생의 모든 것이 있다."

"──됐어. 이제 알았으니까."

"후지모토 군은 아직 건담의 매력을 모름다. 저와 건담의 만남은──."

"그 얘기, 길어진다고 했었지?!"

규가 소파에 털썩 앉았다.

"그러니까 제안할 게 있슴다."

"뭐, 뭔데."

"'애니메이션 노래 한정'을 풀고, 90년대 유행가도 해금하는 검다."

"""뭐?!"""

우리는 서로 얼굴을 마주 봤다.

"어, 어째서……?" 미츠키 씨가 살짝 떨고 있다.

"바로 얼마 전에, 헤이세이에서 레이와로 연호가 바뀌었슴다."

"응." 내가 미츠키 씨를 말리면서 이야기를 들어줬다.

"기억해줬으면 싶슴다. 헤이세이의 마지막쯤에서, 헤이세이 30년의 역사를 얼마나 되돌아보셨슴까. 그 시절에 얼마나 많은 음악 프로그램이 있었슴까?"

"드, 듣고 보니……."

점점, 규가 무슨 말을 하려는지 알 것 같았다.

"덕분에 후지모토 군이나 저도, 아직은 90년대 유행가를 기억하고 있슴다."

"그러네."

우리는 다시 한번 얼굴을 마주봤다.

"마미, 부를 수 있어?" 미츠키 씨가 물었다.

"그럭저럭. 후지모토 군은?"

"뭐, 어느 정도는. 그리고 애니메이션 노래를 고르면 안 된다는 것도 아니니까요."

"그렇슴다. 지금 저희는 과거로 흘러가버린 헤이세이 덕분에, 오히려 서로가 같은 노래를 부를 수 있게 됐슴. 알고 있는 곡이

나오면 다 같이 부르는 겁다. 고마워 헤이세이, 어서와 레이와 임다."

"그렇구나" 내가 고개를 끄덕였다. "그러면 애니메이션 노래랑 90년대 유행가로 할까."

"이해해줘서 다행임다. 그렇지 않았으면——."

"그렇지 않았으면?"

규가 입을 초승달 모양으로 만들고 웃었다.

"저만 알고 있을 것 같은 마이너한 것부터 순서대로 건담 노래를 줄줄이 불러서, 다른 분들께 계속 들려 드리려고 했슴다."

규(와 건담)에게는 미안하지만, 살짝 등골이 오싹해졌다.

내 눈앞에 있는 콜라 잔에 있는 얼음이 메마른 소리를 울렸다.

그 뒤에는 온화하고 즐겁게 진행됐다. 자동 연장 시스템인 가게이다 보니 결국 넷이서 네 시간, 토탈로 한 사람당 한 시간씩은 계속 불러대는 라이브 공연이었다.

"이젠 안 돼. 목소리가 안 나와~" 미츠키 씨가 두 손을 들었다.

"아직 멀었어. 밤새도록 못 자게 할 거니까아~" 호리우치 선생님은 완전히 분위기가 달아올랐다.

호리우치 선생님은 어느새 생맥주를 다섯 잔도 넘겨 마셨다. 테이블은 프라이드 포테이토와 함께, 어느샌가 피자까지 놓여 있었다.

"호리우치 선생님은 은근히 야한 인상을 주는 언동을 좋아하심다."

규가 카메라를 들고 있었다. 규 자신이 운동회에서 야한 취재를 했던 건 완전히 없었던 일로 치고 말이야. 규의 목소리도 많이 쉬어 있었다.

"남자한테 그런 마음이 들게 만드는 유부녀의 테크닉을 물로 보지 말라고. 우리 남편 물을 먹는 건 아주 좋아하지만."

"야한 사람이 있습다! 교육상 부적절한 언동임다!"

"난 『남편 물을 먹는 걸 아주 좋아한다』는 말밖에 안 했거든? 우리 남편이 마시려는 물을 뺏어 먹는 걸 좋아하는 것뿐인데, 우시쿠 양은 대체 무슨 물을 먹는다고 생각한 걸까~?"

"아, 아으, 아으……."

"규, 주정뱅이 성희롱을 있는 그대로 받아들이지 마."

내가 달랬더니 호리우치 선생님이 껄껄 웃었다.

"아하하하. 얘, 너무 재미있다."

"예, 알았어요. 과음은 하지 마시고요?"

"괜찮아, 괜찮다고. 나도 아직 젊다고."

엄지손가락을 척 세워 보이는 호리우치 선생님. 미츠키 씨와 동갑이니까 뭐라고 할 수가 없다.

"남편분이 걱정하실 텐데요?"

호리우치 선생님은 이미 두 아이를 둔 엄마다. 역시나 「취미는 출산, 특기는 안산」이라고 공언하는 사람답다.

오늘은 남편분이 아이들을 보고 계신다는 것 같다. 호리우치 선생님 남편분은 서른다섯 살. 호리우치 선생님과는 열 살 차이다 보니, 남녀가 반대지만 미츠키 씨랑 내 관계와 많이 비슷하다.

"집에 돌아갈 때면 술도 다 깰 거야. 요즘 집에서는 거의 못 마시거든."

"어째서요."

"우리 남편이, 건강검진에서 간 수치가 조금 안 좋게 나왔거든. 신경 쓸 정도는 아니지만 당분간은 금주한다고 했어. ──다들 잊어버린 물건은 없고?"

호리우치 선생님이 어깨를 으쓱해 보이면서도, 돌아갈 준비가 됐는지 확인했다.

"어라, 이거 마미 스마트폰 아냐?" 계산서를 든 미츠키 씨가 지적했다.

"아, 진짜네. 위험했다. 내가 깜박 두고 갈 뻔했네."

호리우치 선생님이 스마트폰을 챙기는 모습을 보며 미츠키 씨가 중얼거렸다.

"──마미네 남편분 마음, 나도 조금 이해가 돼."

"그래? 혹시 미츠키도 건강검진에서 뭐가 걸렸어?"

되레 내가 깜짝 놀랐다. 미츠키 씨 건강에 무슨 일이 있으면…….

"그런 건 아니지만. ──**연상이니까 말이야.**"

"…………."

"남편분은 마미보다 열 살이나 연상이잖아. 이게 몇 살 정도 차이라면 또 다르겠지만, 계속 장래에 대해 생각한다면 자기가 먼저 할아버지가 될 거라는 사실이 신경 쓰일 것 같거든. 그래서 조금이라도 더 건강에 신경 쓰면서, 언제까지고 건강하게 마미랑 같이 살고 싶을 거야."

미츠키 씨의 말이. 마치 미츠키 씨 자신의 마음을 토로하는 것처럼 들렸다.

열 살이라는 나이 차—— 그것은 미츠키 씨와 내 나이 차이기도 했다.

겨우 열 살. 하지만 열 살.

미츠키 씨는 그런 마음으로 이 열 살이라는 나이 차를 보고 있었던 건지도 모른다.

나한테 미츠키 씨는 너무나 아름답고, 눈부시고, 귀엽고, 동경하고——.

고등학교 입학식 날 미츠키 씨한테서 프러포즈를 받으면서 시작된 교제(임시)이지만, 지금까지 누구와 사귀어본 적이 없는 나한테 미츠키 씨는 '첫사랑' 그 자체니까.

아직 어린 나는 필사적으로 달려서 미츠키 씨를 따라잡고 싶어서 미칠 지경이다.

하지만—— 내가 쫓아간 만큼 미츠키 씨는 멀어진다.

두 사람의 나이 차는 무슨 수를 써도 좁힐 수가 없다.

내가 성장하면 성장한 만큼—— 미츠키 씨도 나이를 먹어간다.

세월은 남자인 나보다 여성인 미츠키 씨한테 더 무자비한 칼날이 돼서 덮쳐올 것이다.

그래도.

이것도 내가 남자라서 하는 생각인지도 모르지만.

아무리 나이를 먹어도, 나한테 미츠키 씨는 지금과 똑같이 이름답고, 눈부시고, 귀엽고, 동경하는 상대일 것 같다.

왜냐하면, 그건 내가 그렇게 생각하는지 아닌지에 달린 일이니까.

마침내 미츠키 씨의 아름다운 얼굴에도 주름이 생길지도 모른다. 흰머리가 많아질 지도 모른다. 허리도 구부정해질지도 모른다.

하지만, 나는 미츠키 씨의 외면을 사랑한 게 아니니까.

미츠키 씨의 영혼에서 나오는 빛을 사랑하고 있다.

빨리 어른이 되고 싶다. 절실하게 생각했다. 어른이 돼서, 미츠키 씨에게 이 마음을 모조리 전하고 싶다고.

미츠키 씨의 말을 듣고 있던 호리우치 선생님이 살짝 한숨을 쉬었다.

"그래. 그럼, 오늘은 우리 남편이 좋아하는 돼지고기 불고기라도 해줄까. ――논 알콜 맥주도 곁들여서."

"그게 좋겠다."

미츠키 씨가 미소를 지었다. 그 웃는 얼굴이, 나한테는 너무나 눈부시게 보였다.

방에서 나오자 규가 자기 지갑을 꺼냈다.

"한 사람당 얼마임까."

"우시쿠 양, 돈은 됐어." 호리우치 선생님이 말렸다.

"어, 그래도……."

"미츠키랑 내가 나눠서 낼 테니까. 그치, 미츠키."

"응."

나는 조금 당황했다.

"미츠키 씨, 저는 낼게요."

"아냐, 치사토 군도 됐어. 오늘은 내가 하자고 해서 뒤풀이를 한 거니까. 운동회 때 도시락도 만들어줬고."

"오, 미츠키 네 도시락, 사랑하는 남편이 싸준 도시락이었구나아. 알았으면 더 놀렸을 텐데."

호리우치 선생님이 정말로 아쉽다는 것처럼 말했다. 아까 좋은 분위기로 얘기가 끝났는데, 저로서는 당신의 그 언행이 너무나 안타까울 따름입니다.

"하지 마세요. 미츠키 씨도 오해를 살 것 같은 발언은 하지 마시고요. 그 도시락은 미츠키 씨랑 제가 같이 쌌잖아요."

"그래, 그래. 아주 러브러브하구나. 그 기세로, 오늘은 돈 내달라고 해버려."

"하지만……." 내가 말문이 막히자, 호리우치 선생님이 귀엣말을 했다.

"후지모토 군이 돈을 내면, 우시쿠 양 입장이 난처해지잖아?"

아, 그렇구나. 그런 얘기였구나.

안타까운 사람처럼 보이지만, 호리우치 선생님도 어른이었다.

"알겠습니다. 그럼── 호리우치 선생님, 미츠키 씨, 정말 고맙습니다."

"그래, 그래. 솔직해서 좋네~." 호리우치 선생님은 아무 만족.

"후지모토 군?!" 규가 깜짝 놀랐다.

"알았지? 규도 안 내도 돼."

"그럼…… 오늘은 정말 고맙습다."

규가 미안하다는 것처럼 고개를 숙이자 미츠키 씨가 빙긋 웃었다.

"그래. 뭘 이런 걸 가지고."

"나중에 꼭 보답하겠습다."

규가 성실하게 그런 맹세를 했지만, 미츠키 씨는 부드럽게 거절했다.

"그래. 꼭 보답을 하겠다면, 이번 중간고사에서 내 담당 과목인 지구과학에서 만점을 받으세요."

규가 굳어버렸다.

"열심히 노력하겠습다."

"운동회 끝나면 바로 중간고사니까~."

나도 고민이 된다.

"젊은이들은 열심히 공부나 하라고. 그러니까 오늘 노래방비는 우리 둘이 나눠서 내고."

"안 돼, 마미." 미츠키 씨가 호리우치 선생님을 제지했다.

"왜, 미츠키?"

"마미가 마신 맥주 값은 알아서 내. 나머지는 나눠서 내고."

호리우치 선생님이 울면서 미츠키 씨한테 매달렸다. 미츠키 씨는 확실한 사람이었다.

노래방에서 나온 뒤에 호리우치 선생님이 규를 포획했다.

"으어푸어."

사이드 테일이 달린 머리를 꽉 움켜쥐자, 규가 발버둥 쳤다.

"규?!"

"흐헤헤. 아가씨, 아저씨랑 같이 달달한 것 먹으러 가자. 아저씨가 사줄 테니까." 호리우치 선생님이 꼬드겼다.

"이상한 사람한테 잡혔습다!"

규가 버둥댔다. 작은 동물 같아서 귀여우니까 그냥 놔두자.

"잠깐만, 마미." 미츠키 씨가 말린다. 상냥도 하셔라.

"미츠키랑 후지모토 군, 지금부터는 단둘이서 좋은 시간 보내라고. 흐헤헤."

웃음소리는 천박하지만, 호리우치 선생님 나름대로 배려해준 것 같다.

"아, 그렇다면 저는 호리우치 선생님이랑 같이 뿅, 하겠습다."

"흐헤헤. 아가씨, 아저씨랑 맛있는 거 먹으러 가자."

"역시 이상한 사람임다?!"

"아키하바라니까, 건담 프라모델……."

"어디까지건 같이 가겠습다!!"

이 자식, 아주 간단히 유괴당하겠네.

호리우치 선생님이 규를 안은 채로 등을 돌리고 다른 방향으로 걸어가려다가 갑자기 멈춰 섰다.

"아, 맞다. 후지모토 군."

"아, 예."

"아까 우리 남편 건강 얘기했잖아."

"예."

"그러니까, 나도 이것저것 신경 쓰느라 검진은 잘 챙겨서 받고 있거든? 그런데 유방암 조기 발견은 검진으로 발견하는 경우도 있지만, 의외로 남편이 발견하는 경우도 많다는 것 같더라고."

"예에."

그렇게 말하고, 호리우치 선생님이 미츠키 씨의 과도하게 풍만한 가슴을 응시했다.

"미츠키 건강 체크도 잘 해주라고."

"그게 무슨 말인가요?!"

"「주물러도 OK」라는 뜻이야."

미츠키 씨가 깜짝 놀란 얼굴로 자기 가슴을 가리려고 했다. 또 그렇게 모아서 올리는 자세를……

"마, 마미, 무슨 소릴 하는 거야?! 너 너무 취했어."

"맞아요. 선생님이잖아요?!"

"단, 그다음은 아직 너무 이르고."

"그냥 빨리, 규랑 같이 뭐가 됐건 드시러 가세요."

이렇게 해서 이상한 사람으로 변해버린 호리우치 선생님이 규를 꼭 안고서, 간식 시간대의 아키하바라 거리로 사라져버렸다.

두 사람을 배웅하고, 우리 둘은 자기도 모르게 한숨을 쉬었다.

"뭔가, 마지막에 가서 엄청 피곤했네."

"그러게요."

우리는 쿡쿡 웃고, 일단 걷기 시작했다.

"밥, 어떻게 할까?"

"먹고 가는 것도 재미있겠지만 조금 이른 것 같고, 집에서 편하게 쉬고 싶은 기분도 들긴 하네요."

나도 인도어파니까.

"아키하바라에 왔는데, 치사토 군은 우시쿠 양처럼 어디 가고 싶은 가게는 없어?"

"오늘은 없네요. 미츠키 씨가 보고 싶은 가게가 있다면 같이 갈게요."

"나도 괜찮아."

"그럼, 집으로 갈까요."

그랬더니 어째선지 미츠키 씨 얼굴이 발그레해졌다.

"빨리 집에 가서…… 유방암 체크?"

"안 하거든요?!"

미츠키 씨도 술을 마셨나 싶었지만 그건 아니었다. 너무 즐거워서 흥분했을 뿐이다.

우리 동네로 돌아와서 나는 슈퍼에 들렀다가 집에 갔다. 오늘 저녁에는 돼지고기 불고기. 아까 호리우치 선생님이 말한 탓에 먹고 싶어졌다. 아직 날이 밝아서 누가 볼 수도 있으니까, 미츠키 씨는 먼저 집에 돌아가 계시라고 했다.

"다녀왔습니다~."

내가 집에 돌아왔더니 샤워하는 소리가 들렸다.

같은 집에서 살게 된 지 한 달이 넘게 지났지만, 도저히 익숙해지지 않는 일들도 있다. 그 중에 하나가 이 샤워였다.

따뜻한 김과 함께 미츠키 씨의 바디 샴푸 향기가 집 안을 가득 채운다. 미츠키 씨의 노랫소리도 희미하게 들려온다. 오늘 노래방에서 불렀던 애니메이션 노래다. 정말 즐거웠던 것 같다.

나는 슈퍼에서 사온 물건들을 재빨리 정리하고는 바로 내 방에 틀어박혔다. 저녁 햇살이 방 안에 들어오고 있다. 이런 상태에서 미츠키 씨의 나체를 상상하지 말라는 쪽이 말도 안 되는 소리다. 나도 남자라고.

나는 천천히 파이팅 포즈를 취하고 형광등 끈 앞에 가서 섰다. 그대로 섀도복싱을 개시. 나한테 섀도복싱은 번뇌를 물리치는 행동의 대명사가 되어 있었다.

마침내 샤워기 물소리가 그쳤다. 조금 지나서 문을 여닫는 소리도 들렸고.

"치사토 군~? 집에 왔어~?"

미츠키 씨 목소리가 들린다. 적당히 땀을 흘리고 몸을 피곤하게 만든 지금의 나라면, 샤워하고 나와서 따끈따끈한 미츠키 씨를 봐도 아랫도리가 불끈불끈하지는 않, 겠지?

"예~ 제 방에 있어요~."

문밖에서 미츠키 씨가 이리저리 걸어 다니는 기척이 느껴진다. 이런 때 방문을 열면 안 된다. 까딱하면 목욕 수건 한 장만 몸에 두른 미츠키 씨랑 조우하게 될 수도 있으니까.

정말이지, 아주 큰 일이라니까요.

막 샤워하고 나온 몸에서 피어오르는 김은, 여성의 매력을 두 배로 증폭시켜주는 것 같다.

항상 투명할 정도로 하얀 피부를 지닌 미츠키 씨가, 샤워를 하면 약간 핑크색으로 변한다. 화장을 지워서 원래 모습 그대로 순진해 보이는 표정의 미츠키 씨가 드러나는 것이다.

……이런, 또 섀도복싱이 필요한 사태가 벌어졌다. 하지만 이젠 시간이 없다. 내 방문을 두드리는 소리가 들렸다.

"치사토 군, 들어가도 돼?"

"들어오세요."

내 방은 나 혼자만의 공간이 아니다. 이 집의 거실도 겸하고 있는 곳이다.

헐렁한 실내복으로 갈아입은 지금 막 샤워하고 나온 미츠키 씨, 등장. 내 방에 꽃밭 같은 향기를 가져왔다. 샤워하고 나온 뒤에 스킨을 바른 탓인지 피부가 정말 고왔다.

안 돼.

아까까지 이래저래 즐거운 일도 있었던 탓에, 미츠키 씨가 미치도록 사랑스럽다.

그렇다면 나도 재빨리 샤워하러 가는 게 좋겠다. 그리고 찬물을 뒤집어써서 머리를 식히도록 하자…….

"그, 그럼, 저도 샤워하고 올게요."

내가 재빨리 방에서 나가려고 했더니, 미츠키 씨가 내 손목을 덥석 붙잡았다.

"치사토 군, 잠깐만……."

"어?! 미, 미츠키 씨……."

살짝 고개를 숙인 미츠키 씨가 날 놔주지 않았다.

창밖에서 자동차가 지나가는 소리가 들려온다.

가슴이 답답해질 것만 같은 시간.

설마 이거, 이대로, 위험한 거 아냐—?!

입안에 고인 침을 꿀꺽 삼켰다.

미츠키 씨가 촉촉한 눈으로 날 쳐다본다.

"치사토 군······."

"예, 예에." 목소리가 갈라진다.

미츠키 씨가 갑자기 털썩 주저앉았다.

"치사토 군, 제 고해를 들어주세요—."

"···············예?"

미츠키 씨가 진짜로 눈물을 글썽이고 있었다.

나는 샤워 하러 가는 걸 단념하고 그 자리에 앉았다.

"저기, 오늘 말이야, 노래방, 정말 즐거웠어."

"재미있었죠."

"근데, 근데 말이야—."

미츠키 씨가 말을 흐렸다.

"무슨 일이신데요."

몇 번이나 망설인 뒤에, 미츠키 씨가 힘들게 속내를 털어놨다.

"······전에도 잠깐 말했지만, 운동회 아침 연습 때 음료수를 사 간 것도, 운동회 당일 날 응원도 사실은 치사토 군이 열심히 해줬으면 싶었기 때문이었어. 하지만, 치사토 군 편만 들면 보기 안 좋을 것 같아서 다른 애들한테도 같이 해줬고. 솔직히, 나는 번뇌에 완전히 물들어 있었어."

"미츠키 씨?"

미츠키 씨가 눈물 고인 눈으로 날 마주 봤다.

"그랬는데, 다들, 운동회가 끝나고 나서 나한테 고맙다는 말을 잔뜩 해줬잖아. 죄악감에 짓눌려서 죽을 것만 같았어요."

"예에……."

"치사토 군, 이 방황하는 어린 양을 구원해주세요……."

마침내 미츠키 씨가 훌쩍훌쩍 울기 시작했다.

"아뇨, 뭐. 미츠키 씨는 정말로 이것저것 많이 해주셨잖아요. 처음에는 저 하나를 위한 생각이었는지도 모르겠지만, 정말로 그럴 생각이면 저만 몰래 불러서 줬으면 됐잖아요."

사람들 눈에 띄지 않는 곳이나 CCTV 각도 같은 것까지 전부 망라하고 있다고 했었으니까.

"하긴……." 미츠키 씨도 고개를 끄덕였다.

"하지만 미츠키 씨는 다른 사람들도 다 챙겨줬고, 저희가 아침 연습할 때도 같이 있어 줬고, 우리 모두를 위해서 경기를 잘할 수 있게 동영상도 찾아줬어요. 이건 정말 대단한 일이거든요?"

"잘한 건가……?"

아직도 믿지 못하겠다는 것처럼, 미츠키 씨가 고개를 갸웃거렸다.

"미츠키 씨가 받아들이지 못하겠다면, 받아들일 때까지 몇 번이든 말할게요. '저희는 미츠키 씨 덕분에 이겼어요'라고."

미츠키 씨의 예쁜 얼굴이 또 눈물 때문에 일그러졌다. 안경을 벗고 눈물이 뚝뚝 떨어지는 눈시울을 몇 번이나 훔친 미츠키 씨는 역시 귀여웠다.

눈물이 멎은 미츠키 씨가 다시 내 눈을 보면서 말했다.

"치사토 군……."

"예."

미츠키 씨의 눈빛은 진지했다.

"치사토 군, 지금부터 날 때려줘!"

"예에에에에에?!"

뜬금없는 발언을 듣고 이상한 소리가 튀어나왔다.

조금 전까지 그 진지한 분위기, 대체 어디로 갔는데…….

"맞은 아픔 따위는 사흘이면 사라져. 하지만, 오늘 이 눈물을 평생 잊지 않기 위한 거야!"

"도무지 의미를 모르겠거든요?!"

미츠키 씨, 어떻게 된 거야? 이상한 취향에 눈을 떴나?!

하지만 미츠키 씨 본인이 나보다 더 동요했다.

"뭐야!? 치사토 군, 지금 그거 무슨 얘긴지 모르는 거야?!"

"몰라요!" 어디 나온 얘기였구나. 다행이다…….

나는 안심했지만 미츠키 씨는 더더욱 충격을 받았다.

"1980년대에 유명한 드라마, 스쿨 워즈에서 제일 감동적인 장면이잖아! 109대 0이라는 말도 안 되는 점수로 졌던 학생들이, 선생님이 눈물을 흘리면서 날린 주먹을 맞고 다시 한번 일어서거든?! 요즘 세상에는 있을 수 없는 선생님이지만, 그 뜨거운 점이 사람 마음을 움켜쥐는 거야!"

"잠깐만요 미츠키 씨. 1980년대라고 하면, 미츠키 씨도 태어나지 않았을 텐데요—?"

"뜨거운 마음은 시대를 뛰어넘는 거야! 세대 차이? 난 그딴 거
몰라!"

어디선가 이상한 스위치가 켜져 버린 것 같다.

"진정하세요, 미츠키 씨."

"난 치사토 군의 귀여움과 거룩함을 달게 받아들이기만 해서는
안 돼!"

"아니, 그런 생각 하나도 안 하거든요."

그랬더니 미츠키 씨가 고개를 살짝 갸웃거리더니, 지금까지와
다른 목소리로 말했다.

"날 때려. 있는 힘껏, 뺨을 때려."

"아직도 안 끝났어요?!"

미츠키 씨가 무슨 연극이라도 하는 것처럼 복식 발성으로 말했
다. 타카라즈카 배우 같다.

"치사토 군이 날 때려주지 않으면, 난 치사토 군을 포옹할 자격
조차 없다는 뜻이 되는 거야."

"포, 포옹임까."

규 같은 말투가 돼버렸지 말임다.

"이, 이상한 의미는 아니거든."

미츠키 씨의 속마음이 나와 버렸다.

"저도 안다고요. ——이번에는 어디서 나온 건지 알았어요. 다
자이 오사무의『달려라 메로스』맞죠?"

"정답. ——자, 때려줘."

"이젠 됐거든요!"

미츠키 씨가 받은 감사의 말은 정당한 보수라고, 간신히 설득하는 데 성공했다.

솔직히 미츠키 씨는 사람이 너무 좋다. 평소 수업 때도 가르치는 걸 아주 잘하고, 적당히 탈선하면서도 지적 호기심을 충족시켜준다. 좀 더 자기 자신을 높게 평가해도 될 것 같은데 말이야.

내가 그런 생각을 잘 풀어서 설명해줬더니, 미츠키 씨가 녹아버렸다.

"호냐아아아…… 치사토 군이 너무 상냥해서 이상해져버려——."

"이상해지지 말아 주세요. 정말로, 미츠키 씨는 훌륭한 선생님이고, 제——."

딩동!

초인종이 큰 소리로 울렸다. 미츠키 씨와 나는 펄쩍 뛰듯이 물러났다.

"태, 택배가 왔나?!"

미츠키 씨가 분위기를 수습했다. 나도 당황해서 무작정 인터폰 쪽으로 뛰어갔다.

당황했다고는 해도, 건물 입구에 있는 보안문 카메라에 비친 사람을 확인하지도 않고 대답한 건 내 일생일대의 실수였는지도 모른다.

"누구세요~"라고 대답한 다음 순간, 나는 굳어져 버렸다.

흑백 모니터에 비친 사람은, 택배 아저씨가 아니었다.

세미 롱 길이의 머리카락에 하얀 셔츠. 단추는 두 개 풀었고. 어딘가 학교 교복인 짧은 치마. 그리고 무엇보다, 입에 물고 있는 막대 달린 사탕——.

렌즈 때문에 상이 왜곡되기는 했지만, 틀림없이 내 여동생 아이리였다.

『야호~☆』

아이리가 카메라를 향해서 옆으로 누운 V사인.

"으엑."

『응? 치사토? 지금 '으엑'이라고 했어?』

이 인터폰, 쓸데없이 마이크 감도가 좋네!

"안 했어, 안 했다고. 무슨 일인데, 아이리."

나는 일부러 큰 목소리로 대답했다. '아이리'의 이름은 미츠키 씨가 두 손으로 자기 입을 막고서 몸을 움츠렸다. 딱히 이쪽 영상이 저쪽에 보이는 건 아니니까 그렇게까지 할 필요는 없지만, 굳이 그러는 점이 미츠키 씨 답다.

『무슨 일이기는…… 치사토가 이사한 뒤로 한 번도 안 왔으니까, 내가 놀러와 준거잖아.』

쓸데없는 참견이다.

"어, 너 어떻게 내 집을 알고 있는 건데."

『가조…… 동생이니까 당연히 알지.』

하긴 뭐, 집에서 나올 때 어디로 이사하는지는 집에 알렸으니까. 글렀다. 내가 너무 당황했다.

"그러니까, 아, 샤워. 그래, 지금 샤워하려던 참이거든."

『기다릴게.』

"그리고, 집이 엄청 지저분한데⋯⋯."

『남자 혼자 사는 집이니까, 그런 건 기대도 안 해.』

"아~ 으~."

아이리가 집에 오는 사태는 전혀 생각도 못 했었다.

미츠키 씨 피난시킬까.

피난이라고 해도 룸 셰어를 하고 있는 미츠키 씨 방으로 보낸다는 게 아니다.

현관 밖에 있는 옆집이라는 뜻이다. 원래 미츠키 씨는 옆집 사람이었다. 여러 사정 때문에 나랑 같은 집에서 살고 있지만, 그 뒤로 또 이런저런 사정 때문에 옆집은 호리우치 선생님이 세컨드 하우스처럼 임대 계약을 하고 우리가 열쇠를 가지고 있기 때문에, 미츠키 씨한테 옆집에 가 있으라고 하는 건 가능하겠지.

하지만 이 방법에도 문제가 있다는 걸 바로 알아차렸다.

지금 미츠키 씨와 나는 종종, 이라고 할까 꽤 빈번하게 룸 셰어를 하면서 살고 있다. 그래서 미츠키 씨 물건들이 곳곳에 놓여 있다. 저 귀신같은 아이리니까, 일단 이 집에 들어오면 동생의 특권이라는 것처럼 가택수색을 시작하겠지. 그때 미츠키 씨 물건이 반드시 들킬 테고, 무엇보다 미츠키 씨 방에도 들어가 버릴 테니까. 들어가지 말라고 해서 안 들어갈 아이리가 아니니까.

『아, 알았다. 지금 여자 와 있는 거지?』

"그, 그런 거 아니거든?!"

조건반사처럼 받아쳤지만, 오히려 이것 때문에 이 방에 여자가 있을 정당한 이유를 나 스스로 제거해버리고 말았다.

『오늘은 안 돼? 그럼 내일 올까? 아니면 모레?』

"왜 그렇게 갑자기 내 집에 오려고 하는 건데."

『뭐 어째. 그래서, 언제면 되는데?』

아이리는 일단 말을 꺼내면 목적을 달성할 때까지 멈추지 않는다.

예전에 미츠키 씨와 내 관계를 몰랐던 규가 이 집 앞에서 매일 아침마다 「매복」했었다. 하지만 직접 초인종을 울리는 돌격까지는 안 했었다.

아이리는 규보다 1만 배는 넘게 강적이다. 오늘은 어떻게든 보낸다고 해도 내일이나 모레, 아니면 그다음에라도 반드시 목적을 달성한다.

어떻게 해야 좋을까…….

그러고 있는데 미츠키 씨가 근처에 있던 하얀 종이에 글씨를 썼다.

《잠깐만 기다리라고 해. 일단 인터폰을 끊고. 잘 둘러대서.》

대본이었다.

미츠키 씨가 말없이 몇 번이나 종이를 가리켰다. 미츠키 씨한테 뭔가 생각이 있는 것 같다. 나는 인터폰을 통해서 아이리한테 말을 걸었다.

"알았어. 그치만 방이 진짜 더러우니까 정리 좀 할게."

『난 괜찮은데.』

"내가 싫어. 5분이나 10분, 시간을 좀 줘.

『알았어. 대신에 아무리 잘 감춰도 반드시 찾아낼 거니까.』

"뭘 말인데."

『야한 책.』

"시끄러?!"

인터폰을 끊었다. 등에 식은땀이 나 있었다. 정말로 샤워를 하고 싶지만, 기껏 손에 넣은 귀중한 시간이다. 그럴 틈은 없다.

"치사토 군" 미츠키 씨가 바로 진지한 얼굴로 말했다. "이 방 옷장 안에 숨겨둔『여교사, 배덕의 과외 수업』은 제 방에서 맡아둘게요."

보물을 다시 숨겨둔 장소를 바로 맞춰버렸, 다고⋯⋯?

"무, 무슨 얘긴가요."

"아이리 양, 반드시 찾아낸다고 했으니까. 빨리 줘!"

"그래놓고 몰래 버릴 생각이죠?!"

미츠키 씨가 갑자기 고개를 돌리고 휘파람을 부는 척했다.

"휘~ 휘~ 휘~."

"소리 안 나거든요."

"그치만, 여교사라면 눈앞에──."

"대체 무슨 소리예요?! 지금 그럴 때가 아니잖아요?!"

너무 위험한 화제에 마침표를 찍었다.

"그랬지. 아이리 양의 작전에 완전히 넘어갈 뻔했어."

아이리는 잘못이 없는 것 같은 기분이 들었지만, 일단 넘어가자. 다시 처음으로 돌아왔다.

"미츠키 씨, 아까 저한테 메모를 적어주셨는데, 무슨 작전이라도 있나요."

내가 묻자, 미츠키 씨가 무릎 꿇고 앉은 자세로 딱 잘라서 말했다.

"아이리 양과 이 집에서 맞서는 거야."

내 눈이 휘둥그레졌다.

"아이리를, 이 집에 들이자고요……?"

미츠키 씨가 정신이 나갔나, 라는 생각이 머릿속에 떠올랐다. 하지만 미츠키 씨의 눈은 빙글빙글까지는 돌고 있지 않았다.

오히려 안경 렌즈가 빛나고 있었다.

그렇다면, 진심인가. 「진심」이라고 쓰고 리얼이라고 읽는 그건가.

"치사토 군, 내가 지금 마미가 빌린 옆집으로 도망간다고 해도, 여기에 내 물건들이 잔뜩 있어서 금세 들킬 거라고 생각해."

"저도 같은 생각을 했어요."

"역시 치사토 군이야. 천재. 거룩해. 신(神)급이야."

아니다, 미츠키 씨, 역시 심하게 동요한 것 같다.

"아이리 성격을 봤을 때, 저 혼자 집에 있으면 집안을 전부 뒤지고 다니겠죠. 그러면 어떻게 해도 미츠키 씨 물건이 들킬 테고."

"……아이리 양에 대해, 잘 아네."

"뭐, 의붓이기는 해도 동생이니까요."

미츠키 씨가 살짝 삐친 것처럼 입술을 삐죽 내밀었다. 하지만 이야기는 계속 이어졌다.

"……치사토 군, 문제의 본질을 세분화해서 찾아내는 거야. 이과적으로 생각해서."

"이과적?"

"이제 곧 중간고사잖아? 지구과학에서 지구에 대한 문제의 지문을 잘 읽어봤더니 태양에 관한 문제였다, 같은 경우가 있잖아?"

"그렇군요."

"즉, 아이리 양한테 비밀로 해야만 하는 본질이 뭔지를 생각하는 거야."

미츠키 씨의 말을 듣고 생각했다.

"아이리한테 들키면 안 되는 것이라면── 미츠키 씨랑 같이 살고 있다는 것, 이겠죠?"

하지만 미츠키 씨는 고개를 저었다.

"그건 답 중의 하나이기는 하지만 문제의 본질은 아니야. 그건 부분 점수밖에 못 줘."

미츠키 선생님의 문제는 어려웠다. 나는 다시 한번 생각했고──.

"──포기할래요."

"잘 들어, 치사토 군." 미츠키 씨가 집게손가락을 세우고 설명했다. "아까 치사토 군이 말한 답을 사람으로 바꿔도 똑같거든? 예를 들어서 우시쿠 양이나 무라모토 양이나 마미로."

「규와 같이 살고 있다」

「무라모토와 같이 살고 있다」

「호리우치 선생님과 같이 살고 있다」

하긴, 어느 패턴으로 바꿔도 아이리에게 들키면 위험하다.

"그렇다면 지금 중요한 건『미츠키 씨와』같이 살고 있는 게 문제가 아니라는, 그런 뜻인가요?"

"그래"라고, 미츠키 씨가 활짝 웃으면서 고개를 끄덕였다.

"시간이 없으니까 내가 답을 말하겠는데, 지금 문제가 되는 건 치사토 군이 **이성**과 같이 살고 있다는 점이야."

"하긴……." 신음하는 것처럼 말했다. "그럼, 어떻게 해야 좋을까요."

지금 당장 호시노나 마츠시로를 부를 수도 없고. 만약에 부른다고 해도 어떻게 설명해야 좋을까.

그랬더니 미츠키 씨가 자기 커다란 가슴을 손바닥으로 두드렸다.

"제가, 남자가 되겠어요!"

인터폰을 일단 끊고 딱 10분이 지나서, 아이리가 다시 초인종을 눌렀다.

『야호~☆ 아이리야☆』

"미안, 기다리게 해서."

『야한 책, 다 숨겼어?』

"너 말이야, 거긴 밖이니까, 여자애가 그런 소리 하는 거 누가 들으면 이상하게 볼 거 아니냐고."

『……갑자기 잔소리는, 짜증나.』

"지금 문 열어줄 테니까. 몇 호인지는 알아?"

『알았으니까 인터폰을 눌렀지. 웃긴다.』

정말이지. 꼭 한 마디를 더 한다니까, 이 자식은.

보안문을 열고 인터폰 화면에서 아이리가 사라진 걸 확인했다. 안도의 한숨을 쉬고 뒤를 돌아봤다. 정말 이렇게 해서 잘 되려나──.

"……되겠지."

나도 모르게 소리 내서 말했지만 자신 있는 상황이었다. 왜냐하면 미츠키 씨는──.

딩동──.

초인종이 울렸다. 빠르네. 1층에서 우리 집까지 이렇게 가까웠나. "예~" 하고 인터폰으로 대답했더니, 아이리 목소리가 들려왔다.

"치사토~ 나 왔어~."

문을 열었더니 아이리가 웃는 얼굴로 서 있었다. 중학교 교복을 입고 가방도 들고 있다.

"어서 와."

"『어서 와』라니. 웃긴다."

"그럼 뭐라고 하는데."

"너무 남 같잖아. 그럼, 들어갈게. 실례합니다~."

"너도 다를 거 없잖아."

"아하하하~" 아이리가 신발을 벗으려고 했다. 하지만 나는 비키지 않았다. "치사토, 신발 못 벗겠잖아?"

"응. 들어오는 건 좋은 데 말이야, 그 전에 아이리 너한테 말해둘 게 있거든."

"뭔데?" 아이리가 나를 완전히 신뢰한다는 눈으로 마주 봤다. 지금부터 거짓말을 하려는 오빠를, 왜 그렇게 맑은 눈으로 보는 건데.

"사실은——" 내 시선이 아이리의 투명한 눈동자에서 아주 조금 빗겨나갔다. "나, 여기서 혼자 사는 게 아니거든."

아이리가 의아해하는 표정이 됐다. 입에 물도 있던 막대 달린 사탕을 일던 꺼냈고.

"또 누가 사는 거야?"

"그래."

"뭐어어어어어?!"

아이리가 큰소리를 질렀다.

"너무 큰 소리 지르지 마. 단독주택이 아니니까."

"아, 미안. ……그래서, 누군데? 어떤 여자야?"

아이리로서는 그냥 농담이겠지만, 나는 다리가 후들거릴 정도로 놀랐다.

"왜, 왜 여자랑 산다고 생각하는데. 이, 이 바보야."

여자의 직감, 무섭다.

"그럼 누구랑 같이 사는데."

"당연히 남자 아니겠어."

그때였다.

내 대각선 뒤쪽, 즉 미츠키 씨 방문이 조금 열렸다.

더벅머리를 한 사람이 쓰윽, 하고 얼굴을 내밀었다.

"⋯⋯⋯⋯누구—?"

"힉" 아이리가 비명을 삼키더니, 막대 달린 사탕을 떨어트릴 뻔
했다.

아이리가 그렇게 반응할 만도 했다. 지금 나타난 사람은 앞머
리는 버석버석한데다 얼굴에는 죽은 사람처럼 생기가 없고 눈빛
이 험악한 사람. 오래 된 파카를 입고 후드를 눈까지 눌러쓰고,
오래 입어서 보풀이 잔뜩 달린 회색 스웨트 바지를 입고 있다. 허
리는 구부정하고, 오른쪽 어깨만 미묘하게 위로 올라가 있다.

믿을 수 있겠어? 이거, 미츠키 씨거든?

입고 있는 옷은 건어물녀 모드 미츠키 씨가 입는 것들이지만,
얼굴은 완전히 다른 사람이다.

"제가, 남자가 되겠어요!"

그렇게 선언하고, 미츠키 씨가 벌떡 일어섰다.

"예? 예? 예?"

곤혹스러워하는 나를 슬쩍 보고, 미츠키 씨는 자기 몸, 보다 정

확히 말하자면 커다란 가슴을 봤다.

"이대로는 틀림없이 들킬 테니까, 옷을 갈아입으면서 천을 감을게요!"

"미츠키 씨?!"

그렇게 말한 미츠키 씨가 자기 방에 틀어박힌 지 몇 분. 돌아온 미츠키 씨는 어떻게 한 건지는 모르겠지만 근육이 두툼한 남성의 가슴이 돼서 돌아왔다. 놀랐다. 예전에 천을 감아서 감출 수 있는 가슴은 C컵 까지라고 어디선가 본 적이 있다. 미츠키 씨의 G컵을 천을 감아서 어떻게 처리하다니…….

입고 있는 옷은 건어물녀 모드일 때 입는 파카와 스웨트 바지. 손가락을 자세히 보니 이미 매니큐어도 다 지워버렸다.

하지만, 이것만 가지고는 부족하다.

왜냐하면 머리 쪽은 미츠키 씨의 얼굴 그대로니까.

난 지금부터 미츠키 씨가 남자 얼굴로 화장을 할 거라고 생각했다. 하지만 미츠키 씨는 내 예상을 벗어나는 행동을 했다.

먼저 베이비파우더를 가져왔다. 아기한테 땀띠가 나지 않도록, 목욕한 뒤에 목 같은 곳에 뿌려주는 그거다. 최근에는 성인 여성도 피부를 보슬보슬하고 청결하게 유지 해주는 아이템으로 사용하는 사람이 많다는 것 같고, 미츠키 씨도 그런 사람 중의 하나였는데…….

"허이야!"

무슨 생각인지, 기껏 조금 전에 샤워한 머리카락에 베이비파우더를 마구 뿌려댔다.

"뭐야?!"

그대로 미츠키 씨가 머리카락을 마구 휘저어댔다. 큐티클이 천사의 고리처럼 빛나던 미츠키 씨의 검은 머리카락이 엉망진창이 되어갔다.

그리고 미츠키 씨가 안경도 벗었다.

평소 같으면 안경을 벗는 행동은 초절 미인 모드로 변신하는 트리거인데, 지금은 그냥 눈빛이 더러운 사람이 돼버렸다.

거울을 보고 자기 모습을 확인한 미츠키 씨는 부엌으로 갔다.

"아직 부족해."

이번엔 또 뭘 하려는 건지 전전긍긍했더니, 미츠키 씨는 애용하는 머그컵에 간장을 따르기 시작했다.

"미츠키 씨?! 설마, 그걸——."

"……옛날에, 징병을 피하기 위한 수단으로 간장 한 됫박을 마시는 방법이 있었어. 급격한 염분 상승 등에 의해서 혈압이 이상해지고 얼굴이 죽은 사람처럼 된다는 것 같아. 후후후."

미츠키 씨의 눈에 짙은 어둠이 깃들었다.

"정말 하려고요?! 미츠키 씨, 제발! 미국에서는 간장 1리터를 마셨다가 사흘 동안 혼수상태에 빠진 사람도 있다고요!!"

"이거 놔. 마시게 해줘."

"안 돼요!"

"한 되까지는 안 마실 테니까. 이거 한 잔으로 끝낼 거야."

미츠키 씨는 내가 들고 있던 머그컵을 억지로 빼앗더니, 귀기 서린 표정으로 들이켰다.

"미츠키 씨~!"

꿀꺽, 꿀꺽…… 하고 마시던 미츠키 씨가 머그컵 절반 정도에서 기권했다.

"안 되겠어. 못 마셔. 죽겠어…….."

"미츠키 씨. 토하는 게 좋겠어요!"

"안 토해. 치사토 군이 있는데 그런 짓은 못 해."

"그, 그럼, 제가 밖에 나가 있을 테니까!"

"괘, 괜찮아……."

미츠키 씨는 잠시 손으로 입을 막고 몸을 웅크리고 있었는데…… 마침내 천천히 일어선 미츠키 씨는, 이미 완성돼 있었다.

얼굴은 흙빛이고 눈빛은 완전히 흐릿해졌다. 입은 마음대로 다물지도 못해서 슬쩍 벌어졌고, 어깨를 들썩이며 숨을 쉬고 있다. 사흘 동안 밤을 새운 라이트노벨 편집자 같은 초췌해진 모습. 버석버석한 머리카락 때문에, 성별 불명의 수상한 느낌을 마구 뿌려대고 있지만. 미츠키 씨지만 미츠키 씨가 아니다. 미츠키 씨와 닮은 무언가라고밖에 말할 방법이 없다.

흐트러진 머리카락으로 삐딱하게 노려보는 그 모습은 거의 유령 같았다.

미츠키 씨는 떨리는 손으로 파카의 후드를 머리에 썼다.

"……진심의, 건어물녀…… 모드——. 완성……."

이렇게 해서 미츠키 씨는 우리 집의 동거인「미츠키 군」으로 변신했다.

"응. 소개할게. 같이 사는 미츠키 군. 같은 학교지만 다른 중학교에서 진학한 사람. 이런저런 사정 때문에 같이 살고 있어. 말하자면 길어지고 미츠키 군이 싫어하니까 질문은 하지 말아줘. 저쪽이 미츠키 군 방이니까 들어가지 말고."

나는 마음을 굳게 먹고 아무렇지 않은 척했다. 미츠키 씨의 이 참사를 한시라도 빨리 고쳐주고 싶다. 하지만 모든 것을 버리고 완전체 건어물녀라고 할까, 건어물녀 모드의 극치라고 할 수 있는 상태가 돼서 아이리와 맞서려고 하는 그 마음을 헛되게 할 수도 없으니—.

"아, 아하하……. 처, 처음 뵙겠습니다~……. 치사토 동생 아이리, 예요……."

아이리가 완전히 질려버렸다. 여자 중학생한테는 자극이 너무 셌다.

"…………아……. 녀…… 요——."

좀비처럼 뭔가를 말하는 미츠키 군. 아이리가 내 소매를 잡아당겼다.

"지금 뭐라고 할 거야?"

"아마 『안녕하세요』 아닐까."

"아, 그렇구나……. 아하하……. 오케이, 오케이~. 아, 안녕하세요."

야생동물과 조우한 신참 사냥꾼 같다. 미츠키 씨, 가 아니라 미츠키 군은 어떻게 하고 있느냐면, 머리를 흔들흔들하면서 고개를 살짝 숙인 상태로 아이리를 보고 있다. 연기라면 정말 대단한 일이지만, 정말로 몸이 안 좋은 상태다.

"그렇게 됐으니까…… 들어올래?"

"으, 응."

미츠키가 막대 달린 사탕을 다시 입에 물고 천천히 신발을 벗었다. 미츠키 군한테 인사를 하고 내 뒤를 따라서 내 방에 들어오려고 하다가, 문득 발을 멈췄다.

"왜?"

"아니" 아이리가 미츠키 군 쪽을 봤다. "그러니까, 미츠키 군도 이쪽으로 올래요?"

"왜?"

"방에 혼자 있으면 심심할 것 같아서 말이야~. 아, 그래도 억지로 오라는 건 아니니까, 혼자서 게임이라도 하고 싶다면 괜찮지만, 치사토랑 같이 살고 있으니까 얘기를 들을 수 있으면 좋겠다~ 싶어서. 미츠키 군 얘기는 하고 싶지 않다면 안 물어볼 테니까."

놀랐다. 아마 미츠키 군도 놀랐겠지. 미츠키 군의 움직임이 멈췄다.

여기서 원래 미츠키 군이 선택해야 할 답은 「방에 틀어박힌다」인지도 모른다. 하지만, 미츠키 군은―― 아마도 나와 마찬가지로―― 아이리의 말을 그녀 나름의 배려라고 판단한 것 같다.

"……으, 응."

미츠키 군이 천천히 고개를 끄덕이고 내 방으로 왔다. 아이리한테는 어떻게 보였을지 모르겠지만, 나한테는 비틀비틀 반쯤 죽은 것 같은 상태로만 보여서 마음이 아팠다. 일단 앉으라고 하자.

"헤에. 꽤 깔끔하네."

내 방에 들어온 아이리가 신기하다는 것처럼 내 방안을 둘러봤다. 미츠키 군은 구석에 있는 평소에 사용하던 방석 위에 가서 앉았다. 미츠키 씨라면 무릎을 꿇거나 다리를 옆으로 눕히는 여성다운 자세로 앉겠지만, 미츠키 군은 털썩 양반다리를 하고 앉아서는 구부정하게 몸을 숙였다.

"부모님 집에 있을 때 내 방이랑 비슷하잖아."

"아하하. 『부모님 집』이래. 완전히 독립한 기분인가 보네."

"그럼 뭐라고 해야 하는데. 홍차면 되겠어? 티백이지만."

"감사함다~."

문을 열어놓은 채로 부엌에 갔다. 기본적으로는 아이리를 흘끗흘끗 감시하기 위해서지만, 미츠키 군 상태도 걱정됐기 때문이다. 차를 끓이는 동안 아이리는 계속 일어선 채로 내 방을 둘러보고 있었다. 미츠키 군은 멍~하니 있고. 뭐, 아무래도 갑자기 단둘이서 이야기를 할 수는 없겠지.

"아이리, 설탕이랑 우유는 안 넣었었지."

"땡큐~☆" 아이리가 가볍게 자리에 앉았다. "그러고 보니까 말이야 치사토, 운동회 때 다친 건 다 나았어?"

"응. 이제 딱지만 조금 남았어."

"다행이다. 미안해. 내가 볼일이 있어서 그 뒤에 바로 집에 갔거든."

"그랬구나. 그날 우리 팀이 우승했어."

"헤에~ 축하해."

"고마워. ……미츠키 군은 홍차, 어떻게 할 거야?"

"………………오늘— 없, 이."

예상대로 밀크티는 속에 부담되는 것 같다.

그렇게 해서 셋이서 스트레이트 홍차를 마셨다.

"저기, 치사토."

"왜?"

"초인종 누른 뒤로 시간이 너무 오래 걸려서, 오늘 뭐 하러 왔는지 반쯤 잊어버렸거든."

그래 좋은 일, 귀찮은 일이라면 그냥 그대로 잊어버려. 하지만 입으로는 "응?" 하고, 계속 말하라고 재촉했다.

"새로 물어볼 게 생각났는데 말이야."

"뭔데."

"치사토랑 미츠키 군은, 어떤 관계야?"

"어떤 관계는…… 친구지."

"사귀는 건 아니고?"

"콜록, 콜록. —아, 뜨거."

사래 들었다. 뜨거운 홍차를 흘렸다. 미츠키 군도 "크헤아"라는 이상한 소리까지 냈다.

"왜 그런 생각을 하는데."

"그야— 자취잖아? 사춘기 남자라면 보통은 여자를 데리고 오는 거잖아?"

"……너희 학교, 좀 풍기가 문란한 거 아냐?"

한마디 했지만 식은땀이 흘렀다. 데리고 온 건 아니지만 같이 살고는 있습니다요.

"이상한 소리 하지 마."

"이상한 소리는 아이리 네가 먼저 했잖아."

아이리는 시치미를 떼고 홍차를 마셨다. 막대 달린 사탕을 입에 문 채로, 재주도 좋네.

"난 말이야? **사랑에는 다양한 형태가 있어도 된다**고 생각하거든?"

"아이리, 너 지금 뭔가를 엄청나게 착각하고 있다. **미츠키 군이랑 나 사이에는** 네가 기대하는 그런 건 하나도 없어."

이건 거짓말이 아니다. 내가 교제(임시)를 시작한 사람은 어디까지나 「미츠키 씨」고, 「미츠키 군」이 아니다. 거의 「백마는 말이 아니다」같은 논법이라는 건 나도 잘 알고 있다. 아이리, 사람이 살다 보면 때때로 거짓말을 해야 할 때도 있는 법이다…….

내 옆, 이라고 할까, 시야 한쪽 구석에서 미츠키 군이 살짝, 고개를 몇 번 끄덕였다. 후드를 뒤집어쓴 정체불명의 래퍼가 리듬을 타고 있는 것처럼 보이기도 했다.

"그렇구나. 그렇다면 됐고."

아이리가 왠지 차가운 눈으로 날 보고 있다. 이건 또 뭔가 귀찮은 생각을 하고 있는 건가? 미츠키 씨, 가 아니라 미츠키 군 앞에서 이상한 짓을 하게 둘 수는 없다.

"그런데 너, 왜 쉬는 날인데 교복 차림이야?"

내가 그렇게 묻자, 아이리가 나한테서 슬쩍 눈을 돌렸다.

"……치사토가 나간 뒤로 말이야, 아빠도 엄마도 내가 외출하려고 하면 좀 깐깐하게 굴거든. 그래서 학교에 간다고 하면서 나오는 거야."

"왜 그렇게 됐는데?"

아이리가 이리저리 눈을 돌렸다.

"글쎄? 아빠랑 엄마한테 물어보든지?"

"…………."

"아마도 말이야, 내가 치사토처럼 되지 않았으면 싶어서 그러는 게 아닐까."

"나처럼? 고등학생이 되면 혼자 살겠다고 한다든지?"

그야 당연하겠지. 부모님한테는 제멋대로 구는 자식으로 보일 수도 있다는 걸 모르는 나이도 아니니까.

하지만 나한테도 할 말은 있다.

나를 낳아주신 어머니가 돌아가시고 일 년 뒤에 아버지가 아이리네 어머니, 즉 지금의 새어머니와 결혼했다. 아버지한테 1년이란 세월은 돌아가신 어머니에 대한 마음을 어느 정도 정리하고 새로운 여성과 결혼하는 게 가능한 시간이었겠지. 그건 좋다.

왜냐하면, 새어머니와 아이리가 처음 우리 집에 왔을 때, 아주 환하게 웃고 있었으니까.

새어머니도 남편이 돌아가시고 아이리도 친아버지를 잃었다.

틀림없이 힘들었을 것이다. 슬프기도 했고, 외롭기도 했겠지.

하지만 우리 아버지와 만나서 재혼을 결심하고 웃는 얼굴을 되찾았다면, 그건 훌륭한 일이라고 생각한다. 그때도 생각했고, 지금도 그렇게 생각한다.

그렇기 때문에 나 혼자 동떨어지고 말았다

나한테는——좀 더 시간이 필요했다.

살아 계시던 때는 어머니한테 나름대로 반항기 같은 태도로만 대했으면서, 정말 바보라니까. 어머니가 돌아가신 뒤로, 밤에 문득 눈이 떠졌을 때 어머니의 영정사진과 위패가 눈에 들어왔을 때의 이상한 현실감과 공허함이 너무나 괴로웠다. 반항기였기 때문에, 이제 다시는 어머니께 솔직한 마음을 말할 수 없게 돼버렸다는 슬픔이 몸속 깊은 곳에 자리 잡아버린 것만 같았다.

그 마음을 정리하는데 1년이 필요할지 반년이 필요할지 아니면 몇 년이 필요할지, 부모님 집에 있던 때는 알 수가 없었다.

그저, 내가 있을 곳이 없었다.

기껏 웃는 얼굴을 되찾은 아버지와 어머니, 아이리를 다행이라고 생각하면 할수록, 나 자신이 너무나 엉뚱한 곳에서 살고 있다는 기분이 들었다. 내가 이 세 사람에게 지나간 날들을 떠올리게 만드는 악몽의 잔재 같다는 기분이 들어서 견딜 수가 없었다.

그리고 고등학교에 가면「그 사람」을 만날 수 있다는 막연한 소원도 품고 있었다.

중학생 때 어머니가 돌아가시고 풀이 죽어 있던 때, 옆에 앉아서 내 슬픔을 공유해줬던 사람. 햄버그를 아주 좋아한다고 말해줬던, 살짝 통통하고 수수한 여자 교생 선생님. 그 사람도 어머니가 돌아가신 지 얼마 안 됐다고 했었다. 그래서 나도 마음속에서 열심히 말을 찾아가며 필사적으로 말했었지. 그 사람 마음의 상처를 어떻게든 해주고 싶었다.

그랬더니 그 사람은 이런 말을 했다.

『고등학생이 되고 만으로 열여덟 살이 되면…… 가족이 됩시다.』

지금 와서 생각해보면, 그 사람은 처음부터 나한테 프러포즈를 했었구나── 고등학교에서 만난 첫날이 아니라.

사실 미츠키 씨한테서 교생 실습 때 이야기를 들은 적이 없으니까, 기억하고 있는지 아닌지는 잘 모르겠지만 말이야.

하지만 난 기억하고 있었다. 소중하게 여겼었다. 틀림없다고 믿었다.

그렇다.

그 사람의 이름은── 미쿠리야 미츠키.

내가 부모님 집에서 나왔을 때 옆집에서 살게 됐고, 지금은 같이 생활하고 있는 내 소중한 사람이다.

사람이 살아가면서 어떤 일이 일어날지는 모르는 법이다. 내가 그대로 집에 있었다면 미츠키 씨와의 관계도 지금과 달라졌을 테니까.

하지만 아이리는 다른 생각을 하고 있는 것 같았다.

"아빠 말이야, 딱히 치사토 때문에 화난 거 아니거든? 남자는 언젠가 집을 나가는 법이라면서 웃었어."

"아버지답네."

"하지만, 난 여자애니까, 시집갈 때까지 소중하게 데리고 있고 싶다나."

"하하. 그것도 아버지답다."

아이리가 내 책상 쪽을 봤다.

"아빠 말이야…… 요즘 술 마시는 양이 조금 늘었거든."

나는 좌탁을 내려다보면서 턱을 괬다. "……그래."

그랬더니 아이리는 갑자기 나를 보면서, 아주 환하게 웃었다.

"사실은~ 거짓말이야~☆"

"아이리?"

"아하하하. 속았어? 속았구나? 나 연기 진짜 잘하지? 음~ 치사토 표정이 아주 좋은데☆"

손뼉을 치고 발까지 버둥대면서 깔깔 웃고 있다. 큭, 속았나. 창피한 회상을 하게 만들다니.

"너 말이야……."

한바탕 신나게 웃은 아이리가 네발로 기어서 다가왔다.

"이 교복은, 치사토한테 보여주는 서비스야. 자, 봐, 중학생 가슴이거든~☆"

단추를 두 개 푼 셔츠 앞섶을 더 벌려서 하얀 가슴을 보여줬다. 예쁜 살갗이 눈에 꽂혔다. 네 발로 엎드린 자세 때문에 중학생 치고는 발육 상태가 너무 좋은 가슴이 중력에 이끌려서, 그라비아 모델 같은 모습이 돼버렸다.

"하지 마! 미츠키 군도 있잖아!"

후드 속에 있는 미츠키 군의 눈이 아이리의 가슴을 빤히 보고 있—— 는 것 같지만, 사실은 마음속으로 "파렴치해요! 파렴치하다고요!"라고 계속 외치고 있겠지.

"갑자기 진지해지기는, 진짜 짜증 나네. 치사토 주제에."

아이리가 다시 원래 있던 방석 위에 앉았다. 후우.

"정말이지, 너 대체 뭐 하러 온 거야……."

"동생이니까 이유 없이 놀러 와도 되잖아."

"그야 그렇지만……."

"아, 맞다. 선물 사 왔는데. 깜박했네."

그렇게 말하고, 아이리가 가방 안에서 작은 종이봉투를 꺼냈다. 커피 체인점에서 파는 커다란 쿠키가 두 개 들어 있었다.

"그런 거 사오라는 얘기가 아니라."

"빈손으로 오면 좀 그렇잖아? 이거, 우리 엄마한테 배운 거거든."

"기왕 사왔으니까, 지금 같이 먹자. 홍차 더 줄까?"

"됐어. 두 개밖에 없으니까, 나중에 치사토랑 미츠키 군 둘이서 먹어."

그랬더니 지금까지 기본적으로 말이 없던 미츠키 군이 입을 열었다.

"…………괜, 찮─. 아이─ 도, 먹…………."

솔직히 말해서, 간장을 들이킨 대미지 때문에 단 걸 먹을 상황이 아니겠지. 하지만 그런 사정을 모르는 아이리는 손을 저었다.

"아니에요, 선물로 사 온 건데, 그 집 사람이 아니라 손님이 먹는 것도 이상하니까."

"…………지금── 못, 먹………………."

이거, 미츠키 씨가 좋아하는 쿠키 같은데. 그걸 못 먹겠다고 하다니, 너무너무 불쌍하다.

"내가 반만 먹고 남겨둘 테니까 나중에 먹어. 그러면 되지?"

"⋯⋯⋯⋯(끄덕끄덕)."

미츠키 씨가 말없이 고개를 끄덕였다. 기분 탓인지 움직임이 아까보다 부드러워졌다. 많이 회복된 것 같다.

"흐응~." 아이리가 막대 달린 사탕을 깨물어서 부쉈다. "저 사람이랑 그렇게 나눠 먹기도 하는 거야?"

홍차를 더 달라는 것처럼 아주 태연한 말투로, 아이리가 폭탄을 던졌다.

"뭐?!"

"⋯⋯?!"

전혀 생각도 못 했던 말에, 미츠키 군과 내가 자기도 모르게 눈을 마주치고 말았다. 나중에 생각해보니 이게 실수였는지도 모르겠다.

"무, 무슨 소리를 하는 거야, 대체 누구한테 하는 말인데."

"⋯⋯치사토, 너무 놀라네."

"아아아, 안 놀랐거든. 그, 그치, 미츠키 군."

"⋯⋯⋯⋯⋯⋯(끄덕끄덕끄덕끄덕)"

미츠키 군의 움직임이 갑자기 격렬해졌다.

아이리가 깨물어버린 사탕 막대를 오른쪽 손가락으로 잡고, 왼손으로 천천히 턱을 괬다. 아이리의 눈빛이 달라졌다. 불쌍한 쥐를 괴롭히는 고양이처럼, 눈에 가학적인 기쁨이 깃들어 있었다.

"나 말이야, 운동회 날 치사토가 다쳤을 때, 보건실 복도에서 다 들었거든."

이 고양이는 정말로 쥐를 괴롭히는 정도가 아니라 단숨에 죽여

버리려고 한다.

"뭐, 뭘 들었는데."

"·················?!"

미츠키 군이 아까보다 위험한 눈빛으로 변해 있다. 전율하고 있는 것 같다.

"말해도 되겠어?"

아이리가 짓궂게 웃으면서 도발했다. 어떻게 하지? 어떻게 해야 좋은 거야?

아이리가 보건실 복도에서 들었을 말 중에 위험한 게 있다면…… 그건 미츠키 씨와 내가 단둘이 남았을 때 했던 말들이다. 그 말을 들었다면, 감이 좋은 아이리가 나와 미츠키 씨의 관계를 눈치챘겠지.

하지만 아직 아이리는 무슨 말을 들었다는 건지 한 마디도 말하지 않았다.

만약에 이게 떠보는 거라면? 내가 부주의하게 「그 선생님이랑은 아무 사이도 아니야」 같은 소리를 한다면, 오히려 아이리한테 아주 좋은 먹이를 던져주는 꼴이 되겠지.

"·············그, ······아──."

미츠키 씨가 두 손으로 온몸을 긁으려는 것처럼 버둥대기 시작했다. 이상한 분위기를 보고, 아이리가 깜짝 놀랐다.

"치, 치사토?! 미츠키 군, 왜 저래?!"

"괜찮아…… 아마도."

아이리의 충격적인 발언 때문에 건어물녀 모드의 극치였던 미츠키 씨가, 수수한 교사 모드 미츠키 씨의 자아를 되찾기 시작한 것 같다. ……뭐야, 내가 이걸 어떻게 아는 거야.

아이리가 신음소리를 내는 미츠키 군을 기분 나쁘다는 것처럼 쳐다보며 말했다.

"헤, 헤에~ 잡아떼네. 흐응~ 짜증나."

"잡아떼고 자시고, 대체 무슨 소리인지……."

끝까지 잡아뗐다. 그 방법밖에 없다. 아이리한테서 눈을 돌렸더니, 아이리가 억지로 내 눈을 쳐다보려고 했다. 도망치는 나. 쫓아오는 아이리. 신음하는 미츠키 군──.

그러다가 아이리가 새 사탕을 입에 물고, 약간 화가 난 얼굴이 돼서 말했다.

"그 선생님, 치사토 군만 보고 있던데."

"호냐아아아아!"

갑자기 톤이 높은 목소리를 내고, 미츠키 군이 좌탁에 박치기를 날렸다.

"으어어? 미츠키 군?!"

"뭐, 뭐야?! 치사토, 이거 진짜 괜찮은 거야?!"

갑자기 이상한 짓을 벌인 미츠키 군 때문에 아이리도 나도 깜짝 놀랐다. 게다가 순간적으로 완벽한「미츠키 씨」목소리가 됐었고. 그 목소리를 수습하려고 박치기를 한 걸까. 번뇌에 사로잡히려고 하는 때에 내가 하는 짓 같잖아.

"…………문제── 없어."

미츠키 군, 말을 할 수 있게 됐다. 슬슬 한계인가.

"정말, 괜찮은 거야?! 몸이 안 좋으면 말하라고."

"⋯⋯⋯⋯⋯⋯으──."

아이리 자식, 미츠키 군의 정체는 눈치채지 못한 것 같다. 정말 다행이다. 아이리가 미지근해진 홍차로 목을 축였다.

"무슨 얘기 했는지 까먹었잖아."

"제발 까먹어줘라(중얼)."

"뭐라고 했어?"

"아니, 아무것도."

나도 홍차를 마시고 모르는 척했다.

"⋯⋯뭐 됐고. 그보다 말이야, 치사토." 또 아이리가 짓궂은 미소를 지었다. 살짝 눈을 가늘게 뜨고, 가슴팍을 벌렸다. "그 선생님 정도는 아니지만, 나도 가슴 꽤 크지 않아?"

나는 마시던 홍차를 성대하게 뿜어버렸다. "푸흡."

내 옆에서는 미츠키 군이 괴로워하고 있다. "그아아아아!"

미츠키 씨, 이런 소리도 내는구나⋯⋯.

"진짜로 무섭거든?!"

아이리가 눈물까지 글썽이고 있다. 하지만 이건 네가 초래한 일이다⋯⋯.

"네 언동이 미츠키 군한테 너무 자극적이라서 그래."

"──너무 오래 있으면 안 되겠네. 그럼 바로 물어볼게, 치사토랑 그 여자 담임 선생님, 그런 사이야?"

"⋯⋯⋯⋯⋯⋯?!"

"⋯⋯⋯⋯⋯⋯?!"

입이 떡 벌어졌다. 너무 직접적인 말이라서 미츠키 군도 어떻게 반응하지 못하는 것 같다. 거기서 아이리가 몰아붙였다. 빨고 있던 막대 달린 사탕을 입에서 꺼내더니 나한테 들이댔다.

"어떻게 된 거야?"

아이리의 얼굴에는 승자의 여유 같은 것까지 보였다.

하지만 아이리. 넌 착각하고 있다. 난 처음부터 너한테 거짓말을 할 생각으로 이 자리에 있다. 이제 와서 그런 식으로 물어봐도, 내가 진실을 말할 리가 없다고.

그러니까, 내 대답은 이거다.

"전혀 아니야."

"흐~응. 내가 착각했나 보네."

"그래, 착각이야."

"그렇다면 치사토, 지금은 사귀는 사람 없고?"

"그래."

아이리로서는 꽤나 간단히 칼을 거둔 것 같았지만, 그게 아니었다. 사탕을 다시 입에 물고, 갑자기 고개를 살짝 숙이고서 이렇게 말했다.

"치사토 말이야── 피가 안 섞인 남매는 결혼할 수 있다는 거 알아?"

"뭐?!"

엄청난 폭탄 발언을 던졌네!

나한테가 아니라 옆에 있는 미츠키 군── 미츠키 씨한테. 옆을 슬쩍 봤더니 양반다리를 하고 앉은 채, 후드 속에 있는 눈을 아이리를 보면서, 재가 되어가고 있다. 한계를 돌파해버린 건가──.

"아하하하☆ 당연히 농담이지. 진짜로 빨개지기는, 여전히 귀엽다니까~☆"

"노, 농담으로라도 그런, 겨, 결혼이라니, 여자애가 함부로 말하면 안 되는 거잖아?!"

"으앙~ 치사토가 화났어~.(국어책 읽기)"

아이리가 벌떡 일어났다.

"화장실은 부엌 안쪽에 있다."

"바보. 치사토도 실컷 놀렸으니까 이제 갈래."

"뭐?"

좋은 소식이었다. 하지만 여기서 어설프게 기뻐해서는 안 된다. 아이리가 마음이 변해서 앞으로 다섯 시간 정도는 더 있을지도 모르니까. 예전에 기말고사 전날에 내 방에 와서는 한나절도 넘게 수다를 떨면서 눌러앉는 엄청난 짓을 저질렀던 녀석이니까.

"그냥~ 가끔씩 치사토를 놀리지 않으면 너무 재미가 없더라고. 가끔은 집에도 좀 와. 나한테 놀림당하러."

아이리가 기분 좋다는 것처럼 기지개를 켰다.

"그런 이유로 가겠냐."

"냐하하하☆" 아이리가 웃으면서 나한테 등을 돌렸다.

"──치사토랑 그 담임 선생님 관계는 아까 그 반응 보고 완벽하게 알았으니까, 온 보람이 있네."

"뭐라고 했어?"

"아무것도 아니야~."

아이리가 바로 신발을 신었다. 현관 자물쇠를 열고, 재빨리 문을 열었다.

"조심해서 가라."

"응."

"쿠키, 잘 먹을게."

"뭘 그런 걸 가지고. 자, 아빠한테는 뭐라고 보고할까~"

"──이상한 소리 하지 말고" 눈에 힘을 주고서 말했다.

"안 하거든? 아하하. 치사토는 진짜 놀리는 보람이 있다니까. 짜증 나지만."

"시끄러!" 아버지한테는 내가 직접 말할 생각이니까. "정말이지, 너 대체 뭐 하러 온 거야."

내가 혼잣말처럼 던진 말에, 아이리가 지금까지 본 적이 없는 것 같은 예쁜 얼굴로 웃었다.

"전투 개시, 려나."

내가 무슨 말인지 물어볼 틈도 없이, 아이리는 가벼운 발걸음으로 나가버렸다.

아이리가 나가고 평온이 돌아왔다.

나는 양반다리를 하고 앉아서 모든 기능이 정지해버린 미츠키 군에게 미츠키 씨로 돌아오라고 했다.

"미츠키 씨, 정신 차리세요. 적은 이미 떠났어요."

어깨를 살짝 흔들었더니 미츠키 씨가 부들, 하고 크게 떨었다. 고개를 들고 나를 확인하더니, 힘차게 후드를 벗었다. 그리고 눈빛이 원래대로 돌아왔다. 미츠키 씨는 말없이 일어서더니, 부엌 싱크대에 가서 물을 세게 틀고 얼굴을 씻기 시작했다.

그렇게 얼굴을 씻기를 약 2분, 이번에는 두 손으로 수돗물을 받아서 꿀꺽꿀꺽 마셨다. 몸 안에 있는 간장을 희석하려는 것 같다. 미츠키 씨는 숨을 크게 내쉬고 수도꼭지를 잠갔다.

"치사토 군⋯⋯."

"미츠키 씨⋯⋯!"

내가 아는 평소의 미츠키 씨 목소리였다. 건어물녀 모드가 아니다. 단둘이 있을 때의 상냥한 목소리였다.

"일단, 잘 넘겼으려나."

"아, 아마도⋯⋯?"

내가 안경을 건넸고 미츠키 씨가 그 안경을 썼다. 머리카락은 여전히 엉망이지만, 미츠키 씨가 돌아왔다. 솔직히 중간부터는 미츠키 씨가 이렇게까지 해주는 게 미안하기도 하고 고맙기도 해서, 속일 수 있을지 아닐지는 생각도 못 할 지경이었다.

"치사토 군, 동생분은 꽤 공격적인 타입이네."

"아, 마, 마음에 안 드셨나요?"

며칠 전의 악몽 ――동생을 대하는 태도 때문에 미츠키 씨가 화를 내고 가버리는―― 이 갑자기 마음속에 떠올랐다.

"아니야. 역시 오빠구나~ 라는 느낌이었어. 평소와 다른 치사토 군을 볼 수 있어서 조금 재미있었거든."

"그, 그런가요."

현실의 미츠키 씨는 정말 상냥했다.

"조금, 가슴이 답답하니까 옷 갈아입고 올게."

"아, 샤워해서 깨끗하게 씻어내는 쪽이……."

"그렇구나. 그럼 그렇게 할까."

그때, 미츠키 씨의 바지 주머니에서 스마트폰 알림 소리가 울렸다. 아무래도 LINE인 것 같다. 내용을 보고, 미츠키 씨가 살짝 눈을 크게 떴다.

"무슨 일 있나요."

"마미 연락이야. 우시쿠 양이랑 둘이서, 조금 있다 여기로 온다는 것 같은데……."

"규도 같이요?"

옆집은 호리우치 선생님이 빌린 집이니까, 호리우치 선생님이 우리 집에 들르는 건 종종 있는 일이다. 그런데 규도 같이 오는 건 처음 있는 일인 것 같은데.

"우시쿠 양이 우리한테 상담할 게 있대. 아무튼 가슴에 감은 것만 풀고 올게."

그런 이야기를 하고 5분도 안 지나서 초인종이 울렸다. 호리우치 선생님과 규였다. 현관문을 열었더니 술이 완전히 깬 호리우치 선생님과 커다란 짐을 끌어안은 규가 있었다.

"어서오세요."

"미안해 후지모토 군. 미츠키는?"

호리우치 선생님이 그렇게 말하자, 안쪽에서 미츠키 씨 목소리가 들려왔다.

"나 여기 있어~."

미츠키 씨가 웃으면서 나왔다.

"갑자기 미안해…… 뭐야, 미츠키, 그 꼴은 대체 뭔데?!"

규도 깜짝 놀라서 짐을 떨어트릴 뻔 했다.

간신히 가슴에 감은 천은 풀었지만 머리는 버석버석, 옷은 오래된 파카와 스웨트 바지 차림인 미츠키 씨였다. 노래방에서 외출용 코디 차림을 봤던 호리우치 선생님과 규는, 그 차이 때문에 깜짝 놀랐겠지.

"잠깐 대청소 좀 하느라. 그래서, 우시쿠 양이 상담할 게 있다면서?"

미츠키 양이 규에게 말을 걸자, 커다란 짐을 꼭 끌어안은 규가 고개를 끄덕였다.

"그, 그렇습다……. 그렇습다, 만——."

눈썹이 축 처진 곤란한 표정으로 애매하게 말하는 규. 어울리지 않게.

집 안으로 들어와서도 계속 그런 상태였다. 나는 호리우치 선생님과 규에게 따뜻한 홍차를 내줬다. 그러는 동안에도 규는 아주 씁쓸한 표정으로 고개를 숙이고 있었다.

몇 번인가 숨을 고르고, 규가 '상담 할 문제'를 꺼냈다.

"사실은—— 아까 마마한테서 LINE 메시지가 왔습다. 「운동회 때 같이 있던 남자 친구를, 다음에 데리고 오세요」라고 했슴다."

"호~ 그거 큰일이네" 남의 일처럼 흘려 넘기려다가 깜짝 놀랐다. "뭐야!? 규 너 남자 친구 있었어?!"

그쪽이 더 놀라운 일이었다. 정말 미안하게도.

"없슴다만?!"

규가 바로 부정했다. 조금 안심했다. 역시 미안하게도.

"뭐야~ 깜짝 놀랐네."

"은근히 상처 받았슴다."

"그건 됐고. 어라? 그렇다면 얘기가 이상해지는데. 혹시 규네 어머니가 착각하셨나……?"

그랬더니 규가 얼굴이 새빨개져서 고개를 숙였다. 또다시 입을 다물었다.

미츠키 씨가 빙긋 미소를 지었다.

"우시쿠 양, 그 소중하게 안고 있는 상자, 마미가 사준 거야?"

미츠키 씨가, 규가 입을 열기 쉬울 것 같은 화제를 던졌다.

"그렇슴다."

"뭘 사줬는데?"

"건담 프라모델임다. 마스터 그레이드 뉴 건담이라는 건데, 오늘 제가 노래방에서 불렀던 노래의 주인공 기체임다. 이 기체 는——."

한참동안 규가 건담 프라모델에 대해 뜨겁게 말하는 것을, 미츠키씨는 엉망진창인 차림새이기는 했지만 상냥하게 미소를 지으면서 들어줬다.

"응. 솔직히 난 건담에 대해 잘 아는 건 아니지만, 우시쿠 양이 아주 좋아한다는 건 알았어."

"아…… 혼자서 너무 뜨거워졌습다──."

"그렇게 말할 수 있다면 괜찮겠네. 우리가 어떻게 하면 우시쿠 양의 고민을 해결할 수 있겠어?"

규가 옆에 있는 호리우치 선생님의 안색을 살폈다.

"할 수 있는 데 까지 만이라도 얘기 해봐. 이 두 사람이라면 괜찮을 테니까."

호리우치 선생님이 등을 쓰다듬어주자, 규가 미츠키 씨와 나를 번갈아 가며 봤다. 안고 있는 건담 프라모델 상자가 부적이라도 되는 양 꼭 끌어안았다.

"그러니까, 마마가, 운동회 때 봤던 후지모토 군을── 그게, 제, 제 남자 친구, 라고 생각해버린 것 같습다……."

"뭐?"

말도 안 돼. 나도 모르게 넋이 나가고 말았다.

그런 상황에서, 규가 큰 소리로 말했다.

"후지모토 군이, 하루만 제 남자 친구가 돼줬으면 좋겠습다."

제4장 누가 진짜 여자 친구인가요?

　상담이란 서로 의견을 내거나, 다른 사람에게 의견을 구하는 행위를 말한다. 그렇다면 상담을 받은 쪽에 의견을 제시할 여지가 없다면 상담이라고 할 수 없다는 뜻이 된다. 그건 그냥 부탁이다.

　그런 의미에서 보면, 지금 규가 한 말은 상담이 아니었다.

　"후지모토 군이, 하루만 제 남자 친구가 돼줬으면 좋겠습니다."

　그 말에 대한 답은, 생각할 필요도 없이 「No」이기 때문이다. 나는 ──(임시)로 끝날지도 모르지만── 미츠키 씨의 남자 친구다. 그래서 규의 상담은 들어줄 수 없다. 자명한 이치. 증명 종료다.

　하지만 미츠키 씨는 거기서 끝내지 않았다.

　"……어째서 그런 부탁을 하게 된 거야?"

　질려버리지도 않고, 웃지도 않고, 당연히 화를 내지도 않고. 조용하고 상냥하게 묻는 미츠키 씨의 모습을 보고, 교생 실습 때의 미츠키 씨가 생각났다.

　그랬다. 내가 좋아하게 된 여성은 이런 사람이었다.

　그렇다면 나도 규의 말을 잘 들어줘야겠지.

　규의 눈에서 투명한 액체가 살짝 샘솟았다.

　"──운동회 날 저희 파파가 못 오셨는데, 아무래도 몸이 안 좋으셨던 것 같다."

"그랬구나……. 아버님, 몸은 좀 어떠셔?"

"X레이에서 묘한 그림자가 찍혔다는 것 같습니다……. 뭐, 다른 건 아무 문제 없으니까 그냥 별일은 아닐 것 같지만, 파파가 좀 소심한 구석이 있어서 말입다……."

"걱정되겠다."

미츠키 씨가 괴롭다는 표정으로 맞장구를 쳤다. 규가 입술을 살짝 깨물었다.

"……파파는 옛날부터, 자기가 살아 있는 동안에, 그러니까, 딸 결혼 상대까지 확인하고 싶다고 말씀하셨는데, 이번 일 때문에 갑자기 초조해하기 시작했습다."

"……규네 파파가, 네 결혼 상대를 정하시겠다는 거야?"

내가 살짝 돌려서 물었다. 규가 주저하면서 고개를 끄덕였다.

"나도 깜짝 놀랐다니까. 그렇게까지 하는 집안이라니."

나는 팔짱을 꼈다. 신음하는 것처럼 숨을 내쉬었다.

미묘하게 신경이 쓰인 건 호리우치 선생님의 말투였다. 나는 「아직도 그런 집이 있구나」라는 시대착오적인 느낌을 지적하고 싶은데, 호리우치 선생님은 「그렇게까지 하는 집안이라니」라고 말했다. 미츠키 씨도 그 점에 대해서는 언급하지 않았다. 나는 같은 반 친구네 집의 자산 상황을 기준으로 인간관계를 바꿀 생각은 없으니까, 「규네 집은 엄청난 부자」라고 막연하게 이해하고 넘어가고 있는데, 생각했던 것보다 많이 다른 집인지도 모르겠다.

하지만 거기에 대해 열심히 생각해봤자 사용 없는 일이다. 나는 조금 미지근해진 밀크티를 마셔서 목을 축였다.

"그래서, 혹시 말인데, 내가 규 남자 친구가 돼서 규네 아버지를 위로해 달라는 얘기야?"

내가 묻자, 규가 복잡한 표정을 지었다.

"최종적으로는 그런 부탁을 해야 할 것 같다고, 생각함. 하지만 마마는 마마대로 다른 생각이 있는 것 같다."

"규네 어머니는 또 다르다고……?"

"사실 파파는 데릴사위임."

"헤에."

"파파가 데릴사위라서 가문의 존속과 사업 유지를 아주 중요하게 생각하심. 그리고 마마는, 주위의 반대를 무릅쓰고 파파랑 연애결혼을 하셨슴."

"──어머니, 대단하시네."

그렇게 말해버리고, 나도 모르게 입을 다물었다. 그렇게 간단하게 말해도 되는 집안인지 아닌지를 모르는 일이니까. 하지만 규는 피식 웃었다.

"하하하. 정말로 그렇슴. 저희 마마는 「대단」하심."

"그래서, 어머니는 어떻게 생각하시는데?"

미츠키 씨가 그렇게 묻자, 규가 또 얼굴이 살짝 발그레해졌다.

"마마는 말임…… 파파가 마마와 엄청난 연애를 한 끝에 결혼한 주제에, 딸인 저한테는 결혼 상대를 반쯤 강요하려는 좋게 생각하지 않고 계심."

"뭐, 그렇겠지" 내가 고개를 끄덕였다.

"그래서 마마는 운동회에도 혼자 오셨습다."

"무슨 뜻이야?"

"파파가 뭐라고 하기 전에 저희 학교에 와서 분위기를 보고, 제가 사실은 몰래 사귀는 남자가 있으면 어머니가 제대로 인사를 한 뒤에 마땅한 지원을 해서 딸의 마음을 최우선으로 생각하겠다는 마음가짐이셨던 것 같다. 마마 자신의 경험에 미뤄봐서, 고등학생쯤 되면 남자 친구 하나 정도는 틀림없이 있을 거라고, 없으면 이상하다는 생각임⋯⋯."

나는 운동회 때 뵀던 규네 마마, 우시쿠 네네 씨를 생각했다. 단아한 미인, 미소가 잘 어울리는 멋진 어머니라고 생각했는데, 그 미소 뒤에 그런 마음이 숨어 있었던 건가.

"──분명히 운동회 때, 규네 어머니가 가까이에서 봤던 범위 안에서는, 규랑 제일 거리가 가까웠던 건 나, 였었지⋯⋯."

나는 슬쩍 미츠키 씨 눈치를 봤다. 내가 규와 거리가 가까웠던 것도 오해를 산 요인일 테니까. 그것은 미츠키 씨라는 여성이 있는 입장에서는 상당히 미안한 일이다.

하지만 미츠키 씨는 규한테 집중하고 있다. 밖에서 참새 소리가 들려온다.

"우시쿠 양, 다른 남자들과도 자주 얘기하는 것 같았는데⋯⋯. 예를 들자면 호시노 군이라든지."

"아~ 그건 아님다. 절대로 아님다."

규가 아까하고 또 다른 쓸쓸한 표정을 지었다.

"어째서?"

"제가, 체격이 좋은 운동부 스타일 남자는 도저히 아닙다."

충격적인 발언에, 내가 갈라진 목소리로 말했다.

"정말?! 꽤 자주 얘기했잖아."

"아~ 친구로서는 괜찮지 말입다? 하지만 사귀는 남자로서는 말도 안 된다고 할까, 제 쪽에서 거절한다고 할까, 썩 꺼지라고 할까."

"호시노가 들으면 울겠다."

"제가 운동부 스타일 남자를 좋아하지 않는 건 마마도 알고 계심다. 그리고 제가 무릎을 꿇고 후지모토 군 허리에 매달려 있는 위험한 광경도 보셨습다."

집안 공기가 얼어붙었다.

"규, 지금 그 얘기 하지 마……."

"──치사토 군, 그런 일도 있었군요."

"이건 유죄."

단번에 날 역경으로 몰아넣은 장본인은 그 사실을 알아차리지 못했다. 너무해. 하지만 좋게 해석하자면, 그만큼 힘든 상황이라는 뜻이겠지.

"마마랑 제대로 인사한 것도 후지모토군 뿐임다. 그러니까──."

"그러니까, 그렇게 친하게 이야기하던 남학생이라면, 치사토 군이 남자 친구일 거라고 생각하셨다는 뜻이지?"

미츠키 씨가 그렇게 묻자 규가 "예" 하고 살짝 고개를 끄덕였다.

"그래서, 어머님은 뭐라고 하셨어?"

"아무튼 일단 한 번 보게 해달라고만 하심다. 제가 후지모토 군하고는 그런 관계가 아님다라고 말해도, 말하면 말할수록 창피해서 숨기는 게 분명하다고 멋대로 오해하고 계심다."

"……상당히 폭주하셨네." 내가 중얼거리자 규가 또 고개를 끄덕였다.

"마마는, 저보다 훨씬 잘 폭주하는 성격임다."

"간단히 인정했네?!"

"후지모토 군이 안 온다면 마마가 학교에 간다드니, 담임 미츠키 선생님께 말씀 드린다드니, 문부과학성 장관을 압박하겠다는 소리까지 했슴다."

"마지막은 정말 엄청나네." 우시쿠 가문, 대체 정체가 뭐야?

"후지모토 군을 납치할 계획까지 세우고 있다는 LINE 메시지가 왔는데, 그건 말렸슴다."

"그건 완전히 범죄거든?!"

"그런데, 마마는 그만큼 진심임다. 마마 성격을 보면 후지모토 군을 남자 친구라고 소개할 때까지, 절대로 멈추지 않을 검다. 하지만——."

규가 고개를 숙였다. 미츠키 씨는 한 번 숨을 크게 내쉬고는 규 뒤쪽으로 이동해서 규의 작은 몸을 끌어안았다.

"미, 미츠키 선생님……?!"

"우시쿠 양. 아버님도 어머님도 우시쿠양을 정말 좋아해서 그래."

그 말에 결국 규가 눈물을 흘리기 시작했다.

"저는, 그런 생각이 없는데……. 훌쩍. 선생님이랑 후지모토 군 사이, 멋지다고 생각하는데. 그래서, 사실은 이렇게, 두 사람 사이에 끼어드는 짓은 하고 싶지 않다. 그치만――."

미츠키 씨가 규의 사이드 테일 머리를 부드럽게 쓰다듬어줬다.

"아버님은 우시쿠 양이 불행해지지 않도록, 본인이 건강하실 때 결혼 상대를 정해두고 싶다고 생각하시는 거야. 어머님은 우시쿠 양이 행복한 결혼을 할 수 있도록, 우시쿠 양이 좋아하는 사람이 있다면 아버님께 인정받고 싶다는 생각이고. 두 분 모두 우시쿠 양의 행복을 바라고 있어. 우시쿠 양은 착하니까 그 정도는 잘 알고 있겠지? 그러니까, 아버님 마음도 어머님 마음도 우시쿠 양한테는 너무나 소중하고, 그래서 지금 곤란한 거지?"

규가 미츠키 씨 쪽을 봤다. 두 눈에서는 더 이상 막을 방법이 없을 정도로 눈물이 흘러나오고 있다. 규는 펑펑 울면서 미츠키 씨한테 매달렸다.

"죄송해요――. 선생님, 후지모토 군, 정말 죄송해요. 두 사람한테 이런 심한 폐를 끼치고 싶지 않습니다. 하지만…… 어떻게 해야 좋을지 몰라서. 으아아아아아앙――."

한참 동안 우리 집 안에는 규의 울음소리가 크게 울렸다.

평소에 힘이 넘치고 웃는 얼굴이던 규의 눈물. 나까지 눈물이 나오려고 했다.

"부모라는 건, 여러 가지를 생각하는 존재구나."

나는 눈물을 참기 위해, 혼잣말하면서 콧물을 들이켰다.

규의 울음소리가 서서히 진정됐다. 그랬더니 규가 울고 있는 동안 계속 머리를 쓰다듬어주던 미츠키 씨가 입을 열었다.

"괜찮아. 나는 우시쿠 양 담임 선생님이니까. 그거 알아? 학생을 위해서 열심히 노력하는 게 선생님이거든?"

"예. 그치만……."

미츠키 씨는 규를 꼭 안은 채 내 쪽으로 고개를 돌렸다. 미츠키 씨의 눈이 너무나 아름다웠다. 교육자로서, 인생의 선배로서, 같은 여성으로서, 규를 위해서 열심히 힘이 돼주려고 하는 눈이다.

"치사토 군, 우시쿠 양 남자 친구가 돼줘."

""…………예?!""

나랑 규가 경악했다.

"선생님……."

규의 눈이 휘둥그레졌다.

"나, 우시쿠 양의 그런 눈물, 더는 보고 싶지 않거든? 치사토 군도 그렇게 생각하지?"

미츠키 씨의 말에 나도 고개를 끄덕였다. 규의 이런 눈물, 나도 보고 싶지 않다.

그나저나── 미츠키 씨는 내 생각을 다 들여다보고 있구나.

"미츠키 씨가 말한 대로야. 미츠키 씨도 허락했으니까, 나도 도와줄게."

규가 미츠키 씨의 품안에서 뛰쳐나왔다. 앉아 있던 방석에서 내려와, 이마를 방바닥에 붙이는 자세로 엎드렸다.

"가, 감사함다. 정말, 정말로 감사함다!!"

"그래서, 내가 뭘 하면 되는데."

"다음 주 일요일, 마침 아버지의 날인데, 마마는 오전 중에 호텔 라운지에서 후지모토 군과 만나고 그대로 파파한테 소개하겠다는, 그런 생각을 하는 것 같습니다."

"······난이도가 너무 높은 거 아냐?"

"파파랑 만나는 것까지는 어떻게든 말렸습니다. 저도 그렇게까지 무모하지는 않습니다."

규한테 양심과 이성이 남아 있어서 다행이다······.

"호텔 라운지에서 어머님과 인사하라는 얘기야?"

미츠키 씨가 확인했다.

"그렇습니다. 그리고 며칠 지난 뒤에 제가 마마한테 후지모토 군과 헤어졌다고 말할 겁니다."

나는 생각난 의문을 그대로 말했다.

"어머니가, 그걸로 납득해주실까?"

문부과학성 장관에게 압박을 가하거나 날 납치하려고 하는 사람이, 인사하고 며칠이 지난 뒤에 헤어졌다는 말을 듣고 얌전히 물러날까. 오히려 얘기가 더 복잡하게 꼬이지는 않을까. 소송이라도 거는 건 아니겠지?

"그건 괜찮습니다. 여기서만 하는 얘긴데, 마마는 젊을 때 인기가 좋았다고 들었고, 연애 경험도 엄청나게 많았다는 것 같습니다."

"아, 그, 그렇구나······."

자기 어머니 연애 얘기 같은 걸 말해도 되는 걸까. 뭐, 이 녀석은 어머니 가슴 크기까지 떠들고 다니는 녀석이니까 괜찮겠지.

"마마 말을 들어보면, 그것도 걱정거리라는 것 같습니다. 제가 이 나이까지, 그러니까, 누구를 좋아하거나, 사귄 적이 없다는 게——."

규가 창피하다는 듯이 말했다. 그 표정도 내가 본 적이 없는 규였다. 어떤 게 진짜 모습인지, 여자는 도무지 모르겠다. 하지만 평소 말투와 돌격 리포트 태세를 그만두고 가끔씩 지금 같은 표정을 보여주면, 금세 누군가가 고백할 것 같다는 생각이 들었다.

규의 말을 듣고 미츠키 씨가 미소를 지었다.

"엄마와 딸이라고 해서 똑같이 연애를 하고 인생을 살아갈 필요는 없다고, 선생님은 그렇게 생각하거든?"

"그렇습까?"

"그래. 솔직히 어쩔 수 없는 일이잖아. 너는 아직 치사토 군처럼 멋진 남자를 만나지 못했으니까. 그렇지, '규'?"

미츠키 씨가 여신님 같은 웃는 얼굴로 규의 별명을 불렀다. 항상 고지식한 선생님인 미츠키 씨가 학생을 별명을 부른 건 처음이었다.

허를 찔린 규가 눈이 휘둥그레졌다. 그 눈에 또다시 눈물이 고였다.

"……그러네요. 감사함다. 헤헤헤."

규는 눈물을 흘리면서 웃고 있었다.

나, 미쿠리야 미츠키는 고등학교 선생님이다.

담당 과목인 지구과학을 가르치는 것도 당연히 중요하지만, 그보다도 내가 담임을 맡고 있는 반 아이들의 성장이 더 중요했다. 고등학교 3년 동안에는 심신 모두가 폭발적으로 성장한다. 그래서 그 3년 동안에 누구를 만나고 어떤 책을 읽고 무엇을 배웠는지에 따라서, 평생을 좌우하게 될 수도 있겠지.

내가 교편을 잡고 있는 학교는 중학교와 고등학교가 한 곳에 있는 입시 학교. 꼭 그런 이유 때문은 아니겠지만, 기본적으로 착한 아이들이 많다. 그 중에서도 우리 반인 1학년 E반 아이들은 정말 최고다. 그런 얘기를 하면 옆 반인 F반 담임 마미가 반론을 하고, 최종적으로는 간질여대서 날 굴복시킨다.

하지만 몸은 마음대로 할 수 있어도 내 마음은 마음대로 할 수 없어. 우리 반 애들이 제일 귀엽단 말이야.

여담은 그만하고.

우리 반 우시쿠 양이 고민거리를 품고 치사토 군의 집까지 찾아왔다.

그 고민이라는 게 엄청난 내용이었다.

"후지모토 군이, 하루만 제 남자 친구가 돼줬으면 싶습니다."

말도 안 되는 부탁이라고 생각했다. 치사토 군이 타준 밀크티를 마시고, 치사토 군과 똑같은 방석에 앉아서, 치사토 군의 방에 있는 나한테, 그런 말을 하다니⋯⋯.

하지만 우시쿠 양의 사정을 듣는 사이에 어떻게든 해주고 싶어졌다.

우시쿠 양은 항상 밝고 힘이 넘치고 웃는 얼굴인 우리 반의 분위기 메이커. 한 때는 치사토 군과 내 관계를 캐내려고 해서 고민거리였던 적도 있었지만, 그 문제는 이미 해결됐다. 치사토 군하고도 사이좋게 지내고 있고.

그런 아이가 눈물까지 흘리면서 괴로워하고 있으면, 어떻게든 해주고 싶어지는 게 교사잖아? 적어도 나는 그렇게 생각한다.

그래서 치사토 군이 일주일 뒤에 있는 아버지의 날 하루만 남자 친구인 척 하는 걸 허락해줬다.

하지만…… 사실은 생선 가시가 목에 걸린 것 같은 이상한 위화감이 마음속에 남아 있었다.

우시쿠 양과 마미가 돌아간 뒤에, 샤워를 하면서 주문을 외우는 것처럼 계속 중얼거렸다.

"괜찮아. 난 괜찮아. 치사토 군은 날 좋아해. 나도 치사토 군을 좋아해. 이건 어디까지나 하는 척만 하는 거야. 너무 질투가 심한 여자는 미움 받잖아. 그러니까, 괜찮아──."

하지만, 내 마음은 김 서린 욕실 거울처럼 흐릿했다.

그날부터 나는 집에 있을 때 최대한 밝은 척했다. 치사토 군과 이야기도 많이 하고, 잔뜩 웃었다. 저녁밥은 같이 만들고, 좋아하는 햄버그를 둘이서 배가 터지도록 먹었다. 게임도 잔뜩 하면서, 둘이서 뜨거운 시간을 보냈다.

학교에서도 평소대로 지냈다고 생각했는데, 토요일 수업이 끝난 뒤에 마미가 이런 말을 했다.

"미츠키, 그렇게 힘들어?"

갑자기 목에 비수를 들이댄 것 같은 기분이 들어서, 순간적으로 목소리가 나오지 않았다.

"──힘든 일은 아무것도 없는데?"

내가 그렇게 대답하자, 마미가 쓸쓸하다는 것처럼 울었다.

"정말이지, 평소랑 너무 똑같아서 문제란 말이야. ──너희 어머니 돌아가셨을 때처럼."

"──." 나도 모르게 움직임이 멈춰버렸다.

"빈틈이다!"라고 말하면서, 마미가 내 가슴 두 개를 꽉 움켜쥐었다.

"호냐아아아아?!"

성희롱이에요! 교육 현장에서 중대한 성희롱 사건입니다!

"이제야 표정이 보이네."

"무, 무, 무슨 짓인가요?!"

내가 가슴을 감싸고 몸을 비틀자, 마미가 쓸쓸하게 웃었다.

"저기 말이야, 미츠키는 정말 대단하거든? 학생을 생각해주는 좋은 선생님이 맞거든? 그래도 말이야, 선생님도 사람이야. 마미도 여자고. 힘들 때는 힘들다고 말해도 돼."

"마미……."

나도 모르게 눈시울이 촉촉해지려고 하는 걸 열심히 참았다. 그랬더니 마미가 말했다.

"미츠키는 치사토 군한테 프러포즈도 했잖아? 그건 결혼해서 평생 같이 살고 싶다는 뜻이고? 그렇다면 미츠키 속마음을 치사토 군한테 말해줘야 하지 않겠어."

"그랬다나⋯⋯."

질투심 많은 여자로 보이고 싶지 않다.

나도 알고 있다. 내 작은 자존심의 문제다. 꼴 사납고 창피하다는 건 알고 있어. 하지만──.

"질투가 심하다느니 귀찮은 여자라느니 같은 소리를 하면, 그냥 확 때려버리면 돼."

"아니, 그러면 좀 불쌍한데⋯⋯."

마미가 허리에 손을 얹었다.

"저기 말이야 미츠키. 치사토 군은 착한 아이거든? 하지만 젊으니까 연상 어른 여성의 마음을 전부 이해하라고 하기는 힘들어. 하지만 괜찮아. 그 아이라면 틀림없이 미츠키 마음을 있는 그대로 받아들여 줄 테니까."

"⋯⋯⋯⋯."

"그게 가능한 아이라서, 미츠키는 치사토 군을 좋아하는 거잖아?"

마미 말이 맞았다. 나는, 내 감정을 주체할 수가 없었다.

"응, 알았어. 오늘 밤에, 잘 얘기해볼게."

마미가 내 양쪽 어깨를 조금 세게 두드렸다.

집에 돌아왔더니 치사토 군이 먼저 와 있었다. 공부를 하고 있었다. 다음 주부터 중간고사니까. 열심히 공부하는 모습도 너무나 사랑스럽다.

"다녀오셨어요, 미츠키 씨."

"다녀왔어~." 너무나 평소와 똑같은 모습에 걱정이 앞섰다. "치사토 군, 내일 준비는 다 했어?"

"그게요~ 말해준 호텔에 어울리는 옷이라는 게 뭔지 전혀 모르겠더라고요. 그래서 그냥 평소대로 입고 갈까 싶어요."

"상대는 '자산가 댁 아가씨'니까── 제대로 된, 차림을…… 해야……."

갑자기, 아무런 조짐도 없이, 감정이 마구 흐트러졌다. 눈물이 자꾸만 치밀어 오른다. 치사토 군이 깜짝 놀랐다.

"미, 미츠키 씨─?!"

"어라─? 나, 어떻게 된 거지─? 헤헤, 미안해, 치사토 군, 나──."

어떻게든 넘겨보려고 했지만 눈물이 멈추질 않는다. 슬퍼서 머릿속이 멍해진다.

"미츠키 씨, 왜 그러세요."

치사토 군이 걱정하는 눈으로 날 보고 있다. 아아, 이 얼마나 예쁘고 상냥한 눈인지.

이렇게 반짝이는 눈을 가진 치사토 군에게, 나는 연상의 여자가 가진 정념(情念)을 토로해도 되는 걸까.

아까 마미가 해준 말이 내 등을 떠밀어줬지만, 한 발을 내디딜 수가 없다.

내가 "아무것도 아니야"라고 말하며 계속 고개만 저었더니, 갑자기 내 양쪽 어깨를 세게 붙잡았다. 치사토 군이 내 어깨를 붙잡고서 내 우는 얼굴을 똑바로 쳐다봤다.

"미츠키 씨."

"…………."

"──혹시, 내일 그거, 사실은 싫은 게 아닌가요."

치사토 군의 올곧고 맑은 눈동자가 내 가슴을 꿰뚫었다. 고개를 돌리려고 해도 몸이 움직여주질 않는다. 그런 게 아니라고 말해서 치사토 군의 걱정을 씻어주는 게 연상 여자의 역할일 수도 있겠지만…… 솟아나는 눈물과 치밀어 오르는 오열 때문에 전부 들켜버리고 말았다.

그렇게 생각했더니, 더 이상 어떻게 할 방법이 없었다.

"흑…… 미안해, 치사토 군──."

"무슨. 사과는 제가 해야죠, 미츠키 씨. 일주일 동안 계속 힘들었죠? 그런데, 자기 마음을 숨기고 밝은 척했던 거죠?"

아아, 치사토 군──.

전부 알고 있었구나. 내가 혼자 힘든 감정을 끌어안고, 숨기고, 끝까지 숨겼다고 생각했었지만, 치사토 군은 알고 있었다.

치사토 군을, 머릿속 어딘가에서는 열 살 연하의 고등학생 남자애라고, 어떻게든 그렇게 생각하려고 했다. 분명히 고등학생이지만── 날 이렇게나 진지하게 봐주고 있었다. 그것만으로도 나는 너무 기뻐서 참을 수가 없었다.

그래서, 내 속마음을 털어놨다.

"나── 사실은 너무 싫어. 아무리 하루 동안의 거짓말이라고 해도, 치사토 군이 다른 여자애 남자 친구라고 말하는 게, 너무너무 싫어. 선생님이니까 학생을 위해서 어떻게든 해야 한다고 생각해도, 우시쿠 양을 '규'라고 익숙하지 않은 별명으로 불러서 내 마음을 속이려고 해도, 내 마음속에서는 어두운 감정이 소용돌이치고 있어. 내가 생각해도 한심하지만, 그래도, 어쩔 수가 없어서……."

"응, 그래요——."

치사토 군도 울음을 터트릴 것 같은 얼굴로 내 말에 귀를 기울여주고 있다.

나는 지금까지 매사에 「누나」 행세를 했었다. 나이가 열 살이나 많고, 이미 사회인이고, 게다가 선생님이라는 일을 하고 있다. 그래서 내가 똑바로 해야 한다고 생각했고, 치사토 군의 응석을 받아주는 게 연상 여자 친구의 역할이라고 생각했다.

하지만—— 나도 치사토 군에게 응석을 부려도 된다.

밥 먹은 뒤에 데굴거리면서 노닥거리는 것처럼 힘든 일, 괴로운 일을 연하 남자아이에게 제대로 말해도 된다. 그렇게 했을 때 비로소, 치사토 군과의 나이 차이를 신경 쓰지 않고 대등한 남자와 여자로 마주할 수 있게 된다——.

"미안해, 치사토 군. 나, 혼자서 멋대로 힘들어했던 것 같아."

"그렇지 않아요. 말해줘서, 의지해줘서, 정말 기뻐요."

아아, 내가 좋아한 사람이 치사토 군이라서 정말 다행이야.

"너무 멋져, 치사토 군."

내가 진심으로 말했더니 치사토 군 얼굴이 새빨개졌다. 귀여워라.

"미, 미츠키 씨가 의지해주면 의지해주는 만큼, 저도, 열심히 할 테니까요. 더 의지해주세요."

남자아이는, 여자가 의지하면 할수록 성장한다는 게 정말이었구나.

치사토 군의 마음, 정말 기쁘다.

하지만, 미안해. 그것만 가지고는 불안해지는 게 여자 마음이야.

우시쿠 양의 상담에서 또 한 가지 내 마음에 걸렸던 게, 아버지의 날이라서 우시쿠 양의 아버지에게 소개한다는 이야기였다. 아버지에게 소개하는 건 나야말로 생각해야 할 일이고, 사실은 나야말로 아버지의 날에 「남자가 생겼어요」라고 보고하려고 생각했었다. 아무래도 나는 나이가 만으로 스물다섯 살이고, 아버지가 젊을 때라면 소위 말하는 결혼 적령기니까. 아버지에게 상대가 고등학생이라고 말할 수는 없지만, 장래를 위한 증표는 될 거라고 생각한다.

그렇다. 확실한 사랑의 증표가 필요하다── 그것이 여자의 마음이다.

반지 같은 물건이라도 좋고, 좀 더 직접적으로 선을 넘는 것도 그런 증표가 된다.

반지라고 해도 꼭 비싼 걸 원하는 게 아니다. 있기만 하면 천엔 정도하는 물건이라도 되고, 노점의 경품 것도 좋다. 치사토 군이 주는 것이라면. 하지만, 이 시간에 둘이서 반지를 사러 갈 수도 없다.

야한 행위는, 치사토 군이 날 소중히 여겨서 열심히 번뇌와 싸우고 있다는 걸 아주 잘 알고 있고, 너무 힘들게 만들고 있다는 생각도 한다. 지금 이 흐름 속에서 거기까지 요구하는 건, 치사토 군의 마음을 짓밟는 짓을 하는 것 같아서 싫다.

하지만—— 이 정도라면…… 용서해줬으면 싶다.

"그럼 치사토 군. 부탁이 있거든."

"예."

"키스해줘."

창피해서 목소리가 떨렸다. 머릿속이 새하얘졌다.

치사토 군이 깜짝 놀라서 당황한 표정을 지었다. 하지만 내가 똑바로 쳐다보고 있었더니 진지한 얼굴이 됐다. 내 어깨에 얹은 치사토 군의 손에 살짝 힘이 들어갔다. 치사토 군 얼굴이 가까이 다가온다. 나는 살짝 턱을 돌리고, 눈을 감았다.

그리고——.

따뜻한 감촉이 입술만이 아니라 몸 전체, 영혼 전체로 퍼져나갔다.

치사토 군이 입술이 떨어지고 내가 눈을 떴다. 사랑스런 치사토 군의 눈동자가 빛나고 있다.

치사토 군이 수줍어하며 말했다.

"『달이 아름답네요.』"

그 부끄러워하는 모습이 너무나 귀엽다. 내 답은 정해져 있다.

"『죽어도 좋아요』."

그 말에는 단 한 점의 거짓도 없었다.

◇◆◇◆◇◆◇◆

미츠키 씨랑 키스를 해버렸다──.

기뻐 죽겠다. 창피해 죽겠다.

미츠키 씨와 교제(임시)가 시작됐을 때는 나한테 귀여운 여자 친구가 있다고 큰 소리로 선전하고 다니고 싶을 정도였는데, 지금은 아니다. 좀 더 깊고, 묵직하고, 애절한 기분. 키스한 뒤에 미츠키 씨가 보여준 살짝 발그레해진 표정을 떠올렸더니 섀도복싱을 하는 주먹에 더 힘이 들어갔고, 남자로서의 자신감이 더더욱 강해지면서 온몸이 탄탄해지는 기분이 들었다.

생각해봐요, 키스거든요? 결혼식에서 영원한 사랑을 맹세할 때 하는 그거거든요?

내가 남자로서 장래 전망이 생길 때까지는 자제하려고 생각했었는데, 그렇기 때문에, 이 키스에는 나한테도 엄청나게 큰 의미를 지닌 것이었다.

나는 이미, 평생 미츠키 씨만 사랑하겠다고 나 자신에게 약속했다.

한마디로──.

난, 반드시, 미츠키 씨를 행복하게 해주겠다.

그렇게 굳게 맹세한 다음 날, 다른 사람 남자 친구 행세를 한다는 미션을 수행해야 한다. 그야말로 미션 임파서블. 현실은 비정하고 무정했다.

하지만 더 이상 어제까지의 내가 아니다. 미츠키 씨가 지금까지보다 더 가깝게 느껴진다. 혼자가 아니라는 기분이었다.

그건 단순한 기분 문제가 아니었다.

"그럼, 슬슬 출발할까요."

나는 현관에서 신발을 신고 뒤를 돌아봤다.

나는 오늘, 일단 가지고 있는 것 중에서 제일 멀쩡한 옷을 입었다. 일주일이라는 시간이 있기는 했지만, 미츠키 씨의 마음도 걱정되고 해서 새 옷은 사지 않았다. 원래 가지고 있던 검은색 스키니 팬츠와 셔츠를 입고, 그 위에 여름용 재킷을 걸친 정도. 일단은 학교에 갈 때는 바르지 않는 헤어 젤로 머리카락을 정리하기는 했지만.

"응. 빠트린 건 없고?"

거기 있는 사람은 안경을 벗고 초절 미인 모드를 완전히 개방한 미츠키 씨였다. 앞뒤에 주름이 들어가서 여성스러운 실루엣을 연출해주는 무늬가 들어간 스커트 느낌의 바지에 하얀색 크루넥 상의, 넉넉한 여름용 카디건을 걸치고 백을 들고 있다. 정말 뼈저리게 느끼게 된다. 미인이구나아. 카루이자와에 있는 별장 같은 곳에 있으면 어울릴 것 같은 모습이다.

미츠키 씨, 가끔씩 고개를 살짝 숙이고는 수줍어하면서 내 얼굴을 쳐다봤다. 어제 키스를 한 여운이려나. 무지무지 귀엽기는 하지만.

217

"전 괜찮아요. 미츠키 씨야말로 괜찮으신가요?"

"응. 고마워. 그럼, 갈까."

우리는 둘이서 집에서 나왔다. 그렇다. 「둘이서」 같이, 규가 지정한 시나가와에 있는 초일류 호텔에 가기로 했다. 물론 그쪽에 도착하면 내가 혼자서 규와 네네 씨를 상대해야 한다. 하지만 갈 때와 올 때는 계속 같이. 내가 라운지에서 규랑 어머니와 차를 마시고 있을 때도, 미츠키 씨는 조금 떨어진 곳에서 상황을 지켜보기로 했다. 이렇게 하면 미츠키 씨도 나도 안심할 수 있다. 미츠키 씨, 변장용 선글라스도 챙겨 나왔으니까.

"시나가와 역 바로 앞에 있는 호텔이었죠."

"그 호텔, 생김새는 보통 빌딩처럼 보일지도 모르겠지만, 상당히 비싼 곳이거든?"

초여름 햇살에서 하얀 피부를 지키기 위해, 미츠키 씨가 양산을 썼다.

내 스마트폰으로 오늘 만나기로 한 호텔을 확인하면서 걷고 있는데, 갑자기 미츠키 씨가 내 팔을 세게 잡아당겼다.

"왜, 왜 그러세요?"

"저기 모퉁이에 치마 입은 여자애. 아이리 아냐?"

미츠키 씨가 바로 백에서 선글라스를 꺼냈다. 미츠키 씨가 말한 쪽을 봤더니, 고개를 옆으로 돌리고 있어서 얼굴은 안 보이지만, 낯익은 중학교 제복과 입에 물고 있는 사탕의 막대가 보였다. 아이리가 틀림없겠지. 미츠키 씨가 말없이 걸어가는 속도를 늦췄고, 나랑 다른 길로 갔다. 둘이서 돌아다닐 때 누구한테 들킬 것 같은 상황에 대한 대처 방법은 이미 전부 생각해뒀다.

현지에서 보자고, 눈짓으로 신호를 보냈다. 양산을 쓰고 선글라스도 꼈으니까 아이리는 어떤 절세 미녀가 동네를 돌아다니고 있다는 정도로 생각하겠지.

내가 막대 달린 사탕을 물고 있는 사람을 향해 곧장 걸어갔더니, 그 사람이 고개를 돌렸다. 역시나 아이리였다.

"야호~☆ 아이리야☆"

"……왜 여기 있는데."

"뭐라고 했어?"

"그냥 혼잣말."

갑자기 아이리가 활짝 웃었다.

"웬일이야 치사토? 그렇게 열심히 차려입고."

"차려입다니……."

아이리가 물고 있던 사탕을 꺼내서 나한테 들이댔다.

"아, 알았다. 데이트하러 가는구나☆"

"데이트…… 뭐, 데이트라고 해야겠지."

"뭐야, 꽤 애매하게 말하네."

"이래저래 사연이 있거든, 어른들 세상에는."

"치사토 주제에 무슨 소리야. 짜증 나."

아이리가 나한테 헤드록을 걸었다. 이 자식, 날씬한데도 힘은 엄청나다니까.

"항복, 항복!" 내가 반소매 차림인 아이리의 팔을 두드렸다.

"항복했어?" 아이리가 날 놔줬다.

"항복이라고."

"가슴에다 머리를 열심히 들이대는 변태 오빠."

"네가 헤드록을 걸어서 그런 거잖아?!"

아이리가 깔깔 웃었다. 나는 목을 푸는 척하면서 미츠키 씨가 걸어간 쪽을 슬쩍 봤다. 미츠키 씨는 보이지 않는다. 지금 아이리가 한 말을 못 들은 것 같아서 다행이다.

"넌 항상 재미있어 보이고, 참 좋겠다."

"에헴~."

"뭐, 네가 즐거워한다면 오빠는 뭐든지 다 좋으니까."

내가 씁쓸하게 웃으면서 그렇게 말했더니, 아이리가 갑자기 얼굴에서 웃음을 지웠다.

"그래서, 진짜로 어디 가는 건데?"

"네가 말한 대로, 데이트야. ……왜 주먹을 꽉 쥐는데?! 내 말 좀 들어봐."

나는 아이리한테 오늘 있을 일에 대해 대략적으로 설명했다. 한마디로 내가 하루 동안 규의 남자 친구 역할을 한다는 얘기다.

내 말을 다 들은 아이리가 어째선지 불같이 화를 냈다.

"뭐어어어어?! 무슨 생각인데, 치사토?!"

"너야말로 왜 그렇게 화를 내는데?!"

"화 안 났어!!"

아이리의 펀치를 경계했더니 돌려차기가 날아왔다.

"아프잖아. 너, 내가 샌드백인 줄 아냐."

"시끄러, 닥쳐."

중학생 정도면 남자보다 여자애들이 힘이 더 센 경우가 있는데, 아이리는 그 전형적인 케이스였다. 여자 테니스부 주제에 한 방 한 방이 묵직하다. 무술 같은 건 배우지도 않았을 텐데…….

연속으로 날아오는 발차기 앞에, 나는 급소를 막는 게 고작이었다.

"크악. 왜 내가 이렇게까지 공격당해야 하는 건데."

"바보 아냐, 치사토?!"

"바보라는 건 인정하는데, 난 공격하는 이유를 물어—— 크억."

배에 한 방 맞았다.

날 실컷 걷어차고 기분이 조금 진정됐는지, 아이리가 공격을 멈췄다. 아이리는 어깨까지 들썩이면서 숨을 쉬고 있다.

"진짜, 치사토가 무슨 생각 하는지 하나도 모르겠거든."

"나, 나도 네가 무슨 생각인지 하나도 모르겠다."

배를 감싸면서 받아쳤더니, 아이리가 또 화난 것 같은 얼굴이 됐다.

"그치만, 치사토, 그 선생——."

"뭐?"

내가 물었더니 아이리가 큰 소리로 혀를 찼다.

"——아무것도 아냐. 콱 죽어버려."

마지막으로 한 방, 아이리는 내 허벅지에 돌려차기를 날리고는 몸을 홱 돌려서 걸어가 버렸다. 나도 모르게 무릎을 꿇었다. 상당히 아팠다.

"정말이지, 대체 뭘 하려던 거냐고……."

나는 일어나서 더러워진 옷을 털었고, 서둘러 역으로 향했다.

아이리와의 전투라는 전혀 상정하지 못한 일이 있기는 했지만, 시간 여유를 두고 출발한 덕분에 큰 문제가 없었다. 규가 지정한 곳은 전철 JR 시나가와역의 미나토미나미 출구에서 바로 연결된 호텔의 26층에 있는 레스토랑이었다.

고급스러운 나무 테이블과 의자들이 줄지어 놓여 있고, 이미 몇 팀의 손님들이 식사를 하고 있었다. 천장이 높고 밝은 데다 곳곳에 심겨 있는 대나무 몇 그루가 「비싸 보이는 장소」라는 분위기를 더욱 강조해주고 있었다. 바깥쪽을 보니 커다란 창 너머로 시나가와의 시가지가 보였다.

혹시라도, 내 돈을 내고 올 곳이 아니다.

내가 두리번거리고 있었더니 검은색 상의와 나비넥타이를 한 웨이터분이 날 보면서 웃어주셨다. 나도 웃는 얼굴로 인사를 했지만, 말을 걸지 않도록 최대한 멀리 떨어졌다.

약속 시간은 오전 11시 30분. 지금은 11시. 어떻게 30분 전에는 도착했다.

주위를 둘러보니 규는 아직 안 왔다.

"치사토 군." 미츠키 씨 목소리가 들렸다.

고개를 돌렸더니 초절 미인 모드로 생글생글 웃으면서 손을 흔들고 있었다. 초절 미인 모드의 미츠키 씨는 고급 호텔에서도 아무런 위화감이 없이 잘 어울렸다. 가끔씩 어떤 할아버지가 미츠키 씨의 얼굴을 보면서 걸어가다가, 옆에 있는 부인분께 팔을 얻어맞았다. 사모님, 더 혼내주세요.

"미츠키 씨. 일찍 도착하셨네요."

나는 벌써부터 이 공간의 분위기 때문에 주눅이 들어가고 있었지만, 미츠키 씨의 웃는 얼굴 덕분에 살았다.

"아니, 조금 전에 도착했어. 처음 들어와 봤는데, 엄청나게 비쌀 것 같은 곳이네."

"긴장돼요."

"나도."

미츠키 씨가 피식 웃었다. 아무리 봐도 그렇게 보이지 않지만, 굳이 말한 걸 보면 미츠키 씨도 마음속으로는 조마조마하고 있다는 뜻이겠지.

"미츠키 씨, 여기랑 정말 잘 어울리는데요."

"그래? 고마워. 아아, 이렇게 좋은 곳은 아니지만, 딱 한 번 가족하고 시나가와에 있는 호텔에서 식사한 적이 있었어. 역 반대쪽에 있는 호텔이었지. 극장에서 『마이클 잭슨의 디스 이즈 잇』을 보고 나서."

마이클 잭슨이 죽었을 때 일은 예전에도 미츠키 씨가 잠깐 말한 적이 있었지.

"헤~ 마이클 잭슨이 영화에도 출연했나요. 어떤 내용이었어요?"

미츠키 씨의 움직임이 순간, 완전히 정지했다. 어라? 이거 혹시……

스마트폰을 꺼낸 미츠키 씨가 무표정한 얼굴로 검색을 시작했다.

"마이클 잭슨, 2009년 6월 사망. 그렇구나~ 이번 달로 딱 10년이구나~. 팝의 제왕도 세대 차이는 어쩔 수 없구나~."

미츠키 씨가 먼 곳을 보는 눈으로 미소를 지었다.

"저기요, 미츠키 씨?"

"교제(임시)를 시작했을 때도 말했지만 마이클 잭슨이 갑자기 죽어서 전 세계가 슬퍼했거든~. 그래서 예정돼 있던 런던 공연 리허설 영상을 바탕으로 만든 영화였거든~. 그게 『마이클 잭슨의 디스 이즈 잇』이야."

"아…… 마이클 잭슨, 좋아하셨군요."

"오늘 집에 가면 오랜만에 들어볼까……."

"저, 저한테도 추천하는 곡 좀 알려주세요."

그랬더니 미츠키 씨 눈에 생기가 돌아왔다.

"오늘 밤엔 잠 못 잘걸?"

"미, 미츠키 씨?!"

새도복싱을 해야 할 사건 발생. 하지만 여기서는 할 수 없다. 미츠키 씨가 힘을 낸 건 다행이지만.

"그러고 보니까 아이리, 무슨 일이었어?"

"몰라요."

내가 아이리한테 당한 공격들에 대해 보고하려고 했을 때, 내 스마트폰이 울렸다. 규한테서 온 연락이다. 앞으로 10분 정도면 도착한다고.

"그럼 치사토 군. 열심히 해."

"예."

미츠키 씨가 슬쩍 내 곁을 떠났다. 레스토랑에 들어가서 안쪽 자리에 앉았다. 웨이터 분에 대한 대응도 차분하고 기품이 넘쳤는데, 역시 미츠키 씨다. 아무렇지도 않은 얼굴로 발이 걸려서 넘어졌다. 초절 미인 모드라도 본질은 수수한 교사 모드였다. 그런 점이 귀엽지만.

엘리베이터 홀에서 규와 어머니를 기다리는 나. 규가 LINE으로 연락한 지 8분 정도 지났을 때였다.

엘리베이터가 올라와서 26층에서 멈췄다.

문이 열리자 반짝반짝 빛나는 것 같은 미모의 네네 씨가 서 있었다.

"어머나, 오래 기다리셨나요."

상냥하게 미소 짓는 네네 씨. 아무리 봐도 고등학생 딸이 있는 사람 같지 않게 젊고 싱싱한 아름다움. 게다가 미츠키 씨보다 농후한 성인 여성의 색향이 넘쳐나고 있다. 오늘도 눈이 번쩍 뜨일 것 같은 극상급 기모노를 입고 있으셨다.

"아뇨, 무슨 말씀을. 나── 저도 지금 막 왔거……."

말을 끝까지 마치지 못했다. 네네 씨의 모습을 보고 주눅이 든 탓도 있지만, 네네 씨 뒤쪽에 숨는 것처럼 서 있는 규를 봤기 때문이다.

슈는 하얀 원피스를 입고 있었다. 곳곳에 레이스가 들어간 그 원피스는 시원해 보이고, 디자인도 키가 작은 규한테 너무나 잘

225

어울렸다. 사이드 테일 머리카락은 그대로. 당연하지만 평소에 걸고 다니던 DSLR 카메라는 없다. 평소에는 호기심이 가득한 다람쥐 같은 표정인데, 얌전한 표정으로 네네 씨 뒤쪽 반걸음 정도 거리에 서 있었다. 그 서 있는 모습만으로도 이미 좋은 집 아가씨 같은 아우라가 완전히 전개되고 있다.

"후지모토 군, 오늘은 바쁘신 와중에 저희 어머니의 고집에 어울리시게 해서 정말 죄송합니다."

규가 정중하게 고개를 숙였다. 누구야, 애. 목소리 톤, 어휘 선정, 몸짓까지 전부 좋은 집 아가씨잖아. 우리 미츠키 씨도 초절 미인 모드에서 건어물녀 모드 극치까지 변화의 폭이 심한 사람이기도 하지만, 규도 그런 건가? 아니면 여자들은 전부 이런 걸까…….

"아, 아냐…….."

내가 횡설수설하려고 하는데, 네네 씨가 규한테 '떽' 하는 표정을 지었다.

"하루코, 내 고집이라니, 그게 무슨 말인가요?"

"죄송해요, 마마. 하지만 후지모토 군한테도 예정이 있을 텐데 무리해서 부탁한 건 사실이 아니던가요."

"그렇군요. 후지모토 군, 오늘은 부디 잘 부탁드리겠습니다."

안 되겠다. 두 모녀의 첫 일격이 너무 엄청나서, 난 인사도 제대로 못 했다. 어떻게든 만회해야—.

"저, 저야말로. 안녕하세요, 후지모토 치사토입니다. 감히 하루코 양과 교제하고 있습니다. 오늘은, 자, 잘 부탁드리겠습니다."

네네 씨가 멋진 미소를 지어주셨다. 얼굴에 「합격」이라고 쓰여 있는 것 같았다.

이 짧은 시간 동안에, 나는 이 사람들처럼 될 수 없다는 사실을 뼈저리게 느끼고 말았다.

그나저나 이렇게까지 변모한다는 얘기는 못 들었거든, 규?!

내 항의하는 눈길을 보고 뭔가 착각한 건지, 규가 살짝 고개를 숙이고 쑥스러워했다. 솔직히 말해서, 귀엽기는 하거든? 내가, 여자애들이랑 밖에서 사적으로 만날 기회가 없었기 때문에 큰 참고는 못 될지도 모르겠지만, 이 '좋은 집 아가씨' 규가 눈길을 주면 어지간한 남자들은 순식간에 반해버리겠지. 규가 이 정도인데 규의 어머니인 네네 씨가 인기가 있었던 것도 당연한 일이겠지.

네네 씨가 우리를 레스토랑으로 안내했다. 예약해둔 것 같지만, 이름을 말하기도 전에 웨이터분이 한층 환하게 웃으면서 아주 정중하게 안내해줬다. 시야 한쪽에서 케이크와 홍차를 즐기고 있는 절세미인이 있는지 확인했다. 규 옆자리에 내가 앉고, 규 맞은편에 네네 씨가 앉았다.

"뭐든지 원하시는 것으로 드세요."

"아, 예."

코스 4,500엔, 수프 단품만 해도 1,000엔이 넘잖아…….

"학교에서 하루코와 같이 점심을 나눠 드시기도 했다고 들었습니다. 그 답례라는 건 아니지만, 뭐든 드시고 싶은 걸 주문하세요."

"아, 예…….."

잠깐만. 내가 규한테 나눠줬던 점심이라고는 한 개에 백 몇십

엔짜리 한판 승부인데. 등가교환이 성립되질 않잖아.

내가 초조해하거나 말거나, 네네 씨는 기분 좋은 표정으로 메뉴를 보고 계셨다.

"하루코, 런치 코스로 하겠니?"

4,500엔⋯⋯. 안 돼──.

내가 의자 밑에서 내 다리로 규의 다리를 살짝 건드렸다. 규가 슬며시 내 안색을 살폈다. 내 표정을 본 규가 네네 씨에게 말했다.

"마마, 전, 후지모토 군 앞에서는 창피해서 많이 먹을 수가 없어요. 하다못해 런치 세트로──."

장하다, 규. 순간, 날 보는 아가씨께서 평소의 규 같은 얼굴로 「알고 있슴다」라고 말한 것 같은 기분이 들었다.

하지만 그 런치 세트만 해도 2,800엔이나 한다. 대체 어떻게 된 거야, 고급 호텔. 하지만 비프 카레 단품만 해도 2,600엔이니까, 수프와 음료도 나오는 런치 세트 2,800엔이면 싸다고 해야 하려나.

네네 씨가 우아하게 웃었다.

"어머나, 하루코도 참 귀여운 소리를. 그럼 나도 그걸로 할까. 후지모토 씨는 어떻게 하시겠어요."

"그럼, 저도 같은 것으로."

메인 요리는 선택할 수 있었다. 네네 씨는 벤자리 포와레, 규는 연어 찜, 나는 포크 소테를 선택했다. 고기를 먹고 힘을 내지 않으면 진다.

"하루코한테 여러모로 이야기를 들었는데, 후지모토 군은 중등부에서 올라왔다고 하더군요. 중등부 때는 학생회 임원도 맡으셨다고요?"

"예, 부회장이다 보니 그렇게까지 큰일을 한 건 아니었습니다."

"어머나, 참 겸허하군요."

사실을 말했을 뿐인데. 네네 씨의 아름다운 오해는 정정하지 않고 그냥 두자.

"마마, 후지모토 군이 지금은 위원회 같은 데 가입하지 않았지만, 반에서는 사람들을 잘 이끌어서 운동회 우승에 공헌하셨어요."

"그렇게 따지자면 규── 하루코 양이야말로 우리 반의 분위기 메이커잖아."

규가 미소를 지으면서 계속 말했다.

"저는, 처음에는 줄지어 달리기에서 다른 분들께 방해만 됐었지만, 후지모토 군 덕분에 요령을 파악했답니다."

"그거, 대단하구나. 저희 하루코가 운동을 잘 못하는 탓에 후지모토 군도 고생이 많으셨군요. 정말 감사합니다."

네네 씨가 나한테 고개를 숙였지만── 그건 아니다.

"그런 게 아니었습니다." 나는 규의 발언을 정면으로 부정했다. "규…… 하루코 양은 남들보다 훨씬 노력하는 사람입니다. 아침에 누구보다 일찍 와서 연습했고, 점심시간에도 방과 후에도 열심히 노력했습니다. 내…… 제게 고맙다고 하실 게 아니라, 하루코 양의 노력을 더 칭찬해주셨으면 싶습니다."

네네 씨가 깜짝 놀란 표정을 지었다. 그 얼굴을 보고 내가 너무 주제넘은 소리를 했나 싶었지만, 어쩔 수 없는 일이다. 최종적으로는 파국을 맞이했다고 보고해야 하는 관계니까, 어느 정도 네네 씨를 놀라게 해드려도 되겠지.

그리고 규는 정말로 열심히 노력했으니까. 나보다 훨씬 진지하게.

"그랬군요. 하루코, 네 노력도 정말 훌륭했다는 것 같구나."

"고맙습니다, 마마."

수프가 왔다.

네네 씨와 규가 스푼을 들 때까지 기다렸다가 나도 먹기 시작했다. 겉보기에는 그냥 평범한 콘 포타주인데, 정말 맛있었다.

"운동회 하니, 후지모토 군은 꾸미기 체조 때 다치셨다는 것 같더군요."

"예, 조금 실수를 했습니다."

"많이 다치지는 않았나요?"

네네 씨가 걱정하는 표정으로 물었다.

"타박상을 조금 입는 정도로 끝났습니다. 내년에 다시 짝짓기 체조를 해도 문제없을 것 같고요."

문득, 네네 씨의 시선이 내 눈보다 아래쪽을 보고 있다는 걸 알아차렸다. 네네 씨가 보고 있는 건 내 손과 입가. 그렇구나. 네네 씨는 이야기를 하면서도 내 식사 태도 같은 것들을 관찰하고 계신 건가. 그래서 음식 종류도 많고 나이프와 포크를 잔뜩 사용하는 코스를 권했는지도 모르겠다. 그냥 상냥한 사람이 아닌, 네네 씨의 만만치 않은 일면을 얼핏 본 것 같은 기분이 들었다.

"다친 얘기 하니까, 전원 이어달리기 때……." 규가 미안해하는 표정을 지었다.

"하하하, 넘어졌었지." 내가 씁쓸하게 웃었다.

"그랬었죠. 열심히 달린 뒤에 넘어졌는데, 그때야말로 많이 다치지는 않았나요."

"다리에서 피가 조금 나긴 했지만, 이미 다 나았습니다."

다시 수프를 먹으려고 했지만, 규가 너무나 미안하다는 분위기로 입을 열었다.

"마마, 후지모토 군이 다친 건 그 앞 주자인 제가 바턴을 떨어트려서 뒤처졌기 때문이에요. 안 그래도 꾸미기 체조 때 타박상을 입은 상태에서 무리를 한 탓에, 넘어졌고. 그때는 저, 정말로 가슴이 너무나 아파서……."

규의 목소리에 축축한 기운이 섞였다. 내가 규 쪽을 봤더니, 연기가 아니라 정말로 눈에 눈물이 고여 있었다. 그 얼굴을 보니 한숨이 나올 것 같았다.

이번 일도 그렇지만, 규는 하고 싶은 말을 다 하는 척하면서도 중요한 일은 하나도 말하지 않았다. 나한테도, 아마 네네 씨한테도. 고등학생이라는 건 원래 그런 법이지만, 그래도, 눈물이 날 정도로 괴로웠다면 확실하게 말하라고. 잘 들어줄 테니까.

그리고 말이야—— 난 규 네 눈물 같은 건 보고 싶지도 않다고.

"저기, 하루코 양. 바턴은 떨어트릴 수도 있는 거야. 그 뒤에, 하루코 양도 지금까지 본 것 중에서 제일 열심히 달려서 뒤처진 걸 만회하려고 했잖아."

"하지만……."

"나한테 바턴을 줄 때 그 울먹이는 얼굴을 봤으니, 나도 열심히 달릴 수밖에 없고. 내 몸 상태 같은 건 신경 쓸 필요 없어. 여자를 울리면 안 되니까."

"예."

고개를 끄덕이고, 백에서 손수건을 꺼내서는 자기 눈가를 찍어서 눈물을 닦는 규를 보고, 나도 모르게 평소 말투로 말했다는 사실을 깨달았다. 모른 척 네네 씨 쪽을 슬쩍 봤더니, 네네 씨는 미소를 지으면서 수프의 마지막 한 모금을 입에 가져가고 있었다.

레스토랑이 점심을 먹으러 온 손님들로 거의 가득 찼다. 각 테이블에서 이야기하는 소리가 적당히 울리는 게 기분이 좋다.

메인 요리가 왔다. 큰 접시에 멋지게 담겨 있다. 소스도 꼼꼼하게 뿌린 게 정말 멋지다. 패밀리 레스토랑의 포크 소테와는 겉모습에서 느껴지는 풍격부터 엄청나게 다르다. 식사 매너 체크 제2탄이 시작됐구나. 힘내자.

그 때, 또다시 엄청나게 직설적인 질문이 날아왔다.

"후지모토 군은, 우리 하루코가 마음에 드시나요?"

언젠가는 물어볼 거라고 생각했지만, 설마 이 타이밍에서 올 줄이야. 요리 쪽으로 향하려던 포크와 나이프를 잠깐 멈추고, 대답했다.

"처음에는 그 귀여운 외모에 마음이 끌렸습니다. 하지만 그건 하루코 양의 표면에 불과합니다. 신문부에서 활약한 것과 반에서 분위기 메이커 역할을 하는 모습, 열심히 노력하는 점, 그런 하루코 양의 좋은 모습에 마음이 크게 이끌렸습니다. 어머님, 하루코 양이 쓴 신문 원고를 읽어보신 적은 있으십니까? 취재 대상을 적절하고 정확하게 포착해서 정말 재미있습니다."

내가 그렇게 대답했더니 규가 얼굴이 새빨개져서 고개를 숙였다. '뭐예요. 창피해요 후지모토 군' 같은 말이라도 하면 정말 완벽할 텐데, 그냥 새빨개지기만 했을 뿐이다.

내가 부끄러워하지도 않고 그런 말을 할 수 있는 데는 한 가지 비밀이 있었다. 그것은 내 뒤쪽에서 느껴지는, 선글라스를 쓴 절세 미녀가 내뿜는 '크으으으윽' 하는 사념의 파동. 미인 네네 씨를 보고 반하는 건 아닌지, 규의 귀여운 모습을 보고 헤벌쭉한 건 아닌지 진지하게 따져대는 것 같은 그 사념이 무서워서, 오히려 냉정하게 미션에만 집중하고 있었다. 인간의 성장에는 적절한 공포가 필요하다고, 마키아벨리가 말했을 것 같은데 말이야.

그때였다.

아주 맛있는 포크 소테를 씹고 있는데, 점심을 먹는 사람들의 소리가 울리는 레스토랑 안을 빠른 걸음으로 다가오는 발소리가 들려왔다.

발소리의 주인을 보고, 정말로 심장이 멎는 줄 알았다.

"아이리?! 어째서 여기에──."

고급 호텔 레스토랑에 어울리지 않는, 막대 달린 사탕을 입에 문 여자 중학생이 런웨이에서 포즈를 취하는 모델 같은 자세와

승리를 확신하는 것 같은 미소를 지으면서 우리를 내려다봤다.

네네 씨가 의아하다는 표정으로 네네와 나를 번갈아 가며 쳐다봤다.

"어머나, 이쪽 아가씨는, 후지모토 군과 아는 분인가요?"

그 질문에는 대답하지 않고, 아이리는 내 옆에 와서 서더니, 내 목을 꽉 끌어안으면서 옆으로 누운 V사인.

"처음 뵙겠습니다아☆ 제가 치사토의 진짜 연인 아이리예요~☆"

순간, 레스토랑 전체가 조용해진 건 기분 탓일까.

바로 다시 소리가 울리기 시작했지만, 몇 사람은 슬며시 이쪽을 보고 있다.

"아, 아니에요. 아이리 너, 무슨 소리를 하는 거야."

"당황하기는~ 귀엽게~☆"

"후, 후지모토 씨?" 네네 씨가 경악했다.

"아니에요. 이 녀석은 제 동생이고."

"동생이라고 하지만, 치사토랑 나, 얼굴이 하나도 안 닮아서 아무도 안 믿거든?"

"피가 이어지지 않았으니까 당연하잖아."

"그럼 남이네. 남을 '동생'이라고 부르다니, 무슨 야겜이야?"

"아이리!!"

등장한지 1분도 안 돼서 모든 것을 부숴버렸다.

얼빠진 표정을 짓고 있던 규가 벌떡 일어났다.

"무슨 말씀이신가요, 제가 후지모토 군의 여자 친구입니다."

얼굴이 삶은 문어처럼 새빨개졌으면서도 비장한 사명감을 품고 반론했지만, 상대가 좋지 않았다. 아이리는 내 머리에 자기 가슴을 문질러대면서 말했다.

"말해줘, 치사토. 한 지붕 아래에서 살았다고."

"동생이니까!"

네네 씨가 어찌해야 좋을지 모르겠다는 표정을 짓고 있는데, 벼락이라도 떨어진 것 같은 목소리가 날아왔다.

"저, 저야말로 치사토 군의 진짜 여자 친구입니다."

선글라스를 벗은 절세 미녀, 초절 미인 모드의 미츠키 씨가 드디어 강림했다. 누가 나 좀 살려줘.

"이제야 튀어 나왔네." 아이리가 혀로 입술을 핥았다.

"아이리 씨한테는 못 줘요. 치사토 군은 제 사람입니다."

미츠키 씨 눈이 빙글빙글 돌고 있다.

"미츠키 선⋯⋯ 씨, 잠깐만 기다려 주세요. 후지모토 군은, 오늘은 저와 같이 하기로 했습니다만?!"

눈앞에서 펼쳐지는 막장 드라마. 나는 냅킨으로 입가를 닦고 물을 마신 뒤에 머리를 쥐어뜯었다.

"후지모토 씨."

그때, 이쪽도 어지러워서 쓰러질 것 같은 얼굴인 네네 씨가 힘없는 목소리로 내 이름을 불렀다.

"예. 무슨 일이신가요."

"──자세히 말씀해주실 수 있을까요."

네네 씨, 힘이 없는 것처럼 보이지만 눈빛은 레이저처럼 날카로웠다.

나는 먼저 규의 손을 잡아서 의자에 앉혔다. 그다음에 다시 한 번 아이리를 야단치고, 미츠키 씨한테는 "진정하세요"라고 달랬다.

"치사토, 나만 너무 막 대하는 거 아냐?"

"시끄러워. 오빠 진짜로 화낸다."

아이리가 막대 달린 사탕을 입에 문 채로 고개를 돌렸다.

이대로는 전부 앉을 수 없기 때문에, 웨이터분께 부탁해서 옆에 있는 6인용 테이블로 이동했다. 음식도 옮겨달라고 했지만, 솔직히 말해서 먹을 상황이 아니다.

6인용 테이블 앞에 네네 씨. 한 자리 건너서 나. 규, 아이리, 미츠키 씨의 '세 명의 여자 친구'가 맞은편에 앉았다.

다른 손님들도 분위기를 파악했는지, 쓸데없이 이쪽을 구경하려는 사람은 없다. 이게 부유층들의 배려라는 걸까.

그러는 동안에 네네 씨가 시원한 페리에를 주문했다. 메뉴에는 없었지만 바로 가지고 왔다. 잔에 따른 페리에를 단숨에 마신 네네 씨가, 우리 네 명의 얼굴을 봤다.

"자——" 네네 씨가 상황을 확인하기 시작했다. "하루코. 마마를 속였구나?"

화난 목소리는 아니다. 오히려 상냥한 목소리였는데, 그게 되레 무서웠다. 나는 네네 씨의 얼굴을 똑바로 볼 수가 없었다. 규도 마찬가지인지, 네네 씨한테서 눈을 돌리고 무릎 위에 있는 손을 꼭 쥔 채로 대답했다.

"예."

"마마가 네게, 남자 친구를 소개해 달라고 자꾸만 재촉해서 그랬나요."

"…………."

규가 말문이 막혔다.

"하루코 양은 어머님과 아버님이 안심하시도록 하려고――."

그때, 미츠키 씨가 끼어들려고 했지만 네네 씨가 제지했다.

"저는 지금 딸과 이야기하고 있습니다. 당신의 이야기는 그 뒤에 듣겠습니다."

대단하다. 초절 미인 모드인 미츠키 씨를 한 마디로 제지했다. 이게 어머니의 힘이다.

우리들 앞에도 페리에가 나왔다. 아이리가 제일 먼저 마셨다.

규가 고개를 숙였다.

"거짓말을 해서 정말 죄송합니다."

네네 씨가 한숨을 쉬었다.

"내가 후지모토 씨를 마음에 들어 해서, 아버지께 소개해드리려고 했으면 어쩔 생각이었니."

"그때는, 싸워서 헤어졌다고 말할 생각이었습니다."

네네 씨가 다시 한번 한숨을 쉬었다.

하지만, 그 얼굴은 의외로 밝은 표정이었다.

"이게 대체…… 그때야말로 거짓말이 들키지 않겠나요. 후지모토 씨는 그런 사람이 아니니까."

"예?"

나도 모르게 물었지만, 네네 씨는 살짝 미소만 지어 보였을 뿐이고 대답은 하지 않았다.

"그리고 당신, 아이리 양, 이라고 했던가요. 당신은──?"

아름다운 네네 씨가 허리를 곧게 편 바른 자세를 하고 묻자, 아이리도 자세를 바로잡았다.

"갑자기 이렇게 찾아와서 정말 죄송해요. 후지모토 아이리라고 합니다. 치사토의 의붓여동생이예요."

"의붓여동생 분……?"

네네 씨가 살짝 고개를 갸웃거려서 내가 설명했다.

"저를 낳아주신 어머니는 제가 중학교 1학년 때 돌아가셨습니다. 아이리도 친아버지께서 아이리가 초등학교 때 돌아가셨고요. 그 뒤에 저희 아버지와 아이리의 어머니가 재혼하셨고, 저희는 피가 이어지지 않은 남매가 됐습니다……."

내 설명을 들은 네네 씨와 규의 얼굴에 연민하는 것 같은 기색이 깃들었다. 하지만, 그런 표정을 지어주는 건 마음에 들지 않았다. 아마 아이리도 마찬가지겠지. 왜냐하면 우리는 「불쌍한」게 아니니까.

"그러셨군요. 그런데, 대체 왜──?"

"오늘 아침에, 외출하려는 치사토── 오빠한테, 오늘 뭘 할지를 들어서. 오빠한테는 여자 친구가 있는 걸로 알고 있는데, 왜 그런 짓을 하는 건가 싶어서──."

"아무리 그렇다고 해도, 아까 그건 너무 하시지 않았나요?"

"예. 정말 죄송합니다.

아이리가 야단맞고 있는데 나까지 주눅이 들었다. 왠지 친어머니한테 혼나는 것 같은 기분이 든다. 갑자기, 네네 씨의 얼굴이 풀어졌다.

"하지만, 오빠가 왜 그런 짓을 하는지 이해할 수 없어서 화가 났다는 마음은 이해합니다. 정말 미안하군요."

"예?" 아이리의 눈이 휘둥그레졌다. 눈가는 살짝 촉촉해졌고.

네네 씨가 마지막으로 미츠키 씨 쪽을 봤다.

"하루코도 아니고 아이리 양도 아니라면…… 당신이 후지모토 양의 진짜 여자 친구, 인가요?"

"예" 미츠키 씨가 네네 씨를 똑바로 보면서 대답했습니다. "후지모토 치사토 군과 교제하고 있습니다."

네네 씨가 깊은 한숨을 쉬고는 날 쳐다봤다.

"아름다운 분이시군요. 마치 배우 같아요. 이런 사람이 있다면, 분하지만 저희 하루코는 눈에 차지도 않겠죠?"

짓궂어 보이는 미소를 지은 네네 씨에게, 내가 당황해서 대답했다.

"아니, 그런 건 아닙니다. 규── 하루코 양도 하루코 양 나름대로 귀엽다는 것은, 저와 미츠키 씨의 공통된 의견입니다."

"후후후. 고마워요"라고 말하고, 다시 미츠키 씨 쪽으로 고개를 돌렸다.

"미츠키 씨, 였죠. 실례지만 나이가 어떻게 되시나요."

"현재 만으로 스물다섯입니다. 올해 12월에 만으로 스물여섯이 됩니다."

"그렇다면, 후지모토 군과는 열 살 차이."

"예."

그 점에 대해서 뭔가 따지고 들면 있는 힘껏 받아쳐야겠다고 생각하고 있었는데, 네네 씨가 즐거워하는 표정을 지었다.

"우후후. 좋군요. 역시 젊은 남자를 자기 취향대로 키워가는 건, 정말 재미있죠?"

"호냐아아아?! 저, 저, 저는 그런 야망 같은 건 절대로——."

동요한 미츠키 씨가 평소 분위기로 돌아와 버렸다. 네네 씨는 모른 척하고 계속해서 말했다.

"후지모토 씨도 나이에 비해서 상당히 착실한 것처럼 보입니다만, 연상인 분과 교제한 덕분이었던 것 같군요."

"아으, 아, 아으……." 미츠키 씨가 살짝 산소 결핍 증상을 보이고 있다.

"저희는 남편과 나이가 같다 보니 그럴 수는 없었지만, 예전에는 연하 남성과 교제한 적이 있었지요. 정말 귀엽죠. 연하 남자는."

네네 씨가 웃는 얼굴로 미츠키 씨 쪽을 봤다.

"예?" 미츠키 씨가 식은땀을 흘렸다.

"응?"

"그게……."

"음~?"

대답은 「예」나 「Yes」로만 하라는 얼굴이었다.

얼굴이 새빨개진 미츠키 씨가 결국 포기하고 말았다.

"아, 예…… 정말—— 귀엽습니다."

고문이다. 내 귀까지 뜨거워지는 게 느껴진다. 어머니에게 자기와 사귀는 사람을 소개할 때 이런 기분이 들려나. 그렇다면, 규는 정말 잘했다고 봐야겠지.

갑자기 네네 씨가 큰 소리로 웃었다.

"우후후후. 후후후후, 아하하하――."

"마마" 규가 갑자기 웃음을 터트린 네네 씨를 보면서 걱정하는 표정을 지었다.

"후후후. 아~ 후련하다. 엄마의 순진한 마음을 짓밟은 데 대한 보복은, 확실하게 했습니다."

"심려를 끼쳐서 정말 죄송합니다."

내가 고개를 숙이고 말하자 네네 씨가 태도를 바로잡았다.

"후지모토 씨, 그리고 여러분, 이번 일은 전부 제 지레짐작 때문에 벌어진 일입니다. 하루코가 이 어리석은 어미를 위해서 여러분께 무리한 부탁을 드렸겠지요. 모든 것은 제 책임입니다. 이런 바보 같은 짓에 어울리시게 해서 정말 죄송합니다."

네네 씨가 우리를 향해 고개를 깊이 숙였다. 나는 미츠키 씨와 얼굴을 마주 봤다. 규가 네네 씨의 모습을 보고는 깜짝 놀랐다. 아이리도 독기가 빠져나간 것 같은 표정을 지었다.

"네, 네네 씨?!"

나도 모르게 말을 걸었더니, 네네 씨가 고개를 들고 뺨에 손을 얹었다.

"'네네 씨'라고 불러주시니, 꽤나 신선하고 좋은 기분이 드는군요. 그런데, 하루코."

네네 씨가 사랑하는 자식에게만 보여주는 표정을 지으며 규에게 말을 걸었다.

"예."

"마마는 오늘, 후지모토 씨를 만나서 다행이라고 생각합니다."

"또 뭐가 있는 건가요?" 아이리가 실례되는 소리를 했다.

"아이리!"

네네 씨는 무례한 말을 한 아이리도 웃으면서 용서해줬다.

"후후후. 좋군요. 그 정도 말은 하고 싶어질 만도 할 테니. 그나저나 하루코, 네 사람 보는 눈은 잘못되지 않았구나. 그걸 알게 된 것만으로도 정말 기쁘단다. 큰 수확이었어."

"마마, 그게 무슨 의미신가요?"

"처음부터 이상한 사람을 데리고 와서 나를 화나게 할 수도 있었겠지. 하지만 하루코는 그렇게 하지 않고 후지모토 씨를 데리고 왔잖니. 그 후지모토 씨는 확실하게 남자 친구로서 행동해줬고. 남자 친구라는 것이 연기라고 해도, 하루코를 한 사람의 인간으로서 확실하게 존중해주고 있다는 것은 후지모토 씨의 말을 통해서 잘 알 수 있었단다. 후지모토 씨 같은 친구가 있다니, 하루코는 정말로 복 받은 사람이란다. 우리 집에 대한 것을 가능한 숨기고 지금 학교에 보내기를 잘했다고, 정말 안심했단다."

"마마……."

"후지모토 씨와 미츠키 씨께는 폐를 끼치게 됐지만, 그래도 부탁을 받아들여 주셨지. 두 분께는 어떻게 사과를 해도, 감사를 해도, 모자랄 지경입니다."

나는 쑥스러워져서 페리에를 홀짝거렸다. 탄산이 좀 빠져 있었다.

그리고 잠시 후, 네네 씨가 규를 재촉해서 자리에서 일어났다.

"오늘 일에 대한 사소한 사죄의 뜻으로, 계산은 제가 하겠습니다. 미츠키 씨 케이크도 제가 내도록 하겠습니다."

"죄, 죄송합니다." 미츠키 씨, 네네 씨한테 완전히 주눅이 들었네.

"괜찮습니다. 그나저나"라고 말하더니, 네네 씨가 살짝 짓궂게 보이는 미소를 지었다.

"여자 친구분은 물론이고, 동생분께도 그렇게 인기가 좋으시다니……."

또다시 내가 되묻는 것을 허락하지 않고, 네네 씨는 그대로 나가버렸다. 뒤따라가려던 규가 잠깐 멈춰서더니 우리에게 허리를 숙여서 인사했다.

아이리가 사탕을 깨물어 부수는 소리가 레스토랑 안에 작게 울렸다.

이걸로 「잘됐네, 잘됐어」로 끝날 리가 없다.

남겨진 미츠키 씨와 이이리, 나 셋이서 반성 모임을 시작했다.

"네네 씨가 좋은 사람이라서 살았어……." 이것 말고는 할 말이 없었다.

"치사토 군, 미안해."

미츠키 씨도 풀이 죽어 있었다.

"아뇨, 애당초 갑자기 쳐들어온 아이리가 잘못한 거예요. 미츠키 씨는…… 아~ 아주 조금 잘못했고."

"미안해. ──아, 치사토 군, 기왕 이렇게 된 김에 고기 먹지 그래."

"예" 역시 고급 호텔 레스토랑, 식어도 맛있었다.

"아이리 양, 뭔가 주문하시겠어요? 제가 살게요."

네네 씨 덕분에 돈이 굳은 미츠키 씨가 아이리에게 제안했다. 아이리는 대답하는 대신 가방에서 새 사탕을 꺼내서 비닐을 벗기고 입에 넣었다.

"아이리, 대답은 제대로 해야지."

"사주시지 않으셔도 괜찮사옵니다."

"아이리."

"……내가 잘못했어. 미안해."

나는 머리를 긁고, 쓸쓸하게 웃으면서 아이리에게 물었다.

"너, 대체 왜 그런 짓을 한 거야."

그랬더니 아이리가 되레 나한테 따지고 들었다.

"치사토야말로 무슨 생각이야?! 여자 친구 있으면서 무슨 짓인데? 바보 아냐? 죽고 싶어?"

"……이런저런 사정이 있었거든. 넌 모르는 일이지만."

"자기가 불리해지면 금세 애 취급 좀 하지 마. 치사토랑 나, 한 살 차이밖에 안 나거든?"

"뭐, 그렇기는 한데."

내가 잠시 주춤한 틈에, 아이리의 분노가 미츠키 씨에게로 향했다.

"치사토 여자 친구분? 이 인간이 이렇게 바보거든요. 어느새 상대 여자한테 진심으로 빠지면 어쩌려고 그런 거죠?"

나는 아이리의 예리한 질문에 부들부들 떨었다. 미츠키 씨가 불안해하던 문제의 핵심을 정확히 찔렀다.

하지만 내가 반론하기도 전에, 미츠키 씨가 딱 잘라서 말했다.

"제 마음이 그런 이유로 불안해지고 흔들린 때도 있었지만, 저, 지금은 치사토 군을 진심으로 믿고 있어요."

미츠키 씨가 아이리를 똑바로 쳐다봤다. 미츠키 씨는 거짓말도, 얼버무리려는 말도 하지 않았다. 불안했던 것까지 있는 그대로 사실로 받아들이고, 그래도 날 믿고 있다고 말해줬다. 마치 후광이 미치는 여신님처럼 신성해 보였다.

이렇게까지 믿어주는데, 배신할 리가 없잖아

미츠키 씨의 순수함에 아이리가 잠깐 당황한 것 같더니, 어째선지 약간 분한 것 같은 표정이 됐다. 하지만 그것도 잠시, 다시 평소의 지기 싫어하는 성격과 넘쳐나는 에너지의 화신으로 돌아갔다.

"흐응~ 그렇구나."

그렇게 말하고, 아이리는 자리에서 일어나더니 미츠키 씨 팔을 붙잡았다.

"야, 뭐 하는 거야."

"아무것도 안 해. 치사토, 이 선생님 잠깐 빌릴게."

나와 미츠키 씨의 눈이 휘둥그레졌다.

"어, 어떻게 미츠키 씨가 「선생님」이라는 걸 알았는데?!"

아까 네네 씨한테도, 실례라고 생각하면서도 정체를 밝히지 않았는데.

그랬더니 아이리는 진심으로 아쉽다는 표정을 지었다.

"힌트가 너무 많았거든. 모르는 게 이상하잖아."

"크으윽……."

"그러니까, 지금부터는 여자들끼리 할 얘기. 들어오지 마. 엉큼한 인간."

아이리가 일방적으로 말을 끝내고 미츠키 씨를 끌고 가려고 한다.

하지만 미츠키 씨도 가만히 당하기만 하지는 않았다. 선생님이라는 걸 알아차릴 이상 더 이상 숨길 게 없어진 탓인지, 미츠키 씨는 오히려 차분해졌다.

"응. 나도 아이리 양이랑 확실하게 얘기를 해야, 겠지."

로비로 가자고, 미츠키 씨가 장소를 정했다. 어느새 미츠키 씨가 되레 아이리의 손을 잡아끌면서 걸어가고 있었다.

남겨진 내가 완전히 식어버린 포크 소테를 다 먹고 런치에 딸려 나오는 식후 커피까지 다 마시고도 한참 지났을 때, LINE 메시지가 들어왔다. 아이리가 보낸 메시지다.

《끝났어》

웨이터 분의 정중한 배웅에 약간 부담되는 상황에 처하면서 엘리베이터를 타고 내려갔더니, 막대 달린 사탕을 입에 문 아이리가 혼자서 짓궂게 웃고 있었다. 왠지 후련해 보이기도 했다. 나한테는 아이리의 그런 표정이, 어째선지 처음 만났던 때의 웃는 얼굴처럼 보였다.

"미츠키 씨는?"

"지금 화장 고치러 갔어."

"너, 미츠키 씨한테 이상한 소리 한 건 아니겠지."

"이상한 소리라니?"

"예를 들자면── 미츠키 씨가 울 수도 있는 얘기라든지. 그런 짓 했으면, 나 진짜로 화낼 거다."

"아하하☆ 치사토 주제에 폼 잡기는~."

큰 짐을 든 사람들이 몇 명이나 우리 앞을 지나갔다. 우리나라 사람도 있고 외국 사람도 있었다. 아이리와 둘이서, 그 모습을 지켜보면서 말을 주고받았다.

어째선지 아주 오랜만에 「여동생」과 이야기하는 것 같다는 기분이 들었다.

"아버지랑 어머니한테도 아직 말하지 말고."

"미츠키 씨 얘기?"

"그래. 때가 되면 내가 제대로 말할 테니까."

"오늘 아버지의 날인데, 집에 올── 리가 없나."

"일단…… 아버지한테 꽃은 보냈어."

"진짜?"

"나, 딱히 아버지를 싫어하는 건 아니니까. 아이리 너야말로 선물 꼭 드려라."

단체 손님들이 크게 웃는 소리가 들려왔다.

"흐응~." 아이리가 빙긋 웃었다.

"뭐야, 기분 나쁘게."

"미츠키 씨한테 들었거든? 치사토랑 그 사람, 아직 안 했다면서?"

여동생의 성희롱 발언에 나도 모르게 볼이 뜨거워졌다.

"무, 무슨 소리야 너."

"뭐, 치사토 답고 좋은 것 같은데? 치사토한테는 책상 서랍에 있는 미츠키 씨 옛날 사진이나 보면서 혼자 끙끙 앓는 게 잘 어울리니까."

"너…… 어떻게, 그 사진을——."

"내가 기억력 하나는 좋거든. 한 번 보면 절대로 안 잊어버려☆"

"정말로, 아무한테도 말하지 마라?"

화장실에 갔던 미츠키 씨가 돌아왔다. 우리를 보고는 미소를 지었다. 그 웃는 얼굴을 보고, 아이리가 이상한 소리는 안 했을 거라고 생각했다.

"치사토."

아이리가 뭔가 중요한 얘기라도 하려는 것 같은 목소리로 나를 불렀다.

"왜?"

"난 그 사람, 나쁘지 않은 것 같거든."

그 사람이란 미츠키 씨 얘기다. 아이리가 웃는 얼굴로 이렇게 덧붙였다.

"그러니까, 버림받지 않게 열심히 하라고☆"

"내버려 둬."

"키스 정도는 허락해줄 테니까."

"너······!"

이미 했거든, 이라는 말은 창피해서 할 수가 없다. 사후에 승인 받는 걸로 해도 되겠지······.

"헤헤. 아빠랑 엄마한테 미츠키 씨 소개할 때, 나도 같이 있을 거니까."

"그러든지."

또 오늘처럼, 아니면 얼마 전에 꿨던 꿈처럼 난리를 칠 생각인 가 싶었지만, 아이리가 생각도 못 했던 말을 했다.

"만약에 아빠랑 엄마가 반대하더라도, 난 치사토 편 들어줄게."

아이리는 더 이상 내 쪽을 보지도 않고, 미츠키 씨 쪽으로 걸어 갔다.

"우리 오빠, 잘 부탁드려요."

그렇게 말하면서 고개를 숙인 뒤에 호텔 밖으로 나갔다.

아이리 대신 미츠키 씨가 내 쪽으로 다가왔다. 나는 옆에 있는 미츠키 씨와 함께, 아이리의 뒷모습이 시나가와역으로 사라지는 모습을 가만히 지켜봤다.

에필로그 🌍

　중간고사가 끝났다.

　고등학교에 들어와서 첫 정기 시험이고, 네네 씨와 이런저런 일이 있었던 다음날부터 시험이 시작된 탓에 어떻게 되려나 가슴이 두근거리기는 했지만, 생각만큼 어려운 문제는 없어서 다행이었다. 그나저나 여덟 개 과목 중에 제일 어려웠던 것이 지구과학. 미츠키 씨, 어느새 이런 문제를 만들어뒀던 걸까……

　일단 시험 결과가 나오고 다들 동아리 활동을 하러 가버린 방과 후의 교실에서, 규가 평소대로 DSLR 카메라를 들고서 내 자리로 다가왔다.

　"중간고사 보느라 수고하셨습다."

　"응, 수고했어. 그 활짝 웃는 표정이 보기 좋은데."

　"그렇슴까."

　"그래서, 규는 시험 결과 어떻게 나왔어?"

　"휘~ 휘~ 휘~."

　규가 휘파람 부는 흉내는 냈다.

　"소리 안 나거든." 미츠키 씨랑 똑같은 짓을 하고 말이야.

　"……후지모토 님, 가르쳐주십쇼. 이 학교 정시 시험은 항상 이런 수준임까?"

　"꼭 그런 건 아니고." 그렇게 말했더니 규가 약간 안심한 표정을 지었다. 하지만, "고등학교 1학년 첫 시험이라서 꽤 쉽게 나왔다. 중등부 때는 훨씬 어려웠거든"이라고 진실을 말해줬더니, 울고 있었다.

"흐윽. 저, 이런 시험 결과를 들고 집에 가면 용돈 깎일 겁다."

"……알아서 잘해봐야지?"

그랬더니, 규의 머리 위에 전구 불이 켜진 것 같은 느낌이 들었
다.

"아, 좋은 생각이 났습다. 후지모토 군이 우리 마마한테 용돈을
줄이지 말라고 설득하는 검다."

"너, 바보냐?"

네네 씨한테 잔뜩 민폐를 끼쳤는데 어떻게 그런 소리를 하겠냐
고. 그날 그 하얀 원피스를 입은 아가씨는 대체 어디로 갔는지.
당장 집에 가서 용돈이나 깎이고 와.

"너무함다. 괴롭힘임다."

"자업자득이야."

그때 문득 생각이 나서, 주위에 들리지 않도록 작은 소리로 물
었다.

"레스토랑에서 그 난리를 쳤는데, 혹시 출입 금지당하거나 하
지는 않았어?"

"아, 괜찮습다."

규가 웃으면서 말했다.

"그 호텔, 우리 마마가 제1주주임다."

웨이터의 정중한 대응을 보고 단골손님 같다고 생각했었는데,
차원이 달랐다.

"그렇사옵니까……." 왠지 갑자기, 시험의 피로가 밀려왔다.

"그런 후지모토 군께 좋은 소식이 있슴다."

"어떤 소식이옵니까?"

"우리 파파네 그룹 관련 회사가 실내 수영장 같은 것을 가지고 있슴다. 저희 마마가 지난번 일에 대한 사죄의 뜻으로 후지모토 군을 초대하라고 했슴다."

나는 물론이고 미츠키 씨와 호리우치 선생님도 같이 초대했다고 한다. 규 나름대로 노래방에서 돈을 내준 데 대한 감사의 뜻도 담은 것 같고. 나는 규와 네네 씨의 후의를 감사히 받아들이기로 했다.

했는데…….

당일, 규네 집 기사분이 운전하는 자동차(길다!)로 두 시간을 달려서. 미츠키 씨, 호리우치 선생님과 자제분들, 규, 내가 도착한 곳을 보고는, 어지러워서 쓰러질 뻔했다.

"규."

"뭘까."

규는 호리우치 선생님네 아이들을 위해서 비치볼을 불어주고 있었다.

"분명히 「실내 수영장 같은 곳」이라고 했었지?"

"그렇슴다. 여기 실내임다. 수영장도 있슴다."

"분명히 그런 의미에서 보자면 실내 수영장이라고 할 수도 있기는 한데!" 나는 두 팔을 벌리고 이 실내에 있는 모든 시설들을 둘러봤다. "이런 걸 누가 실내 수영장이라고 하냐고. 이건 썸머 랜드 수준이잖아(도쿄 썸머 랜드. 일본 도쿄 아키르노 시에 있는 대형 워터파크)."

눈앞에 펼쳐져 있는 메인 시설은 거대한 파도 풀이다. 그리고 워터 슬라이드도 여러 곳이 있고, 흐르는 풀도 있는 데다 어린아이들도 안심하고 놀 수 있는 수심이 얕은 키즈 풀도 준비돼 있다. 물론 보통 풀도 있다. 실내는 고온다습해서, 야자나무도 여러 그루 심겨 있었다. 완전히 남쪽 섬나라 같은 분위기다.

옆에 있는 미츠키 씨도 곤란한 것처럼 웃고만 있을 뿐. 호리우치 선생님은 아이들이랑 같이 신이 나 있다. 적응 능력이 대단하네.

"괜찮슴다. 오늘 하루는 완전히 전세임다."

"그러니까 말이야. 이런 거대한 시설을 하루 동안 전세라니, 이게 대체 무슨 일이냐고. 일요일이거든? 매출은 어떻게 되는 건데?"

규가 바람을 넣은 비치볼로 호리우치 선생님네 큰 아이, 여자애와 놀기 시작했다.

"하루 정도 전세는 별일도 아님다. 우리 파파가 일을 열심히 해서, 앞으로 5년 동안 그룹 전체 사업에서 계속 적자가 나도 누구 하나 해고하는 사람 없이 계속 경영을 유지할 수 있는 상태임다."

"규네 파파는 무슨 경영의 천재인가."

역시 부유층들은 하나부터 열까지 전부 차원이 다르다.

"자, 자. 기껏 놀러 왔으니까, 실컷 즐겨 주십쇼. 탈의실 안내하겠슴다. 자, 이쪽임다~."

"예~" 하고, 아이들이 규를 따라갔다. 마치 펭귄들이 행진하는 것 같은 모양이다.

"후지모토 군 덕분에 우리 애들까지 좋은 데서 놀게 됐네, 정말 고마워."

호리우치 선생님이 아기를 안은 채 짐을 들었다.

"아뇨 뭘, 잔 딱히 한 것도 없는데요……. 선생님 남편분도 오셨으면 좋았을 텐데 말이죠."

"그치~ 실내 수영장을 싫다고 하네, 할 일이 있으니까 회사에 갔다 올게, 라면서 휴일 출근을 했다니까? 정말 아깝게 말이야. 아기 돌보는 분도 준비해 주신다고 했는데."

"이렇게 큰 곳인 줄 알았다면 틀림없이 오셨겠죠."

"그러게 말이야. 그럼, 좀 이따 봐."

호리우치 선생님이 아이들을 따라서 서둘러 탈의실로 갔다.

나는 남겨진 미츠키 씨와 둘이서, 서로 얼굴을 마주 보며 누가 먼저랄 것도 없이 웃음을 터트렸다.

"정말 엄청난 곳에 초대받았네."

"그러게요. 그런데, 전세라니까 조금 좋기도 하네요."

"어째서?"

"그야…… 미츠키 씨가 수영복 입은 모습을 다른 남자들한테 보여주기 싫으니까요."

내가 그렇게 말했더니 미츠키 씨 얼굴이 새빨개졌다.

"뭐야, 치사토 군도 참, 자꾸만 그런 소리 한다니까."

미츠키 씨가 손으로 부채질을 했다.

"그, 그럼, 저도 옷 갈아입고 올게요."

"응, 나도. 그럼 이따 봐. 인공 해변에서 보자."

그렇게 말하고, 우리는 손을 흔들고 헤어졌다.

학교 선생님과 학생의 교제(임시)다. 골든 위크에 미츠키 씨의 수영복을 사기는 했지만, 이렇게 놀러 가는 일이 생길 거라고는 솔직히 기대하지도 않았다.

그런데 그것이 생각지도 못한 형태로 이루어졌다. 다소, 라고 하기에는 스케일이 너무 거대한 전세 수영장이기는 하지만, 오늘 하루 신나게 즐기자──.

수영장 특유의 냄새가 나는 탈의실에서 수영복으로 갈아입은 내가 나가려고 하는데, 스마트폰에서 메시지가 들어왔다는 알림이 떴다. 화면을 봤더니 아이리가 보낸 LINE 메시지였다. 내용을 읽고, 나도 모르게 웃음이 나왔다.

나는 적당히 답장을 보내고는 샤워를 하고서 인공 해변 쪽으로 나갔다.

허파를 습기가 많고 더운 공기에 적응하게 하기 위해서 스트레칭을 하고 있는데, 저쪽에서 호리우치 선생님과 큰 아이의 목소리가 들려왔다. 벌써 놀고 있는 것 같다. 규도 같이 있는지 "하지 마십쇼, 안 됩다"라는 비명 같은 소리도 가끔씩 들려왔다.

"미츠키 씨도 벌써 저쪽으로 갔으려나" 혼자서 그렇게 중얼거렸지만, 바로 부정했다. "인공 해변에서 보자고 했으니까 여기서 기다리자."

잠시 파도 풀장의 파도 소리와 호리우치 선생님 쪽의 환호성 소리를 듣고 있었더니, 검은 그림자가 내 몸을 덮었다.

"미, 미안해. 오래 기다렸지~." 미츠키 씨 목소리가 들린다.

"아, 미츠키 씨, 괜찮아, 요——."

고개를 돌리고 미츠키 씨의 모습을 본 순간, 내 머릿속이 새하얘졌다.

"고, 골든 위크에 같이 골랐던 수영복인데, 어, 어때?"

미츠키 씨가 쑥스러워하면서 물었다.

"……예뻐요."

나는 간신히, 그렇게 말할 수밖에 없었다.

미츠키 씨가 입고 있는 건 빨간색 꽃무늬 비키니. 상의는 미츠키 씨의 커다란 가슴을 살며시 감싸주고 있지만, 그 수영복보다 미츠키 씨 가슴의 풍만하고 큰 하얀색 부분이 눈에 들어왔다. 자꾸만 깊은 가슴골 계곡 쪽으로 눈이 가버리는 건 어쩔 수 없는 남자의 본능입니다. 분명히 사이즈는 맞는데, 언제 밖으로 넘쳐날지 모를 정도로 대담하고 발칙한 점이 정말 훌륭하다.

아래쪽은 미츠키 씨의 하반신 라인을 시원하고 아름답게 보여주고 있다. 미츠키 씨는 계속 배 언저리를 신경 쓰느라 얼굴까지 빨개져서 손으로 가리려고 했지만, 그 동작마저 선정적으로 보인다. 하나부터 열까지, 아름답고 귀엽고 요염했다.

지상에 내려온 여신님이다.

"치, 치사토 군, 너무 빤히 보지 마. 창피해……."

애원하는 것 같은 창피함이 담긴 목소리에 이성이 박살 나버릴 것만 했다. 어떻게 해야 좋을까. 여기엔 형광등 끈이 없어서 섀도 복싱도 할 수 없다. 근력 운동을 해야 하나. 하지만 근력 운동을 방해할 정도로, 내 사타구니에 있는 무언가에 힘이 바짝 들어가 있다. 이렇게 되면 방법은 하나뿐이다.

"무, 물에 들어가죠, 미츠키 씨."

"으, 응."

"일단 왕복 50미터 세 번."

"미안해 치사토 군. 나, 이젠 그렇게 많이는 못 할 것 같아……."

나와 미츠키 씨가 파도 풀장에서 놀고 있었더니 규와 호리우치 선생님네도 그쪽으로 왔다. 규는 호리우치 선생님네 큰아이와 진짜로 잘 놀고 있다. 보기 좋은 자매네. 나도 미츠키 씨도 같이 놀았다. 아직 갓난아기인 작은아이하고도 같이 놀았다.

내가 놀다 지쳐서 비치 베드에서 쉬고 있었더니, 미츠키 씨도 옆에 있는 비치 베드에 누웠다. 물에 젖은 미츠키 씨의 몸에서 눈을 뗄 수가 없다.

저쪽에서는 아이들과 규가 신나게 물놀이를 하고 있다.

"꺄하하하."

"거기 서십쇼! 저도 지지 않푸업."

규의 얼굴에 화끈하게 물을 뿌렸다. 아주 흐뭇하게 잘 노는 아이들이네.

"치사토 군, 다음에는 아이리 양도 같이 오자."

"아이리…… 아이리 말이죠——." 나는 아까 아이리한테서 온 LINE 메시지를 생각했다.

"뭐야? 치사토 군, 왜 혼자 웃고 그래."

"그게요, 마침 아까 아이리한테서 LINE 메시지가 왔거든요."

"흐응~. 아이리 양이, 뭐라는데?"

나는 피식 웃으면서 그 내용을 말했다.

『절대로 미츠키 씨 행복하게 해줘야 해. 이 바보.』

미츠키 씨 눈이 휘둥그레졌다.

"치사토 군, 답장을 했어?"

나는 누워 있던 상태에서 상체를 일으키고서 대답했다.

"했죠.『절대로 미츠키 씨를 행복하게 해줄 거야. 땡큐.』"

미츠키 씨가 상냥한 눈으로 날 쳐다봤다.

"고마워, 치사토 군."

"뭘요, 저야말로."

규가 또 얼굴에 물을 얻어맞고서 콜록거리고 있다.

"저기, 치사토 군."

"예."

"애들은 몇 명이 좋을까?"

하마터면 비치 베드에서 굴러떨어질 뻔 했다.

"미, 미미, 미츠키 씨?!"

"그게, 마미네 애들하고 규를 봤더니, 애들이 있으면 참 좋을 것 같다는 생각이 들어서."

"제발 부탁이니까요, 그런 섹시한 수영복을 입고서 그런 발언은 자제해주실래요."

"호냐아아아?! 치사토 군이 섹시하다고 했어. 치사토 군 엉큼

해, 파렴치해."

미츠키 씨가 고양이 펀치로 날 투닥투닥 두드렸다.

──여기가 전세 낸 거대한 워터파크가 아니었다면.

예를 들어서 남쪽 바다에 있는 무인도에 미츠키 씨와 단둘이 있는 상황이라면.

그래도 나는 운명과 내 인생에 만족하면서 하루하루를 살아갔겠지.

매일매일 극적인 일들이 잔뜩 일어나는 상황이지만, 아무 일도 일어나지 않더라도 미츠키 씨만 있으면 난 충분하니까.

그래. 평범한 일상 속에서야말로, 사랑이 빛나는 법이라고 생각한다.

이 세상은 틀림없이, 그런 사랑들이 모여서 만들어진 것이다.

에필로그 2   아이리의 혼잣말

내 진짜 아빠는 내가 초등학교 5학년이 되자마자 돌아가셨다. 아침에 일어났더니 아빠만 일어나지 않았다.

그 뒤에 엄마랑 둘이 열심히 살아왔다. 엄마도 일을 많이 하고 날 예뻐해 주셨지만, 내가 중학교 1학년 때 엄마가 재혼하게 됐다.

새 아빠를 처음 봤을 때 아주 상냥해 보이는 사람이라고 생각했던 기억이 난다. 왜냐하면, 정말로 상냥한 사람이었으니까.

새 아빠도 1년 전에 부인이 돌아가셨고, 나보다 한 살 많은 남자아이랑 둘이 살고 있다고 들었다. 그때는 여자애였다면 언니가 생겨서 좋을 텐데, 라고 생각했었지.

엄마랑 둘이서 새 아빠네 집에 처음 놀러 갔을 때, 난 처음으로 그 녀석과 만났다.

후지모토 치사토—— 내 의붓오빠가 될 사람이다.

처음에는 선이 가늘어 보이는 남자애라고 생각했다.

아직 어딘가 슬퍼하는 분위기가 남아 있었는데, 1년 가지고는 무리였을 거야.

난 나대로, 사실은 엄마의 재혼에 부정적인 생각을 가지고 있었다. 엄마는 알아차리지 못했을 것 같지만. 그래서 치사토의 복잡한 기분도 잘 알 수 있었다.

그런 상황에서 쳐들어갔으니, 왠지 미안하다는 기분도 들었다.

엄마가 아빠랑 재혼하고 같이 살게 됐다. 엄마는 자주 웃게 됐는데, 난 그게 너무 기뻤다.

같이 살아 보니, 치사토가 엄마 재혼 때문에 약간 우울했던 내 마음을 알아차리고 배려해주는 착한 녀석이라는 걸 알게 됐다.

"아이리 양? 아이리? 어떻게 부르는 게 좋을까."

"아이리, 피곤할 땐 단 게 좋아. 자, 막대 사탕 줄게."

"아이리, 공부하다가 모르는 게 있으면 물어봐, 내가 가르쳐 줄 수 있는 건 가르쳐 줄 테니까. 안 그래도 우리 집에 온 지 얼마 안 돼서, 학원 같은 데 가면 많이 힘들지 않겠어? 아, 그래도 밖에 있는 학원에 다녀서 마음이 풀릴 것 같다면, 내가 아버지한테 말할 테니까."

엄청나게 날 신경 써줬다.

그래서…… 화가 났다.

날 신경 쓸 틈이 있으면 자기 일이나 더 신경 쓰라고.

아빠랑 엄마의 행복은 중요하다고 생각하고, 엄마가 잘 웃게 되니까 나도 기뻤다. 그래서, 나도 가족들이 신나게 이야기할 수 있게 열심히 노력할 테니까.

하지만, 치사토가 혼자 있을 때, 몰래 그렇게 힘들어하면 안 되잖아.

난 바보라서 치사토를 놀리는 방법밖에 생각이 안 났지만, 그렇게 해서 웃어주고 표정이 풍부해진다면, 계속 그렇게 해줄 테니까…… 치사토도 힘내란 말이야.

어느 날, 치사토 방에 들어갔더니 치사토가 어떤 사진을 열심히 보고 있었다. 치사토랑 약간 통통한 운동복 입은 언니가 같이 찍은 사진이였다.

"뭐야 치사토. 그런 뚱뚱한 여자가 좋은 거야?"

그렇게 놀렸더니 진짜로 화를 냈다.

그렇게 화를 내는 치사토, 본 적이 없었다.

지금이라면 이해할 수 있다. 치사토의 소중한 첫사랑을 함부로 짓밟고, 치사토 마음에 상처를 줬다는 걸.

하지만, 그때는 전혀 몰랐거든.

그냥, 그날부터, 왠지 말하기가 힘들어졌다.

고등학교에 들어갈 때, 치사토가 혼자 살겠다면서 집에서 나갔다.

치사토가 집에서 나가고, 집이 이상하게 넓어졌단 말이야.

치사토에 학교 홈페이지를 보고 운동회 날에 쳐들어갔다.

거기서 만난 수수한 운동복 차림 여자 담임 선생님을 봤을 때, 나는 치사토가 소중하게 간직하고 있던 그 사진이 생각났다. 말라서 완전히 다른 사람처럼 예뻐졌지만, 치사토가 보고 있던 그 사진 속에 있던 사람이라는 걸 한눈에 알았다.

이런저런 정보를 모아서 이 두 사람이 사귀고 있다는 걸 알았더니, 또 화가 났다.

치사토 자식, 가족을 버리고 여자를 쫓아간 거였어.

게다가 교사와 학생이라니, 무슨 말도 안 되는 설정이야…….

전투 개시.

완전히 엉망으로 만들어줄 생각이었다.

그랬더니 치사토 자식, 같은 반 친구가 부탁했다고 남자 친구인 척한다는 소리를 했다. 대체 얼마나 사람이 좋은 거냐고. 짜증이 났고, 정신을 차려보니 그 반 친구랑 만나는 데 쳐들어가고 있었다.

그쪽이 일단락된 뒤에 그 여자를 호텔 로비로 불러내서, 큰마음 먹고 물어봤다.

"치사토랑 진심으로 사귀고 있는 건가요?"

만에 하나라도 장난이라고 한다면…… 난 있는 힘껏, 치사토를 이 여자한테서 되찾아올 생각이었다. 그랬더니 그 여자── 미쿠리야 미츠키 씨가, 딱 잘라서 말했다.

"아직은 (임시)이지만…… 후지모토 치사토 군과 진지하게 교제하고 있어요."

많은 얘기를 들었다.

가끔씩 룸 셰어도 한다고? 순간, 경찰에 신고해야 하나 싶었지만, 밤일은 아직 안 했다나 뭐라나. 이 사람을 대체 얼마나 소중하게 생각하는 거냐고, 치사토.

나, 중간부터 눈물이 났다. 왜 그랬는지는 모르겠지만.

그랬더니 미츠키 씨가 이렇게 말했다.

"오빠를 빼앗아서 미안해요."

"훌쩍…… 그런 거 아니거든요. 그나저나, 나이 차이 너무 많잖아요."

이제 와서도 빈정대는 소리를 했다. 나, 진짜 나쁜 애라니까…….

하지만 미츠키 씨는 그 말을 있는 그대로 받아들였다.

"저는 치사토군과 같이 미래를 만들어가고 싶어요. 나이 차이는 과거의 일이고. 그만큼, 제가 오래 살면 되는 일이잖아요."

미츠키 씨는 이런 말도 했다.

치사토가 여든까지 살면 미츠키 씨는 아흔까지.

치사토가 백 살까지 살면 미츠키 씨는 백열 살까지 살겠다.

결코 치사토를 혼자 두지 않겠다고──.

대단해. 미츠키 씨, 진짜 대단해.

솔직히, 졌다는 생각이 들었다. 뭘 졌는지는 모르겠지만, 어쨌거나 졌어, 나.

나도, 이렇게 다른 사람을 좋아했으면 좋겠다고 생각했다.

저기, 치사토.

"헤헤. 아빠랑 엄마한테 미츠키 씨 소개할 때, 나도 같이 있을 거니까."

"만약에 아빠랑 엄마가 반대하더라도, 난 치사토 편 들어줄게."

──이건 내 진심이야.

그리고 그건── 시작하지도 못했던, 내 첫사랑에 대한 작별 인사.

《절대로 미츠키 씨 행복하게 해줘야 해. 이 바보.》

옆집에 사는 *제자*와
*결혼*하고 싶은데,
어떻게 해야
*OK*를 받을 수 있을까요?

작가 후기

여러분 안녕하세요. 엔도 료입니다. 이렇게 『옆집에 사는 제자
와 결혼하고 싶은데 어떻게 해야 OK를 받을 수 있을까요? 2』를
구입해주셔서 정말 감사합니다.

이번에는 지난 권에서 이어지는 이야기다보니, 최근에는 봄에
열리는 경우도 많은 운동회를 다뤄봤습니다. 저도 100미터 달리
기 정도라면 남들만큼은 하는데, 200미터 이어 달리기에 억지로
끌려 나갔다가 단숨에 네 명한테 따라잡힌 적이 있습니다. 산소
가 부족해지면 정말로 달리지 못하게 된다는 걸 알았습니다.

이번 권에서도 미츠키 씨는 귀엽습니다. 안경 미인에 약간 맹
한 구석도 있으면서, 너무나 좋아하는 치사토를 위해서 열심히
노력합니다. 치사토 쪽도 항상 미츠키 씨를 생각하면서 소중하게
여기고 있습니다. 미츠키 씨에게 특정한 모델이 있는 건 아니지
만, 글을 쓰다보면 신기하게도 그리운 기분이 듭니다. 생각해보
면 모 명작 은하철도 이야기도 소년이 연상 여성과 여행하는 이
야기였습니다. 뭐랄까, 남성의 마음을 자극하는 근원적인 풍경
같은 존재라고나 할까요.

자, 이번에는 치사토의 여동생 아이리가 등장했습니다. 2권을
내자는 이야기가 나왔을 때부터 「치사토의 여동생을 등장시키자」
고 결심했었습니다. 아이리는 조금 짜증나게 굴기는 하지만 그렇

다고 정말 미울 정도는 아니고, 짜증은 나지만 왠지 신경이 쓰이는 존재입니다. 이거, 어떤 의미에서 보면 제가 자랐던 가정이나 부모님도 그랬던 것 같습니다. 치사토는 아이리와의 관계로 상징되는 지금까지의 가정환경을 소화한 뒤에 부모님과 떨어지고, 미츠키 씨와의 새로운 환경으로 승화한다─ 그것이 이번 권의 테마였습니다.

굳이 연애가 아니라도 비슷한 상황은 꽤 많다고 생각합니다. 새로운 환경보다 지금까지 지냈던 쪽이 왠지 더 편하다. 하지만 이대로 그 환경에 머물러 있으면 미래의 문을 열 수가 없다. 그런 갈들. 낡은 가치관에서 빠져나오려면, 모 우주 전함이 발진하는 것만큼이나 강한 힘이 필요할지도 모르겠습니다. 치사토에게 있어 그 엔진에 해당하는 것이 미츠키 씨. 미인에 몸매도 최고인데다 상냥한, 이런 여성이 자신을 지탱하고 위로해주다니, 치사토가 너무나 부러울 따름입니다.

그리고 지난번에 이어서 규가 이야기의 열쇠를 쥐었습니다. 규가 이렇게까지 중요한 캐릭터가 될 거라고 예상하지 못했던 만큼, 글을 쓰면서 점점 규의 새로운 모습이 보이는 것 같아서 저도 즐거웠습니다. 건담 오타쿠라는 건 저도 몰랐습니다…….

마지막이 돼버렸습니다만, 이 이야기를 책으로 내주신 오버랩 문고 편집부 여러분을 비롯한 모든 분들께 진심으로 감사드립니다.

사사모리 토모에 선생님께서는 이번에도 멋진 일러스트로 미츠키 씨를 잔뜩 그려주셨습니다. 정말 감사합니다. 지난번에 이어서 이번에도 최고입니다.

무엇보다, 모든 독자 여러분께 진심으로 감사 인사 올립니다.
앞으로도 잘 부탁드리겠습니다.

2019년 10월 엔도 료

I want to marry my student who lives next door, and how can I get OK? 2
©2019 Ryo Endo/OVERLAP
First published in Japan in 2019 by OVERLAP, Inc.
Korean translation rights reserved by Somy Media, Inc.
Under the license from OVERLAP, Inc., Tokyo JAPAN

옆집에 사는 제자와 결혼하고 싶은데 어떻게 해야 OK 해줄까요? 2

2020년 3월 7일 1판 1쇄 인쇄
2020년 3월 14일 1판 1쇄 발행

저　　　자 엔도 료
일 러 스 트 사사모리 토모에
옮 긴 이 김정규
발 행 인 유재옥
본 부 장 조병권
담당편집자 정영길
편 집 1 팀 정영길 김민지 조찬희
편 집 2 팀 김다솜 이본느
편 집 3 팀 박상섭 오준영 김효연
미　　　술 강혜린 박은정
라이츠담당 김슬비 한주원
디 지 털 전준호 박지혜 이성호
발 행 처 ㈜소미미디어
제 작 처 코리아피앤피
등　　　록 제2015-000008호
주　　　소 서울시 마포구 토정로222, 403호(신수동, 한국출판콘텐츠센터)
판　　　매 ㈜소미미디어
마 케 팅 한민지
전　　　화 편집부 (070)4164-3962, 3963 기획실 (02)567-3388
　　　　　　 판매 및 마케팅 (070)4165-6888, Fax (02)322-7665

ISBN 979-11-6507-394-7 04830
ISBN 979-11-6507-040-3 (세트)